「제가 살게요.
내일을 위해서 잘 먹죠!」

물 만난 물고기 식당, 작전 회의 ◆

라이브 던전!

…LIVE DUNGEON!…

지원회복의 정석

CONTENTS

지원회복의 정석

"냥~ 아 진짜! 무진장 쏟아져 나오네!"

언데드 몬스터의 소굴인 31층 던전. 안개가 땅을 기어가듯이 자욱하게 껴서 으스스한 장소에서, 여성의 날카로운 외침 소리가 울려 퍼졌다. 그 앞에는 인간의 뼈로 신체가 구성된 몬스터, 스켈레톤이 계속해서 바닥에서 기어 나오고 있었다.

스켈레톤은 뼈로 만들어진 다양한 무기를 손에 들고 인간을 덮친다. 한 쌍의 검을 든 여검사 에이미는 백발을 흔들며 달려, 스켈레톤 무리를 상대하고 있었다. 하얀 고양이 귀가 스켈레톤이 움직이는 소리를 기민하게 탐지해, 그녀는 등 뒤에서 날아온 찌르기를 보지도 않고 몸을 돌려 피했다.

그녀가 스켈레톤 무리의 시선을 끄는 사이에 키가 큰 사내, 가름이 숏소드를 휘둘러 적을 해치운다. 하지만 아무리 해치워도 금방 다른 스켈레톤이 나타나 앞길을 막고 만다.

스켈레톤 집단에 의한 타격과 찌르기를 홀로 피하고 있는 에이미도, 점점 피로가 쌓여 움직임이 둔해졌다. 그것에 편승해 스켈레톤들이 차례로 덤벼든다. 뼈를 예리하게 간 무기가 에이미를 포착하기 시작했다. 날카로운 뼈끝이 그 팔을 스쳐 피가 흐른다.

가름도 복수의 스켈레톤에 발목이 잡혀 지원하러 갈 수가 없다. 이대로라면 에이미는 결국 몇 번이고 뼈에 몸을 찔려 죽고 말 것이다.

하지만 그것은, 2인 파티일 때의 이야기다.

"메딕, 힐."

하얀 로브를 입은 남자가 지팡이를 겨누자 그 끝에서 녹색 구슬이 발사되었다. 그것은 포물선을 그리며 날아가 스켈레톤의 위를 통과해, 에이미의 머리에 깔끔하게 착탄했다. 녹색 구슬에 맞은 에이미는 피로가 조금 사라지고, 상처가 순식간에 치료됐다.

"프로텍트, 헤이스트."

추가로 황토색과 푸른색 구슬도 산개하듯이 발사되어 가름과 에이미에게 맞는다. 그 구슬을 맞자 두 사람에게 부여되어 있던 지원도 효과가 끊이지 않고 이어진다.

"에이미 씨! 가름 씨에게 어그로가 튀었으니까 그쪽을 우선해서 공격해요!"

"아, 알았어~!"

하얀 로브를 입은 남자, 츠토무의 지시가 날아들었다. 에이미는 어그로가 튄다는 말의 의미를 모른다. 하지만 가름의 주변에 있는 스켈레톤에 우선적으로 공격하라는 지시라고 눈치챘기 때문에, 츠토무가 말한 대로 쌍검으로 공격했다. 그 스켈레톤은 공격하는 에이미를 돌아보고 그녀를 노리기 시작한다.

"가름 씨는 그사이에 에이미 씨를 지원해요! 되도록 가까이에 있는 스켈레톤을 우선적으로 해치워 주세요!"

"알겠다."

가름도 머리 위에 있는 남색 개 귀를 쫑긋쫑긋 움직여 츠토무의 지시를 듣고, 스켈레톤을 쓰러트리며 대답했다. 그리고 에이미의 근처로 다가가서, 그녀에게 정신이 팔린 스켈레톤의 두개골에 숏 소드를 때려 박는다.

숏소드에 의해 쪼개진 두개골. 더러운 뼛조각을 날리며 쓰러진 스켈레톤은 빛의 입자를 흘리며 하늘로 승천하듯이 사라졌다.

몬스터의 시선을 끄는 역할에 익숙하지 않은 에이미는 몬스터의 공격을 몇 번인가 받고 말았지만, 회복에 의해 상처는 금방 아문 다. 점차 몬스터를 유인하는 것에 익숙해졌는지, 움직임이 최적 화되어 갔다.

가름도 타고난 튼튼함을 살려 스켈레톤의 무기를 갑옷으로 받아 내고, 다가온 스켈레톤을 왼손에 장비한 방패로 후려쳐 날렸다. 그도 점차 두 종류의 지원에 익숙해져 흥이 나기 시작했는지, 스 켈레톤을 처리하는 속도가 빨라진다.

그리고 무엇보다 전황 전체를 파악한 츠토무의 지시, 지원회복 에 의해 두 사람은 평소 이상의 힘을 이끌어 내고 있다. 세 사람의 역할이 맞물려 들어가 스켈레톤 무리는 순조롭게 쓰러져 갔다.

마침내 마지막 스켈레톤이 숏소드를 맞고 등뼈가 끊어져 소멸했 다. 땅에 남은 것은 투명한 돌뿐이다.

츠토무는 주변에 몬스터가 없는 것을 확인한 뒤 지팡이 끝을 내 리고 두 사람에게 말을 걸었다.

"수고하셨어요."

"피곤해~."

에이미는 바닥에 궁둥이를 찰싹 붙이고 힘겨운 듯이 숨을 내쉬었다. 가름도 수십 마리가 넘는 스켈레톤을 해치워서 피폐한 기색이었다. 츠토무는 떨어져 있는 투명한 돌을 주워 모으며, 두 사람이 숨을 가다듬는 것을 기다렸다.

잠시 뒤 두 사람은 바닥에서 몸을 일으켜, 츠토무에게 타오르는 듯한 시선을 보냈다. 두 사람 모두 지금 전투가 납득이 되지 않는 기색이었다.

"다음 가자, 다음! 다음엔 잘할 거야!"

"그렇다면 한번 가 볼까요."

분한 듯이 말하며 앞서 걷는 에이미와 말없이 나아가는 가름에 압도되면서도, 츠토무는 두 사람과 함께 어두운 하늘 아래를 걷기 시작한다. 그런 츠토무가 이 세계에 온 것은, 약 한 달 보름 전의 일이었다──.

던전에 잘 오셨습니다!

"힐러 일 똑바로 해." "발컨 힐러 걸렸어~." "프렌드가 불러서 옮길게요."

MMORPG에서 힐러(회복 담당)가 자기 역할을 제대로 완수하지 못할 경우, 욕을 먹는 일이 많다. 하지만 지식을 갖추고 조작에도 익숙해져, 제 역할을 소화하게 되면 평가는 바뀌기 시작한다.

"힐러 나이스!" "힐느님~." "힐러님, 괜찮으시면 프렌드 등록 부탁드립니다."

「라이브 던전!」이라는 MMORPG에서 힐러라는 역할은 반드시 필요하지만, 배워야 할 것과 할 일이 많아 실패하면 욕을 먹기 일쑤다. 그런 만큼 버전 업으로 추가되는 신규 콘텐츠나, 고레벨 플레이어를 위한 엔드 콘텐츠에서는 숙련된 힐러에게 참가 요청이 끝없이 쏟아진다.

'그런 시기가 저에게도 있었습니다.'

하지만 유저가 없어지면 근본적인 권유 자체가 사라지고 만다. 쿄타니 츠토무는 회색으로 물든 프렌드 리스트를 흘려보고 한숨을 쉬었다. 원래 「라이브 던전!」은 7년 전에 시작되었기도 해서, 그래픽과 사운드도 다른 회사에서 서비스하는 MMORPG에 밀린다. 더욱이 확률을 짜게 잡은 장비 뽑기, 캐릭터 스테이터스를 상승시키거나 몬스터를 약체화시킬 수 있는 유료 결제 서비스 추가. 프로듀서가 갈리면서 「라이브 던전!」은 유료 요소가 이전에 비해 노골적으로 증가해, 플레이어 이탈이 빨라졌다. 그 반년 뒤에는 서비스를 종료한다는 고지가 쌈빡하게 내려졌다.

그리고 거의 모든 플레이어가 이탈해, 츠토무의 프렌드들도 모두 다른 MMORPG로 넘어갔다. 츠토무도 서비스가 종료하면 다른 MMORPG로 옮기려고 생각하지만, 「라이브 던전!」이라는 게임은 그에게 조금 특별했다.

츠토무는 중학교 3학년 때 고등학교 수험이 끝난 뒤 컴퓨터를 부모님께 선물 받고, 마침 서비스를 오픈한 「라이브 던전!」을 시작해 이래저래 6, 7년 동안 플레이해 왔다. 프로듀서가 바뀐 5년째부터는 플레이 인구가 감소했지만, 노트북을 한 대, 두 대씩 구입. 마침내는 자신이 작성했던 캐릭터만으로 파티를 짤 수 있게 될 정도로, 「라이브 던전!」에 대한 집념은 거대했다.

하지만 그것도 운영사에서 서비스 자체를 종료한다면 끝낼 수밖에 없었다. 「라이브 던전!」은 유저 감소의 여파로 한 달 뒤 서비스를 종료하게 되었다.

하지만 그 전에 츠토무에게는 한 가지 하고 싶은 일이 있었다. 현재 그가 갖고 있는 「라이브 던전!」의 캐릭터는 다섯. 가장 처음 만들었던 힐러라는 회복 JOB(직업)과 탱커라는 몬스터의 공격을 받아내는 탱커 JOB이 둘. 적의 체력을 깎는 역할인 딜러 캐릭터가 둘. 즉, 츠토무가 가진 캐릭터만으로도 일반적인 5인 파티를 짤 수 있다는 말이다.

'그래. 나 혼자 전부 하면 되잖아.'

*DPS에 너무 치중하다 어그로가 튀는 것을 무시해 죽는 딜러나 어그로도 제대로 잡지 못하고 금방 죽는 물탱커. 그런 역할을 제대로 소화 못 하는 자들에게도, 츠토무는 지금까지 불평하지 않고 힐러로서 지원해 왔다. 하지만 사람이 사라지고 나서 처음으로, 츠토무는 자기 혼자서라도 파티를 짤 수 있다는 것을 깨달았다. 그 뒤로 츠토무는 혼자서도 만족할 만큼 효율적인 던전 제패를 하고 싶다고 생각하기 시작했다.

그 목적을 이루기 위해 츠토무는 행동을 시작했다. 우선은 부족한 노트북 두 대를 확보해야 한다. 츠토무는 대학교에서 노트를 빌려주거나 대리 출석을 해 주거나 했던 친구들에게, 그 빚을 담보 삼아 한 달 한정으로 노트북을 빌리는 것에 성공했다.

다음은 캐릭터 육성인데, 이것은 바로 해결했다. 서비스 종료를 고지할 때 운영자 측에서 배포한 경험치 촉진 아이템을 사용해 서브 캐릭터 두 명의 레벨링을 시작하고, 레어 소재를 사용한 장비를 갖추어 갔다.

▷ ▷

'끝났다……'

마지막 딜러가 만렙(최고 레벨)을 찍은 것을 확인한 츠토무는 다

---

* Damage per Second. 초당 대미지. 일정 시간에 얼마나 피해를 줄 수 있는지를 나타내는 지표.

마신 젤리 음료를 아무렇게나 쓰레기통에 던져 버렸다. 그 뒤에 기합을 넣듯이 손을 쥐었다 폈다 해 손가락을 울렸다. 그리고 츠토무는 「라이브 던전!」의 참맛인 게임 방송을 시작했다.

이 「라이브 던전!」이라는 게임은 그 이름대로, 게임 안에서 던전 공략을 방송할 수 있는 기능이 있다. 던전을 관리하는 신들이 인간의 싸우는 모습을 보기 위해 심심풀이로 장착한 기능이라는 설정이다. 또한 그 기능은 업데이트를 거듭해, 지금 와서는 게임 안에서만이 아니라 방송 사이트 등에서도 중계할 수 있게 되어 '신께서 인터넷 진출'이라며 게시판에서 화제가 되었다.

따라서 기본적으로는 방송 사이트를 사용하는 것이 일반적이지만, 츠토무는 군이 게임 안에서만 방송을 했다. 그 방송을 볼 수 있는 서버에는 항상 접속해 있는 B O T^{자동 프로그램} 정도밖에 없지만, 그래도 상관없었다. 인터넷 방송을 해서 인기가 생긴다면 또 모를까, 십중팔구 외톨이가 애쓴다며 혹평당할 것이 뻔히 보였기 때문이다.

가족에게 자주 힘 좀 주라는 말을 듣는 온화한 얼굴을 야무지게 다잡고, 각각의 캐릭터를 같은 서버에 접속했다. 잘 부탁드립니다, 라는 뻔한 인사를 채팅창에 입력하고 파티 신청. 스스로 그런 인사를 입력했으면서 츠토무는 저도 모르게 싱글싱글 웃고 있었다. 그 정신 상태는 일종의 밤샘 뒤 같은 열기를 띠고 있어 정상이 아니었다.

이 게임에서는 파티에서의 역할이 주로 세 가지로 나뉘어 있다. 탱커, 딜러, 힐러다. 츠토무는 탱커(방어 담당) 2, 딜러(공격 담당) 2, 힐러(회복 담당) 1이라는 구성으로 던전에 도전했다.

던전은 주로 10층마다 환경이 변하고, 100층이 끝이다. 그곳에서 최종 보스인 '문드러진 고룡'이 나온다.

폐인들을 위한 엔드 콘텐츠인 히든 던전이라는 것도 있기는 하지만, 그곳은 아무리 그래도 혼자서 PC 다섯 대를 돌리며 공략할 수 있을 정도로 어설프지 않다. 따라서 츠토무는 일반 던전 제패를 목표로 삼고 있었다.

던전 공략 계획은 캐릭터 제작 중에 짜 두었다고는 해도, 실전은 처음이다.

"뭐, 여름 방학을 전부 투자하면 어떻게든 되겠지."

츠토무는 그렇게 혼잣말을 하고 Enter(엔터) 키를 눌러 던전 공략을 시작했다.

1층 초원. 11층 숲. 21층 늪. 31층 황야. 상태이상은 골치 아프지만, 여기까지는 레벨로 밀어붙이면 어떻게든 된다. 츠토무는 깊이 생각하지 않고 즐기며 공략할 수가 있었다.

'그리운걸~.'

처음 초원 던전에 홀로 진입했다가 된통 당했던 일. 던전에서 사망했을 때 송환되는 장소에서 다른 탐색자에게 도발 액션을 당하고 얼굴이 새빨개졌던 일.

그 후 늪이나 황야에서는 즉석 파티의 힐러를 담당했다가 어그로 수치를 너무 높여 지뢰로 인정받았던 일 등, 초반부의 계층에는 츠토무의 초심자 시절 추억이 가득했다.

하지만 41층 해변부터는 추억에 잠길 여유가 사라졌다. 이곳의 보스인 쉘 크랩이라는 게 몬스터를 해치우려면 땅속으로 숨지 못하게 할 대책이 필요해진다. 땅속에 숨어들기 전에 체력을 전부 깎는 것이 기본이지만, 츠토무의 1인 조작으로는 그렇게 하는 것이 어려웠던지라, 이동 포인트를 선점할 필요가 있었다. 남은 체력에 따라 바뀌는 이동 포인트는 세 곳이 있는데, 츠토무는 두 번만에 맞춰 일찌감치 해치울 수가 있었다.

51층 협곡은 추락하면 즉사. 그래서 이 방법 저 방법으로 떨어트리려 하는 함정이나 몬스터가 가득하지만, 바람의 마법 스킬을 파티에 부여해 주면 무효화할 수 있다. 츠토무는 파티 멤버를 한 명씩 조심스럽게 움직여, 어지럽게 날아다니는 와이번에게 타기팅되지 않도록 나아간다.

협곡의 보스는 화룡. 원거리 공격이 없으면 계속 브레스를 토해 지옥을 보지만, 원거리 공격이 있으면 날개를 공략해 지상에 내려온 것을 두들겨 주면 끝이다.

61층 화산. 여기도 즉사 설치물이 많고 더위 대책이 필수라, 내성 장비를 갖춰야만 한다. 용암 속을 헤엄치는 중보스와 보스인 거인은 용암을 사용해 즉사를 뿌려대는 탱커 킬러지만, 내성 대책이 있으면 견딜 수 있으니 문제없다.

71층은 설원. 이곳도 방한 대책, 동결 대책을 해 두었으면 그렇게까지 무섭지는 않지만, 눈 늑대라는 잡몹이 무한히 리젠되는 장소가 골치 아프다. 혼자 다섯 대를 조작해서 여러 적을 상대하기는 어렵다. 츠토무가 가장 걱정했던 장소이기도 하다.

쥐가 나기 직전인 손가락을 움직여 어찌어찌 그곳을 돌파한 시점부터는 단판 클리어가 시야에 들어오기 시작해 손이 조금 떨렸다. 긴 시간을 플레이한 「라이브 던전!」의 끝이 보이기 시작했다.

81층은 빛과 어둠. 던전을 만들어낸 신의 사도, 천사라고 자칭하는 악마와, 악마의 힘으로 말 못 하는 언데드로 전락한 천사가 주요 적 몹이다. 이곳은 성 속성과 암 속성 공격 수단이 필수. 혼란이나 암흑 같은 상태이상 대책도 필수다.

보스는 몰락한 대천사. 성 속성성과 암속성의 복합 범위 공격에 마법이 사용 불가능해지는 상태이상인 침묵. 힐러 킬러로 유명해, 힐러가 어떻게 보스의 공격을 회피 혹은 막아내는지에 공략 여부가 달려 있다.

그리고 91층 고성. 지금까지 해치운 던전 보스 드롭템을 제출하면 문이 열린다. 또한 보스 드롭템을 무기나 방어구, 도구의 소재로 사용해 버린 경우는 다시 사냥해야 한다는 귀찮은 사양이다. 고성 안에선 지금까지 나왔던 적 몹이 왕창 등장한다.

100층째는 투기장처럼 되어 있어, 그 안에 있는 문드러진 고룡을 쓰러트리면 던전 제패다.

무기와 방어구의 내구력을 깎아내는 브레스에 각종 범위 공격. 공격할 때마다 무기 내구력 감소. 마법 내성도 높아 딜러 킬러이기는 하지만, 그만큼 성(聖) 속성이 통하기 쉽다. 힐러도 공격에 참여할 수 있기 때문에 그렇게까지 화력 부족 상황에 처하지는 않는다.

익숙한 조작과 무의식적으로 움직이는 머리에 따라, 츠토무는 문드러진 고룡을 간단히 쓰러트렸다. 히든 던전 개방! 그런 새삼스러울 것 없는 알림 표시를 메인 캐릭터 이외의 네 캐릭터로 확인한 츠토무는, 피로가 왈칵 몰려온 표정으로 정신을 놓았다.

'이것저것, 있었지~.'

처음 들어갔던 클랜은 보이스챗 팀과 비 보이스챗 팀으로 갈리는 바람에 해산했다. 다음에 들어갔던 클랜은 *만남충에 의해 해산. 최종적으로는 고생스럽기는 해도 직접 만든 클랜이 사람이 없어질 때까지 유지할 수가 있었다.

첫 방위전에서는 PK(플레이어 킬러)와 조우해 레어 아이템을 제외하고 전부 손실.

처음 도전했던 던전 제패는 기생하는 느낌이라 딜러와 탱커에게 보이스챗으로 매도당했다.

'어라? 좋은 일 그다지 없잖아! 아니, 아니야! 좋은 일도 있었어. 역할을 익힌 뒤부터는 힐러도 즐거웠고, 탱커도 딜러도 그럭저럭 즐거웠어.'

츠토무는 강제로 납득하고 고개를 끄덕이며 광장으로 돌아왔다. 그러자 광장 중앙에서 박수 모션을 하고 있는 이가 있었다.

'이름 표시가 없어……. NPC려나? 던전 제패를 해도 이런 녀석이 나오진 않을 텐데.'

츠토무는 그렇게 생각하며 다섯 명의 캐릭터로 친근함 제스처를 취하고 있자, 띠리링 하는 효과음이 울렸다. 츠토무에게 개인 채팅이 보내져 왔다.

"단독 던전 제패를 축하합니다! 그런 당신에게 이것을 드리죠!"

그런 채팅 메시지와 함께 그 NPC에게서 선물을 직접 건네주는

---

* 모임의 취지를 무시하고 오로지 연애 등을 목적으로 가입하는 사람을 지칭하는 호칭.

모션이 떴다. 츠토무는 단독이라는 단어에 키보드를 두드리는 손이 멈췄다.

'보고 있었나…….'

「라이브 던전!」을 어느 정도 플레이했던 사람이 츠토무의 솔로 조작 던전 공략을 보면, 중간중간에 뻣뻣해지는 동작을 보고 단독 플레이인가 하는 추측이 가능할 것이다. 하지만 그 채팅을 보낸 상대는 메시지창 위에 이름이 나오지 않으니 플레이어가 아니고, 서버에 로그인해 있는 사람을 봐도 BOT밖에 없다.

'혹시 운영진이려나……? 우와아. 센스가 있네~.'

저도 모르게 눈물이 맺히고, 그리운 게시판에라도 글을 올려 자랑해 주자고 생각하며, 아이템을 받았다.

"신께서 보낸 초대를 받아들였습니다."

그 아이템을 받아 든 순간에 다섯 대의 노트북이 환하게 빛을 발했다.

'어! 뻗었나?!'

그런 생각과 함께 츠토무의 의식은 노트북의 전원을 끄듯이 뚝 끊겼다.

▷▷

"으~응. 여기는?"

츠토무가 주변을 두리번거리며 둘러보자 주위는 묘하게 어두컴컴하고, 앞에는 낡은 성이 우뚝 솟아 있었다. 「라이브 던전!」의 제

100층에 있는 〈망각의 고성〉과 비슷하다고 멍해진 머릿속으로 생각했다.

'꿈이구나.'

그렇게 결론을 내린 츠토무는 일어나 먼지를 털듯이 엉덩이를 탁탁 쳤다. 그리고 찰칵찰칵 소리를 내는 자신의 옷에 놀라 바라보니, 상반신에는 사슬 갑옷에 검은색 로브, 붉은 가죽 바지와 갈색 부츠에, 검은 수정을 박아넣은 지팡이까지 들고 있었다.

'우와, 재현율 쩔어~. 마법 같은 것도 쏠 수 있으려나?!"

츠토무가 검은 지팡이를 들어 여러 가지 포즈를 취하며 놀고 있자, 속이 울리는 것 같은 굉음이 그를 덮쳤다. 너무나 큰 충격에 저도 모르게 나자빠진 츠토무는 그대로 구름 낀 하늘을 올려다봤다.

처음에는 멀리서 콩알만 한 검은 물체가 하늘에 보였다. 그것이 점점 커지며 급격하게 츠토무 쪽으로 떨어지고 있는 것처럼 보인다.

다시 쏘아진 포효 같은 굉음에 귀를 막으며 츠토무는 비틀비틀 일어나, 그곳을 벗어나기 위해 달렸다. 자빠질 뻔한 다리를 강제로 움직여 무작정 달렸다. 그리고 거대한 무언가는 투기장의 중앙에 풍압을 일으키며 날아 내렸다.

썩어 떨어진 눈동자. 몇 곳인가 구멍이 뚫려 있는 썩은 몸. 너무나도 거대한 규격 밖의 생물에 츠토무는 다리를 떨며 그 자리에 주저앉았다.

'문드러진 고룡……인 거지?'

츠토무는 따닥따닥 이를 맞부딪치며 이것은 꿈이라고 생각했다. 지면의 흙을 움켜쥐며 꿈이라고 계속해서 중얼거렸다. 손안에서 가루처럼 부서지는 흙의 감촉을 느끼며, 어쩌면 꿈이 아닐지도 모른다는 생각이 스친다.

그런 사고와 공포에 지배당해 움직일 수 없는 츠토무. 문드러진 고룡은 그를 눈동자가 없는 텅 빈 눈으로 바라봤다. 그리고 구역질하듯이 몸을 움츠리고는 지면을 향해 브레스를 토해낸다. 닿는 모든 것을 부식시키는 토사물 같은 브레스. 그 자리에서 움직일 수 없었던 츠토무는 쓰나미처럼 밀려오는 브레스를 정면으로 맞았다.

얼굴을 보호하듯이 앞으로 내민 츠토무의 양손은 그 브레스에 닿은 순간 걸쭉한 물엿처럼 녹아내렸다. 순식간에 츠토무의 손목이 썩어 떨어져 나간다.

'으으갸아아아아아아아아아아악!!'

금방 브레스가 온몸을 뒤덮고, 벌레의 대군이 몰려들어 온몸을 깨무는 것 같은 아픔이 느껴진다. 점점 늪에 가라앉듯이 몸이 내려앉는다. 얼굴도 썩기 시작해 시각, 청각, 후각이 사라진다. 느껴지는 것은 아픔뿐.

그 아픔이라는 감각이 문뜩 사라졌다.

그리고 츠토무의 몸은 옅은 빛의 입자가 되어 고성의 투기장에서 사라졌다.

남은 것은 무료한 듯이 배회하는 문드러진 고룡과 츠토무가 몸에 걸치고 있던 장비들뿐이었다.

길드 등록

"꾸엑!"

목제 바닥에 얼굴부터 떨어진 츠토무는 개구리가 깔려 죽는 듯한 목소리를 냈다. 귀에 들어오는 소란스러운 사람의 목소리, 어느샌가 입고 있는 담갈색의 허름한 옷.

츠토무는 몸을 더듬어 보고 자신의 손이 있는 것을 확인하고는 안도의 숨을 내쉬었다. 자신의 몸에 이상이 없다는 것을 한창 확인하고 있는 도중에, 옆에 서 있던 남자가 츠토무의 목깃 부분을 붙잡아 반쯤 강제로 일으켜 세웠다.

"흠, 아무래도 죽었다 살아나는 건 처음인 모양이로군. 스스로 일어설 수 있겠나?"

"아, 예."

고급스러운 남색 옷을 입고, 가슴에 금색 별 모양 배지를 단 군인 같은 남자. 누가 봐도 성실해 보이는 생김새의 남자가 일으켜 세워, 츠토무는 떨어트렸던 검은 지팡이를 짚고 어찌어찌 섰다.

츠토무의 키는 170센티미터 전후로 평균적이지만, 그를 일으켰던 남자는 190센티미터 가까이는 된다. 경찰관이 말이라도 걸어온 것 같은 심정이었다.

"너, 스테이터스 카드는?"

"스, 스테이터스 카드?"

"……너는 뜨내기인가."

장신의 남자가 수상쩍다는 듯이 가늘게 뜬 눈으로 내려다보자, 츠토무는 겁을 먹은 것처럼 뒷걸음질 쳤다. 그런 그를 보고 남자는 뭐 아무래도 좋다는 듯이 한숨을 쉬었다.

"신이 만든 던전이다. 누구라도 던전에 들어갈 권리는 있다. ……하지만 넌 고아로 보이지 않는군. 게다가 그 지팡이. 어디서 손에 넣었지?"

"저기…….'

"……아무래도 기억이 흐릿한 모양이로군. 하지만 스테이터스 카드를 지니지 않은 네가 그런 지팡이를 들고 던전에 들어가면 화제가 된다. 원래의 장비가 아니겠지. 하지만 초원에서 그런 훌륭한 장비를 흘릴 바보가 있으리라고도 생각되지 않는다. 그러니까 아마도 보물 상자에서 나온 물건이겠지. 보물 상자의 색은 기억하고 있나?"

"……그게~. 이렇게, 반짝반짝 빛나고 있었어요. 금색처럼?"

심문하듯이 빠르게 나온 말을 들은 츠토무는 제대로 이해하지 못한 채로 그렇게 답했다. 츠토무가 들고 있는 검은 지팡이는, 91층 고성에서 나오는 여러 레어 드롭품을 재료로 써서 힐러용으로 만든 최고위 지팡이다. 이것은 100층까지 손에 넣을 수 있는 최고봉의 장비이자, 히든 던전에서도 통할 정도의 성능을 내포하고 있다. 그 레어 드롭이 나오는 보물 상자의 특징을 츠토무가 말하자,

남자의 표정은 흥분으로 들끓었다.

"그건…… 그야말로 신께서 내려주신 선물이라고 봐야겠군! 너는 운이 좋다!"

갑자기 어깨를 팍팍 두드리는 바람에 츠토무는 어색한 웃음을 지으며 간신히 주변을 둘러볼 수가 있었다. 손발에 붉은색 비늘이 빈틈없이 가지런히 나 있는 용인(龍人. 용 인간). 다양한 동물적 특징의 귀나 꼬리를 기민하게 움직이고 있는 수인. 지금 츠토무의 어깨를 기쁜 듯이 두드리고 있는 남자도 머리에 꼿꼿하게 개 귀가 나 있고, 커다란 남색 꼬리를 좌우로 흔들고 있었다.

물론 평범한 인간도 많이 보였다. 접수원 아가씨에게 추파를 던지고 있는 자나 무구를 손질하고 있는 사람. 그리고 츠토무의 주변에서 그의 상태를 살피고 있는 것도 평범한 인간이 많았다.

"엇차, 미안하군. 나도 모르게 흥분하고 만 모양이다. 그럼 서둘러 감정하러 가 보도록 할까."

"아, 예."

호기심과 수상쩍음이 뒤섞인 시선에 노출되어 츠토무는 조금 쭈뼛거리면서도, 견인(犬人. 개 인간) 남자에게 이끌려 가듯이 걷기 시작했다. 그사이에도 주변의 경치를 되도록 둘러봤다. 눈에 보이는 모든 것이 판타지. 귀가 길고 쫑긋한 금발 엘프. 초등학생 같은 신장에 우락부락한 얼굴을 한 남자. 새의 날개가 자라난 사람까지 있다.

그리고 길드라고 불리고 있는 건물 안도 조금 이질적이었다. 내부 자체는 거의 목조로 널찍한 것 이외에는 특징이 없다. 하지만 츠토무가 나온 장소에는, 그곳만 공간이 도려내진 것 같은 새카만 문이 있었다.

츠토무가 그 이상한 검은 문을 보고 있자 그 문이 갑자기 열렸다. 그리고 츠토무와 같은 허름한 옷을 입은 다섯 명이, 토해지듯이 나와 나무 바닥에 처박혔다. 그리고는 역시 츠토무와 마찬가지로 남색 옷을 입은 직원 같은 사람이 말을 걸어 그대로 건물에서 밖으로 나간다.

그리고 그 건물의 안에서 츠토무의 눈길을 끌고 있던 것은, 판타지 감성이 가득한 와중에 떠 있는 전자 모니터의 존재다. 홀로그램처럼 벽과 공중에 떠 있는 모니터는 무수하게 존재해, 팀을 짠 이들이 몬스터와 싸우고 있는 모습이 나오고 있었다. 그 전자 모니터는 마치 TV처럼 선명한 영상을 내보내고 있다.

그 외에도 길드 안에는 가로로 긴 카운터나 술집 같은 형식의 둥근 테이블이 늘어선 식당, 부속 훈련장 등 다양한 설비가 갖추어져 있었다.

"도착했다. 여기로 들어가자."

츠토무가 대답할 사이도 없이 들어가게 된 독방. 카운터 안에 앉아 있는 남색 제복을 입은 묘인(猫人. 고양이 인간) 여성은, 지루하듯이 팔꿈치를 괴고 있었다. 그리고 나른한 듯이 머리를 들어, 츠토무와 견인 남자를 시야에 넣고는 감탄한 것처럼 말을 꺼냈다.

"똘똘한 강아지가 여기에 오다니 드문 일이네."

"너 따위는 시야에도 넣고 싶지는 않지만, 일단 이것을 감정해라. 신의 변덕인지, 이 뜨내기가 금을 뽑았다."

"……그건 지팡이려나? 보여 줘 보여 줘!"

하얀 고양이 귀를 쫑긋 세우며 아몬드형 눈동자를 가늘게 좁힌 묘인은, 츠토무에게 넘겨받은 지팡이를 손에 들고 확인했다. 으으음 신음한 묘인은 지팡이에 감정 스킬을 걸고 놀라움의 목소리를 터트린다.

"……내가 지금까지 감정했던 물건 중에 가장 가치가 높은 것 같아."

"호오."

"나로서는 스킬 레벨이 부족해서 영창 단축밖에 효과를 모르겠어……. 분명 그것 말고도 효과가 있을 거야. 게다가 정신력 전도율. 증대율도 월등하게 최고 레벨이라고. 이것만으로도 상당한 가격이 붙을 거야. 최고 품질의 대마석(大魔石) 열 개…… 아니! 불의 대마석도 두 개 더 붙으려나! 아, 이건 현재 상태의 가격이야! 이런 간이 감정으로는 아까우니까 유료로 감정해 보지 않겠어?"

"이 녀석은 뜨내기다. 돈이 있을 것 같나?"

"그렇겠지……. 하지만 이거 감정하면 내 스킬 레벨도 올라갈지도 모르고, 으으음. 저기 너! 나중에 줘도 좋으니까 안 할래?! 지금이라면 중고품 중마석(中魔石) 한 개면 돼!"

카운터에서 몸을 내밀어 온 묘인 여성. 중마석이라고 말을 해도 제대로 이해가 되지 않는 츠토무는 저도 모르게 견인 남자를 올려다봤다. 견인은 그 시선을 받고는 턱에 손을 가져다 댄 뒤, 조금 몸을 숙여 츠토무와 시선을 맞췄다.

"이 녀석은 마음에 들지 않는 녀석이지만, 이래 봬도 감정 실력은 길드 제일이다. 이 녀석의 감정서로 중마석 한 개는 파격적인 가격이지."

"뭔가 쓸데없는 말이 섞였지만, 뭐~ 좋아! 그 말이 맞아~. 이 누나의 감정은 원래 대마석 한 개 값은 한단 말이야~."

"하지만 이 녀석이라면 '후불이긴 하지만 반나절 기다려야 합니다' 같은 소리를 할지도 모른다. 즉, 이 지팡이를 여기서 지금 당장 팔아야 하게 될지도 몰라."

"어~이! 강아지는 누구 편이야~! 난 길드 직원! 같은 길드 직원이야~! 길드의 이익이 최우선이잖아~!"

견인은 카운터를 팡팡 두드리며 불만을 흘리는 묘인을 무시하고 말을 이었다.

"그 지팡이는 아마도 최고급품이겠지. 만약 네가 그것을 사용한다면 60층의 벽을 넘어, 막대한 명성과 부를 얻을 수 있을지도 몰라. 그래도 그 지팡이를 팔겠나? 따로 보관해 둔다는 선택지도 가능하다만."

"…………."

츠토무는 생각했다. 이것이 꿈인지 현실인지를. 그 문드러진 고룡의 브레스로 받았던 이제까지 느껴 본 적이 없는 고통. 그리고 지금, 진지한 얼굴로 츠토무를 응시하는 견인. 이것이 꿈이라고 츠토무는 단언할 수가 없었다.

꿈이 아니라 현실이라면 현실적인 선택. 나중에 꿈이라고 알게 된다면 웃고 넘어가면 된다. 츠토무는 한 번 심호흡하고 몇 초 동

안 눈을 감았다. 그리고 가느다란 눈을 뜨고 냉정해진 머리로 입을 열었다.

"팔겠어요."

제작은 나름 큰일이었고, 강화에 들인 시간은 헤아릴 수가 없다. 츠토무에게는 고등학교 생활을 다 바친 결정체 같은 지팡이다. 하지만 지금의 자신에게는 이 지팡이밖에 없다. 방어구나 도구 없이 이 지팡이만 갖고 있어도 전혀 의미가 없다. 그것보다 우선해야 할 것, 돈이 필요하다고 츠토무는 판단했다.

"……그렇군. 네가 생각하고 내린 결론이라면 됐다."

견인은 결단한 츠토무의 얼굴을 본 뒤 일어나서는, 묘인에게 감정하라고 손짓으로 지시했다. 묘인은 기다리고 있었다는 듯이 지팡이를 들고, 보들보들한 하얀 꼬리를 흔들며 카운터 안으로 들어갔다.

"감정하려면 시간이 걸린다. 그동안 스테이터스 카드를 작성해 두자. 던전에 들어가지 않더라도 G(골드)를 맡겨 두기 위해 필요한 것이니."

"아, 예. 부탁드립니다."

두 사람은 독방에서 나와 다양한 인종으로 북적거리는 카운터로 향한다. 엇갈려 지나갈 때 슬쩍 쳐다보거나, 멀찍이 느껴지는 많은 사람의 시선을 츠토무는 느꼈다. 아무래도 상당한 주목을 받고 있는 모양이라고 생각해, 온화한 표정을 풀고 눈썹을 야무지게 끌어올렸다.

그리고 사람이 없는 카운터 가장자리까지 도착하자, 견인은 손

을 대고 반대쪽으로 뛰어넘어갔다. 깜짝 놀라는 츠토무에게 견인
은 씩 웃었다.

"그럼 다시 인사하지. 신이 관리하는 던전의 길드 카운터에 잘
왔다. 나는 길드 직원인 가름이다. 잘 부탁한다. 그럼 이제부터 너
의 스테이터스 카드를 작성하겠는데, 괜찮은가?"

"예. 부탁드릴게요."

가름이라고 이름을 밝힌 견인 남자는 알았다고 고개를 끄덕이고
는, 뒤에 있는 막대한 서랍을 열며 설명을 이어갔다.

"그럼 수수료로 10만 골드를 받아야 하는데…… 지금은 내가
내 두지. 나중에 지팡이의 매각 대금에서 뺄 텐데, 괜찮겠나?"

"예."

"그럼, 이 카드에 체액을 내주도록."

가름은 뒤쪽 서랍에서 새하얀 도마 같은 물건을 카운터에 밀어
놓고, 아래로 들어가서는 무언가를 뒤지기 시작했다. 그 대신에
남색의 풍성한 꼬리가 쓱 나타나 츠토무는 눈길을 빼앗겼다.

"체액……?"

"기본은 피나 침이다."

"아, 예."

카운터 아래에서 나온 가름에게 가느다란 바늘 같은 것을 넘겨
받았지만, 츠토무는 잠시 망설인 뒤에 침을 머금어 스테이터스 카
드에 흘렸다. 그러자 카드가 하얗게 빛을 낸다. 눈에 자극적이지
않은 빛이 잦아들자, 가름이 손수건으로 츠토무의 침을 닦고 나서
그것을 봤다.

"쿄타니츠토무…… 호오. LUK(운)는 평균치인가. JOB은 백마
도사. 뭐, 레벨 1치고는 좋은 스테이터스로군."

그렇게 평가받고 넘겨받은 스테이터스 카드를 츠토무는 두 손으
로 단단히 들고 봤다.

쿄타니 츠토무

레벨 LV	1
완력 STR	D-
솜씨 DEX	D-
체력 VIT	D-
민첩 AGI	D-
정신 MND	D
운 LUK	D
직업 JOB	백마도사

스킬: 힐

'백마도사인가. 그럼 메인 계정인가?'

신의 초대인가 하는 아이템을 받은 것이 메인 계정이었으니까.
츠토무는 그런 생각을 하며 스테이터스 카드를 바라봤다.

'레벨 1부터인가……. 스테이터스 계승 같은 게 되었다면 끝내
줬겠지만, 그런 일은 없구나. 하지만 지금은 아마도 손에 들어올
테니 우선은 장비를 갖추고 나서…….'

츠토무가 아직 꿈꾸는 기분으로 스테이터스 카드에 시선을 주며

두근거리고 있자, 가름은 가볍게 헛기침을 하고 생각에 빠진 그의 정신을 되돌렸다.

"다음부터는 그것을 카운터에 맡기고 던전에 들어가도록. 뜨내기도 신의 은사(恩賜)는 받을 수 있지만, 신의 규칙에는 적용받지 않는다."

"어? 신의 은사? 규칙?"

"던전 안에서는 죽어도 저 검은 문으로 되살아난다. 너도 그 몸으로 경험했겠지. 그것이 신의 은사다. 장비는 가장 가치가 높은 물건을 제외하고는 던전에 뿌려져, 30분 정도 만에 흡수되지만 말이지."

츠토무가 얼굴을 처박았던 장소를 가름이 손가락질하며 설명했다. 그 말에 문드러진 고룡의 브레스를 떠올리고 몸을 떨고 있는 중에, 가름은 상관하지 않고 말을 이어갔다.

"신의 규칙은 단 한 가지. ──악의를 지니고 사람을 죽여서는 아니 될지어다."

"아, 아니 될지어다?"

"말하자면 던전 안에서 사람을 죽여서는 안 된다는 소리다. 만약 사람이 사람을 죽인 경우, 죽인 인간은 두 번 다시 던전에 들어갈 수 없게 된다. 신에게 버림받는 것은 죽음보다도 무겁다. 절대로 해서는 안 돼."

"아, 알겠어요."

얼굴을 가까이 붙여 위협을 받은 츠토무는 문드러진 고룡을 앞에 했을 때처럼 몸을 움츠렸다.

"하지만 스테이터스 카드를 등록하지 않으면, 신에게 사람으로 인식되지 않는다. 던전의 몬스터와 마찬가지 취급을 받아, 뜨내기가 된다. 던전 안에서 뜨내기를 죽여도 신의 규칙은 적용되지 않는다."

"즉……."

"뜨내기가 인간에게 살해당할 경우는 몬스터와 마찬가지로 입자로 변해 증거는 거의 남지 않는다. 뜨내기 살해를 즐기는 바보도 있지. 다음부터는 반드시 스테이터스 카드를 지참하고 카운터로 와라. 그렇게 하면 살해당할 일은 우선 없다. 최악의 경우 살해당한다고 해도 저기서 되살아날 수 있으니 말이지."

"……알겠습니다."

츠토무가 그렇게 대답하자 가름은 좋다며 스테이터스 카드를 손에 들었다.

"이것으로 설명 의무는 끝났다. 무언가 묻고 싶은 일은 없나?"

조금 길게 자라 있는 남색 머리카락을 손가락으로 쓸며 그렇게 말한 가름에게, 츠토무는 잠시 생각한 뒤에 손을 들었다.

"……그럼, 몇 가지 물어봐도 될까요?"

"뭐지?"

"우선은 신의 규칙에 대해서예요. 그것은 사람을 죽이지 않으면 위반이 아닌 건가요? 고통을 가하거나, 몬스터를 유도해 다른 사람에게 일부러 맞붙인다든지 하는."

"호오. 너는 젊어 보이는데 상당히 음험한 모양이군."

칭찬 감사하다고 츠토무가 어깨를 으쓱이자 가름은 흐음 하고 숨을 흘리며 팔짱을 꼈다.

"아쉽지만, 목숨을 빼앗지 않는 한 신의 규칙은 적용되지 않는다. 그것과 악의가 없는 공격, 예를 들면 스킬의 오인 사격 등을 들수 있겠지. 그것으로 죽은 경우도 신의 규칙은 적용되지 않고 벌칙은 없다. 몬스터를 유도하는 것에 대해서인데……."

"아, 그건 적용되나요?"

말하기 어려운 듯이 말을 머뭇거린 가름에게 츠토무가 먼저 그렇게 말하자, 그는 고개를 가로저었다.

"몬스터 유도는 신의 규칙에 위반되지 않는다. 하지만 어지간한 사정이 있거나, 뒷일을 생각하지 않는 바보들만이 떠넘기기를 하지."

"……저것 탓이려나요."

"음. 정답이다."

츠토무가 이 건물 안 곳곳에 떠 있는 모니터를 가리키자, 가름은 조용히 고개를 끄덕였다.

"저것은 너도 본 적이 있겠지만, 신이 던전 안에 있는 파티를 보여주고 있는 신대(神臺)라고 하는 물건이다. 기본적으로는 최심부 공략을 하는 중인 파티나, 몬스터와 싸움을 펼치고 있는 파티가 나오기 쉽지만 말이지. 이 길드 건물만 해도 50대 정도 설치되어 있다. 만약 몬스터를 다른 파티에 떠넘기는 모습이 신대에 비친다면……."

"신용을 잃겠네요. 그런 파티에 가까이 가려는 사람은 없겠죠. 게다가 보복도 당할 테고 말이죠."

"그렇겠지. 그러니까 적어도 클랜 소속은 절대로 몬스터를 떠넘기지 않는다. 만약 그랬다간 그 클랜의 평가와 인기가 떨어지고, 실행한 녀석은 당연히 클랜에서도 추방이다. 어느 클랜이든 그 교육만은 철저히 하고 있지."

'그렇구나…… 그럼 다른 파티로 몬스터를 몰아가서, 약해진 몬스터를 가로채는 건 무리인가. 그럼 레어 몬스터 스틸로 레벨링도 무리. 그렇게 되면 다른 파티가 사냥하는 몬스터를 공격해 경험치를 받는 것도 무리겠네. 그럼 파티를 짜서 평범하게 공략하는 편이 무난한가.'

츠토무는 주변에 있는 모니터, 가름이 말한 신대에서 방영되는 탐색자들을 바라보며 그렇게 결론 내리고 시선을 앞으로 되돌렸다.

"……아, 그럼 두 가지만 더 괜찮을까요?"

"뭐지."

츠토무는 주변을 신경 쓰는 듯한 기색을 보이며 조금 낮은 목소리로 이야기했다.

"호위 같은 것을 고용할까 생각하는데, 그런 제도가 길드에 있나요? 만약 그런 제도가 있다면, 가능하면 당신을 고용하고 싶은데요."

"……호오 호오. 스테이터스 카드도 모르는 네가 용케 그것을 알고 있었군."

"저것을 보면 알 수 있어요."

검은 문에서 나온 사람과 남색 제복을 입은 길드 직원. 츠토무는 조금 전부터 보고 있었는데, 대부분 그 길드 직원과 함께 길드를 나가거나, 길드 카운터에 함께 줄을 서 있다.

검은 문에서 나오는 이는 대체로 하나의 무기나 방어구를 갖고, 옷은 츠토무와 같은 것을 입고 방출된다. 그리고 길드 밖까지 따라가는 길드 직원. 카운터까지라면 몰라도, 바깥까지 따라가는 것이 기본인가 하고 츠토무는 의문을 느끼고 있었다.

하지만 가름의 뜨내기 사냥 이야기를 듣고, 이곳의 치안은 좋지 않을 것이라고 생각했다. 그런 곳에서 이런 얇은 옷으로 밖으로 나가면 좋지 않은 꼴을 당하게 될 것은 쉽게 상상할 수 있다.

"그리고 가능하다면 튜토리얼……이라고 말하면 이해가 되나요? 던전 공략의 기초 설명이나, 던전의 상식 같은 것도 가르쳐 주신다면 감사드리겠어요. 아, 그게 말이죠. 저는 고아라서 상식을 모르거든요."

"음, 확실히 그런 제도까지는 아니지만, 길드 직원이 개인적으로 의뢰를 받는 일은 있다. 너의 의뢰 내용은 알았다. 그 의뢰를 받아들이도록 하지."

"감사합니다. 그럼 이제부터 잘 부탁드리겠어요."

"알았다. 나도 잘 부탁한다."

머리를 숙인 츠토무에게 가름은 성실한 표정으로 인사했다.

검은 지팡이 옥션

츠토무는 가름에게 호위와 지식의 가르침을 의뢰한 뒤, 그에게 여관을 소개받아 그날은 바로 잠들었다.

그리고 다음 날. 눈을 뜬 츠토무는 2층 침대에서 익숙하지 않은 천장을 올려다보고, 이것이 꿈이 아니라는 것을 재확인했다.

"……하아."

츠토무는 작은 한숨을 쉬었다. 원래 세계에 미련이 없지는 않다. 지금 당장 돌아갈 수 있다고 한다면 기꺼이 그럴 것이다. 하지만 아직 희망이 없는 것은 아니다.

우선 츠토무가 떠올린 것은, 던전을 만들었다고 하는 신의 존재다. 츠토무는 「라이브 던전!」에서 던전을 제패하고, 신께서 보낸 초대라는 아이템을 받은 순간 이 세계로 날려졌다는 것을 기억하고 있다. 그 아이템과 이 세계에도 존재하는 신의 던전은 간단히 연결된다.

'신의 던전을 제패하면, 돌아갈 수 있을지도 몰라.'

그런 희망이 츠토무의 마음속에서 싹트고 있었다. 이 세계는 「라이브 던전!」과 비슷한 부분이 많으니까, 틀림없이 자신이라면 던전을 제패할 수 있다는 확신이 있다. 그 희망을 가슴에 품으며 츠토무는 주먹을 쥐고, 바로 움직이기 시작했다.

츠토무를 경호하기 위해 2단 침대의 아래에서 자고 있던 가름은, 이미 기상해 세면장에서 이를 닦고 있었다. 준비를 마친 츠토무는 가름에게 인사하고 서둘러 그에게 여러 가지 질문을 했다. 현재 츠토무가 머무르고 있는 미궁 도시의 지형 정보에서부터 주변 정세. 그것들을 들은 뒤, 츠토무는 가름을 따라서 밖으로 나가게 되었다.

우선은 길드로 가서 검은 지팡이의 감정서를 길드의 감정 담당, 묘인 에이미에게 받았다. 그때 츠토무는 에이미에게 어떤 제안을 받았다.

"저기 저기. 그 지팡이, 옥션에 내 보지 않을래?"

에이미는 똥그란 눈을 빛내며 츠토무에게 옥션 출품을 제안했다.

"옥션, 인가요. 값이 더 붙는다면야 상관없지만…….."

"그건 괜찮아! 반드시 올라갈 거야! 이런 물건, 거대 클랜이 모조리 달려들 거야! 틀림없이!"

"그런가요. 가름 씨는 어떻게 생각하시나요?"

"옥션 자체는 상관없겠지. ……이 감정서를 보면, 가격도 상당히 올라갈 테니. 어이, 선금 정도는 준비했겠지?"

"물론이지. 우선 2천만 골드 정도는 준비했어."

"옥션 비용은?"

"그래 알았어. 이쪽에서 부담할게~."

"그럼 됐다. 내가 할 말은 이상이다."

"그런가요. 그럼 출품하는 쪽으로 수속을 부탁드릴게요."

"오케이~! 에이미에게 맡겨 둬!"

아담한 가슴을 탁 두드린 에이미는 그 뒤에 몇 가지 서류를 내밀었다. 츠토무는 그 내용을 확인하고, 가름에게도 확인을 받은 뒤에 사인했다. 그다음에는 다양한 형태를 한 금화, 합쳐서 2천만G를 선금으로 받게 되었다.

하지만 그런 목돈을 들고 다닐 수는 없기에, 길드가 업무로 담당하고 있는 은행에 골드를 맡기기로 했다. 마지막에 스테이터스 카드로 본인 확인을 마친 츠토무는 골드를 인출해 가름과 함께 밖으로 나왔다.

가름에게는 탐색자의 장비를 팔고 있는 좋은 물건을 갖춘 가게를 몇 곳인가 소개받았다. 가게의 배치는 대부분 「라이브 던전!」과 차이가 없었지만, 게임에서는 제삼자의 시선으로 위에서 내려다보듯이 표시되었기 때문에 안내는 도움이 되었다. 게다가 게임 내에서는 존재하지 않았던 가게도 다수 있었기 때문에, 좋은 가게의 소개도 감사했다.

츠토무는 검은 지팡이 매각으로 얻은 자금을 사용해 즉시 백마도사의 장비를 사들였다. 장비에 관해서는 「라이브 던전!」의 지식이 있기 때문에 미리 생각해 둔 물건을 차근차근 구매했다.

하지만 츠토무는 이 세계에서 물건 구매에 관한 흥정을 경험해 본 적이 없다. 이 세계에서는 가격표를 붙이고 있는 가게가 거의 없어, 점주와 가격을 교섭해야만 한다. 다행히 그 흥정은 가름이 맡아 주었다.

"광택이 상당히 약하고, 안감에 약간 얼룩이 있군. 확연히 중고

품이다. 이 사람은 신품을 주문했을 터인데?"

"어, 어이쿠. 실례했습니다. 바로 새 물건을 가져오겠습니다."

백마도사가 입으면 정신력이 상승하는 〈성스러운 로브〉를 구매할 때, 가름은 바로 흠을 발견하고는 가격 흥정을 통해 그 금액을 20퍼센트 정도 낮췄다.

"츠토무. 해독 포션은 우선 밑을 봐야 한다. 침전물이 얼마나 탁한지 봐라. 그것으로 품질을 대강 파악할 수 있다. 해 보도록."

"그럼…… 이건 어떨까요."

"음, 좋은 농도다. 이곳은 품질 문제가 별로 없는 가게니까 상관없지만, 그다지 알려지지 않은 포션 가게에서는 사지 않는 게 좋다. 대개 섞어서 희석하거나, 착색해 속이고 있으니까."

포션을 살 때도 가름에게 추천하는 가게를 알려 달라고 부탁하고, 나아가 품질에 대해서도 가르침을 받아 츠토무에게는 굉장히 도움이 되었다. 「라이브 던전!」에서도 포션의 품질이라는 개념 자체는 있었지만, 실제로 품질을 분간하는 것은 츠토무에게는 도저히 무리였기 때문이다.

그 뒤에도 가름의 교섭 기술에 도움을 받아 지출을 상당히 줄일 수가 있었다.

"이건 보수를 더 드려야겠네요."

"정말이냐. 고맙다."

그리고 가름은 성실해 보이는 생김새에 반해, 돈에 관해서는 상당히 극성맞았다. 가격 흥정 같은 것에서도 끈질기게 버텨서 1G라도 더 깎으려 한다.

"가름 씨, 참 까다로우시네요."

"……이봐, 츠토무. 아무리 큰돈을 얻었다고 해도, 돈은 소중하다. 특히 돈이 드는 장비를 살 때는 반드시 교섭할 필요가 있지. 지금부터라도 연습해 두는 편이 좋다."

"그렇네요. 노력해 볼게요."

아무래도 물건을 살 때 가격을 깎는다는 것에 익숙하지 않은 츠토무는 자신 없는 기색으로 대답했다. 하지만 장비 선택에 관해서는 츠토무도 지식이 있기 때문에 망설임 없이 골라 구매하고 있다. 그 망설임 없는 모습과 물건을 고르는 눈에 가름은 감탄하고 있는 모양이었다.

어느 정도 장비를 갖춘 뒤, 관광 삼아 시내를 걸었다. 츠토무는 길드 안에서 봤던 전자 모니터 같은 물건이 시내에도 존재한다는 사실에 놀랐다.

던전 탐색의 모습이 출력되고 있는 신대의 앞에는 관중들이 모여 고조되어 있다. 츠토무가 보기에는 거대한 스크린으로 스포츠를 관전하는 관중처럼 보였다.

"……저건 길드 사람들이 내보내고 있는 건가요?"

"응? 신대 말인가? 그럴 리가 없지."

"그러면……."

"원리는 모르겠지만, 신의 눈이라고 불리는 것에 찍힌 것이 저 신대로 보내지게 되어 있다. 애초에 신의 던전에 대해서는 생각해 봤자 시간 낭비다. 불명확한 점이 너무 많아 학자들마저도 신의 소행이라고 포기하기 시작한 사람이 있을 정도니."

"헤에……."

여기저기에 존재하는 던전에 들어간 탐색자들을 비추는 신대는 「라이브 던전!」에서도 갖추어져 있던 라이브 기능과 거의 같은 모양이었다. 츠토무는 흥미 깊은 듯이 허공에 떠 있는 신대를 관찰하기 시작했다.

"조금 보고 가고 싶은데, 괜찮을까요?"

"상관없다."

"감사합니다."

츠토무는 가름의 대답에 고개를 끄덕이고, 여러 개 있는 신대로 눈길을 주면서 탐색자와 던전의 모습을 즐겁게 감상하기 시작했다. 가름은 그런 츠토무를 경호하듯이 뒤에 붙어 있었다.

▷ ▷

그리고 3일 정도가 지나는 사이, 신대에서 다양한 던전과 탐색자들을 계속 관찰해 정보를 수집했다. 츠토무는 처음에는 신대로 본 강해 보이는 탐색자와 던전에 흥분했었다.

하지만 신대를 계속 관찰하고 3일 만에, 츠토무가 탐색자들에게 지니고 있던 존경의 마음은 사라져 있었다.

'……심하지 않아?'

현재 최고 도달층은 59층으로, 모든 클랜은 60층에 존재하는 계층주(階層主), 화룡을 이기지 못하고 있다. 공략 진도는 반년 정도 제자리걸음으로, 던전 공략은 정체되어 있었다.

더욱이 탐색자들은 역할 3종의 개념을 전혀 모르는 모양이었다. 파티 구성은 공격 담당인 딜러 네 명에 회복 담당인 힐러 한 명이 현재의 주류로, 방어 담당인 탱커가 존재하지 않는다. 그리고 계층주가 나오지 않는 층에서는 딜러 네 명이 한없이 들이박아 몬스터를 해치우고, 힐러는 그 몬스터가 드롭하는 마석이라는 물건을 주워 모으고 있었다.

여기까지는 딱히 아무런 생각 없이 신대의 영상을 보고 있었지만, 대형 클랜의 화룡전을 보고 츠토무는 말문이 막혔다.

죽은 파티 멤버를 소생시켜 주는 '레이즈'라는 스킬을 백마도사가 사용해, 죽어 있던 흑마도사 딜러를 부활시켰다. 그리고 레이즈를 사용해 탐색자를 부활시킨 백마도사를 골치 아픈 적으로 인식한 화룡의 어그로가 힐러에게 튀어서 표적이 되기 시작했다. 하지만 다른 딜러들은 그 힐러를 돕지 않고 상처를 회복하는 녹색 포션을 느긋하게 마시고 있고, 부활한 흑마도사 여성도 장비를 갖추고는 백마도사가 공격당하는 광경을 견학하기 시작한 것이다.

힐러 여성은 목숨이 간당간당한 상태로 도망치기는 했지만, 잠시 뒤에 화룡의 꼬리에 튕겨 나가고 마지막에는 화룡에게 씹혀 삼켜지고 말았다. 마치 쓰고 버리는 도구 같은 힐러의 취급에 츠토무는 놀라 한동안 움직일 수가 없었다.

"가, 가름 씨. 저건 어떻게 된 건가요?"

파랗게 질린 얼굴로 가름의 소매를 잡고 설명을 요청한 츠토무에게, 그는 신기하다는 듯한 표정을 지으면서도 대답했다.

"음? 딱히 놀랄 일도 아닐 텐데. 대형 클랜의 일반적인 전법이다."

가름이 말하기를 대형 클랜은 공략 계층 기록 경신을 노리고 있어서, 적자를 각오하고 회복은 최고급품 포션을 사용하고, 갑작스러운 공격으로 죽은 자를 힐러가 되살리는 전법을 채용하고 있다고 한다.

그리고 최고 계층의 공략 중에는 반드시 신대 중에서 가장 거대한 스크린인 1번대라고 불리는 것에 그 파티의 모습이 방송되어, 도시 시민의 인기와 클랜의 지명도가 오른다.

인기가 오르면 자연스럽게 그 탐색자가 장비하고 있는 무기나 방어구, 도구 등의 선전이 된다. 1번대에 몇 번인가 나오게 되면, 높은 확률로 무기점이나 방어구점에서 우리 무구를 사용해 주지 않겠느냐는 등의 선전을 의뢰받게 된다. 게다가 열성적인 팬이 보내준 공물이나, 신문사의 인터뷰료 같은 것으로 대형 클랜 등은 채산이 맞는다.

문제는 그 대형 클랜의 전법을 모방해 하위 클랜이나 파티도 같은 전법을 사용한다는 것에 있다.

대형 클랜마저도 적자인데, 하위 파티가 그 전법을 흉내 내면 당연히 적자가 확정이다. '그래도 언젠가 흑자가 될 거야. 저 대형 클랜이, 저 유명인들이 하고 있으니까'라고, 주로 초심자 파티 등이 상위진을 참고해 생각을 내던진 채로 던전 탐색을 반복한다. 그리고 적자가 되어 돌아오거나 전멸. 장비는 거의 던전에 흡수되거나 동업자에게 회수되어, 남은 것은 단 하나의 장비와 황갈색 낡은 옷뿐.

채산이 맞지 않아 짜증이 난 딜러에게 입장이 처지는 힐러나 짐꾼은 협박당하고 괄시를 받아, 부당한 배분밖에 받지 못한다. 그리하여 딜러만은 이익을 얻고, 힐러나 짐꾼은 다른 일을 겸업해서 간신히 버티고 있다. 그런 현실을 가름에게 들은 츠토무는 저도 모르게 머리를 부여잡았다.

'이래서는 던전 제패가 가능할 리가 없어……'

실제로 탐색자들은 반년 동안이나 화룡을 공략하지 못하고 있고, 현재 상태를 봐서는 화룡 토벌은 아직도 가능할 것 같지 않았다. 츠토무는 「라이브 던전!」의 지식을 근거로 탐색자의 레벨과 직업, 장비하고 있는 무기 등을 보고 하나하나의 공격을 수치화해 산출하고, 화룡전에 그것을 적용했다. 그 결과, 화룡은 아직 절반 정도 여력을 남기고 있다는 계산이 나왔다.

애초에 백마도사를 애용했던 츠토무가 보기에는 힐러의 움직임도 끔찍해서 차마 눈 뜨고 볼 수가 없었다. 전투 초반에만 지원 스킬을 걸고 그 뒤로는 숨어서 딜러를 회복하지도 않고, 소생할 때밖에 얼굴을 보이지 않고 있다. 그것은 기생 플레이로밖에 보이지 않았다.

게다가 탱커가 없는 것이 츠토무가 보기에는 말이 되지 않는다. 탱커는 파티 전체의 대미지를 억제하기 위해서 필수적인 역할이고, 탱커가 없으면 파티가 안정되지 않는 것은 당연한 일이다. 스테이터스나 JOB 등의 시스템이 없다면 모를까, 스테이터스 카드라는 것이 존재하고 있고, 탱커에 적합한 JOB이나 스킬의 존재도 확인했다. 우선은 파티를 구성할 때 세 종류의 역할이라는 개념을 근거로 짜지 않는 한, 던전 제패 같은 것이 가능할 리가 없었다.

'게다가 더는 죽고 싶지 않으니까…….'

그리고 무엇보다, 던전 안에서 살아 돌아올 수 있다고 해도 츠토무는 저렇게 무참하게 죽고 싶지 않았다. 힐러는 레이즈로 아군을 되살린 뒤에는 저처럼 화룡에게 잡아먹혀도 당연하다는 풍조다. 그런 꼴을 자신이 당하는 것은 완전히 사양이었기 때문에, 어떻게 서든 현재 힐러의 포지션을 바꿀 필요가 있었다.

투덜거리며 여러 가지 생각을 떠올리고는 지우고 있는 츠토무를, 가름은 걱정스러운 듯이 보면서도 말을 걸었다.

"츠토무. 슬슬 옥션 시간이다. 길드로 가지."

"아, 예. 죄송해요."

이름을 불린 츠토무는 제정신을 차리고, 걷기 시작한 가름의 넓은 등을 따라갔다.

럭키 보이

"자아~! 들어요 들어! 금 보물 상자에서 나온 최고위 지팡이라고요!! 이것이 있으면 화룡이라도 해치울 수 있을지도! 성능은 길드 감정사인 제가 보증해요! 현재 있는 어떤 지팡이보다도 월등한 성능! 정신력 소비 경감 같은 것도 달려 있어요!"

길드에서 감정인을 맡고 있는 묘인 에이미는 부채 같은 물건으로 책상을 팡팡 두드리며 옥션 사회를 보고 있었다. 에이미는 이런 자리에 익숙한 것인지, 상당한 달변으로 검은 지팡이에 입찰한 사람들을 부추기고 있다.

츠토무는 검은 지팡이의 소유자이기 때문에 낙찰 상대가 정해졌을 때의 양도인으로 길드에 불려와, 에이미 옆에 앉아 있었다. 현재의 매입 가격은 3천만G. 이미 원래 가격에서 1천만G 올라가 있다.

"3… 3100!"

"3200!"

"3200! 더 높이 낼 사람은 없어~?! 화룡 토벌의 영예를 살 수 있다고~? 누구 없는 거야~?"

에이미의 부추기는 말에 경쟁하고 있던 남자는 뒤돌아보지만,

이미 자금은 바닥을 찍고 있었다. 이윽고 나서는 사람이 없어지고, 검은 지팡이의 매입권은 흑마단(黑魔團)이라는 클랜이 독점했다. 주변에 있던 관객들에게서 성대한 환성이 터져 츠토무는 깜짝 놀랐다.

흑마단은 그 뒤 대량의 주화를 길드 직원에게 넘기고, 정확히 3200만G라는 것이 확인되었다. 츠토무는 에이미에게 넘겨받은 열쇠로 자물쇠를 열고, 투명한 쇼케이스 같은 것에 걸려 있던 검은 지팡이를 손에 들었다. 그리고 흑마단 중에서 걸어 나온, 흑발을 허리까지 기른 미인 여성에게 검은 지팡이를 넘겼다.

"고마워!"

"아니요, 저야말로 감사해요."

"당신의 희소한 행운에 감사를 올리겠어. 모두 이 럭키 보이에게 큰 박수를 보내줘!"

흑마단의 딜러인 아르마라는 여성이 그렇게 말하자, 츠토무에게 큰 박수가 보내졌다. 많은 환성과 야유에 츠토무는 말없이 머리를 숙였다.

옥션은 그 뒤에 끝을 고하고 해산해, 츠토무도 자신의 계좌에 차액분의 골드가 들어온 것을 확인하고 가름에게 의뢰금 100만G를 지불했다.

"이렇게나 많이 괜찮은가?"

"예. 가름 씨에게는 신세를 졌으니까요. 게다가 장비의 흥정 같은 걸로 이쪽은 그 정도 이득을 보기도 했고요."

"그렇군. 그럼 감사히 받도록 하지. 다시 뭔가 곤란한 일이 있다면 오도록 해라. 나는 길드에서 문지기를 하고 있으니까.”

“알겠어요. 그럼, 감사했습니다.”

가름에게는 「라이브 던전!」에서의 지식만으로는 얻을 수 없는 다양한 것들을 배웠으니까, 이제 홀로서기에 문제는 없었다. 이제부터는 길드에 있는 훈련장에서 지팡이술이나 스킬을 연습한 뒤, 길드에 알선을 받아 파티를 짤 예정이다.

츠토무는 가름과 작별을 고한 뒤 길드의 훈련장에서 돈을 지불하고, 몸을 움직이는 방법과 지팡이를 이용한 봉술 등을 배웠다.

그리고 옥션이 있고 3일 뒤. 검은 지팡이를 손에 넣은 흑마단은 화룡을 토벌하는 것에 성공했다. 그때 1번대의 소란은 대기를 흔들었다. 심지어 길드에서 훈련을 하고 있던 츠토무의 귀에도 들려올 정도로 큰 환성이었다.

츠토무가 가져왔던 검은 지팡이는 그 정도로 강력한 물건이었다. 본래 그 검은 지팡이는 백마도사 전용 지팡이로, 백마도사가 장비하지 않으면 발동하지 않는 효과도 있다. 하지만 검은 지팡이의 기초능력은 현존하는 장비와 비교해도 현저하게 높아, 실로 치트급의 성능을 지니고 있었다.

게다가 검은 지팡이를 갖고 있는 딜러인 아르마만이 아니라 다른 딜러도 레벨이 높았다. 특히 클랜의 리더인 남자가 예사롭지 않은 강함을 지니고 있다는 것과 맞물려, 딜러 네 명의 편성으로 화룡을 억지로 물리치는 데 성공했다.

그리고 1번대에 비친 검은 지팡이를 든 아르마는 최상급의 웃음을 얼굴에 띠고 말했다.

"정말로 그 럭키 보이가 고마워! 덕분에 60층의 벽을 돌파할 수 있었어!"

그 발언을 1번대에 밀집해 있던 막대한 수의 관중들이 듣고, 럭키 보이라는 이름은 순식간에 퍼졌다. 대형 신문사가 그것을 흥미 본위로 기사화하고, 막대한 골드를 번 럭키 보이를 질투한 탐색자들의 쓸모없는 진력도 어우러져 럭키 보이의 이름은 더욱 도시 안에 퍼져 나가게 되었다.

신대에서 정보를 수집해 어떤 식으로 던전 탐색을 진행해 갈지를 머릿속에서 그리고 있던 츠토무는, 처음에는 자신의 이름이 멋대로 팔려나가고 있다는 것을 기뻐했다. 이 정도 지명도가 있으면 파티를 짜는 데 그다지 고생하지 않을 수 있다고 생각했기 때문이다.

하지만 현실은 달랐다.

"너…… LUK가 D잖아! 거기다 백마도사냐! 쓸모없어!"

"사기잖아. 아~아. 시간 낭비였네."

"크큭. 럭키 보이야. LUK가 D인 럭키 보이가 왔다고."

럭키 보이라는 별명이 어설프게 퍼진 탓에, 츠토무에게 파티 신청을 하는 사람은 높은 LUK를 노리는 경우가 대부분이었다. 하지만 츠토무의 스테이터스는 지극히 평균적으로 LUK는 D. 높은 LUK를 노리던 이들은 츠토무의 스테이터스 카드를 보고는 기겁해서 허둥지둥 떠나거나, 침을 뱉고 사라져 갔다.

금 상자를 뽑아 거금을 한 번에 벌어들인 츠토무를 질투하기도 했던 탐색자들은, 이때를 기회로 보고 그의 스테이터스를 공표해 파티를 짜지 않는 편이 좋다고 떠들고 다녔다.

그 탓에 츠토무는 직접 파티를 짜려고 해도 짤 수 없는 상황에 빠지고 말았다. 길드에 파티 알선을 부탁해도 츠토무의 파티에는 아무도 들어오지 않고, 직접 탐색자들에게 말을 걸어도 히죽거리면서 얕잡아 보거나 비웃으며 무시하기 일쑤였다.

파티를 짜지 않고 백마도사 홀로 던전 제패는 절대로 불가능하다. 어떻게서든 이 별명을 뒤집어야만 한다. 3주 동안 츠토무는 어떻게든 파티를 짜기 위해 바쁘게 뛰어다녔지만, 성과는 전혀 나오지 않았다.

'⋯⋯어떡해야 할까.'

정공법으로는 무리라고 판단한 츠토무는 「라이브 던전!」에서의 지식을 구사해 더욱 돈을 벌어, 그 돈으로 레벨이 높은 탐색자를 고용할 수 없을까 모색하기 시작했다. 3천만G의 자본이 있으니 아마도 가능할 것이다. 가능성은 아직 사라지지 않았다. 아직 괜찮다고, 츠토무는 이를 악물며 훈련장에서 봉술 훈련을 이어갔다.

"아직도 하고 있어. 소용없는데 말이야. 아무도 끼워 주지 않을 거라고~."

"뭐, 너무 그러지 마! 럭키 보이 나름 노력하고 있다고! 백마도사지만 말이야!"

"캬하하하하하하!!"

설령 밖에서 탐색자에게 비웃음받더라도 노력을 멈춰서는 안 된다. 길드 지도원의 동정하는 시선도 신경 쓰지 않는다. 츠토무는 마음을 비우고, 지팡이를 이용한 봉술과 스테이터스 카드를 만듦으로써 사용할 수 있게 되는 스킬을 훈련했다. 그리고 어느 날, 휴식을 위해 바닥에 앉아 흐르는 땀을 수건으로 닦고 있던 츠토무 앞에 키가 큰 남자가 나타났다. 또 놀리려는 건가 싶어, 츠토무는 무기질적인 눈으로 그 남자를 올려다봤다.

남자는 남색의 크고 다복한 꼬리를 바닥에 붙이고, 머리에는 남색 개 귀가 달려 있었다.

"츠토무."

"……가름 씨였나요."

"너에게 한 가지 제안을 갖고 왔다."

"……어떤 건가요?"

츠토무는 조금 경계하듯이 가름을 올려다보고 있다. 최근 3주 동안, 츠토무는 주변으로부터 차가운 태도나 질투 섞인 모멸을 받아 왔다. 탐색자에게는 럭키 보이라고 무시당하고, 인파에 섞여 짐을 도둑맞을 뻔하거나, 등이 떠밀려 노점에 처박혔던 적도 있었다. 그래서 츠토무는 가름이라 하더라도 경계를 풀지 않았다.

그런 츠토무에게, 가름은 진지한 표정으로 손을 내밀었다.

"나와 파티를 짜지 않겠나."

▷▷

츠토무는 가름이 건넨 제안을 받아들였다. 솔직히 다행이라고 생각했다. 확실히 돈을 벌어 탐색자에게 의뢰한다는 방법을 생각하기는 했지만, 그것이 반드시 잘 풀린다는 보증은 없었기 때문이다.

길드의 카운터에서 파티 계약 시류를 쓴 츠토무는, 전망이 생겼다는 것에 안심하고 숙소로 돌아와 오랜만에 숙면을 취했다. 그때까지는 불안해서 밤중에도 때때로 눈을 뜨거나 했지만, 그날의 아침은 기분 좋게 깨어날 수가 있었다.

그 뒤는 일주일 정도 가름에게 지도를 받으며 훈련을 이어갔다. 그리고 몸을 움직이는 방법이나 백마도사의 스킬인 힐을 쓸 수 있는 것을 확인한 츠토무는, 시험 삼아 가름과 던전에 한 번 들어가 본 뒤, 본격적으로 던전 공략을 시작하게 되었다.

"헤이 럭키 보이. 오늘도 가름에게 이끌려 산책이냐?"

"부럽네~. 부자는 장비가 호화로워서! 조금은 그 돈 좀 나눠 주라고~."

"함께 파티를 짜자고, 럭키 보이! 아, 보물 상자의 보수는 반반이야~! 캬하하하하하하!!"

길드 안에 갖추어진 식당에서 그런 야유가 날아온다. 츠토무의 옆에 있는 가름이 노려보며 위압하자, 대낮부터 얼굴이 벌건 탐색자들은 혀를 차고 시선을 돌렸다.

탐색자들이 말한 대로 츠토무의 장비는 한 달 전과는 상당히 변해 있었다. 희미하게 빛을 띠고 있는 순백 로브에, 마찬가지로 희미한 빛으로 둘러싸인 하얀 바지. 그 허리에 감은 특제 벨트에는 녹색 회복 포션이 든 가늘고 긴 용기가 걸려 있다.

등에는 대용량이지만 부피는 가장 적게 나가는 값비싼 매직백을 짊어졌다. 그 안에도 여러 장비와 아이템이 수납되어 있었다.

최고 품질의 마석 20개와 맞먹는 약 2천만G를 사용해 장비를 싹 바꾼 츠토무는, 그 탐색자의 말을 무시하고 가름의 뒤를 따랐다.

'……벌레들이.'

츠토무를 럭키 보이라고 흔히 부르는 탐색자는 대체로 실력이 낮아, 언제까지고 1층 초원이나 11층 숲을 근거지로 삼고 있는 자가 많다. 그런 탐색자들은 주변에서 벌레라고 야유받는데, 츠토무는 자신에게 몰려드는 벌레들이 진심으로 싫었다.

럭키 보이라는 별명이 붙고 나서 한 달, 길드에서는 질투와 모멸을 담아 츠토무를 럭키 보이라고 불렀다. 마을에서도 대부분은 츠토무를 럭키 보이라고 부른다. 마을 사람들은 그렇게까지 악의를 담고 있지는 않다고 해도, 츠토무는 지긋지긋했다.

하지만 불행한 일만 있던 것은 아니다. 츠토무가 불명예스러운 칭호가 붙게 되고 말았다는 것을 알고 있던 길드는, 가름의 항의를 받고 파티 멤버를 대여해 주는 것을 정식으로 결정. 그리고 츠토무와 조건을 확인하고 서면 계약을 나눴다.

럭키 보이라는 별명이 가라앉을 때까지는 호위 겸 파티 멤버로 가름이, 그리고 츠토무의 검은 지팡이를 옥션에 출품할 것을 권했던 에이미도 자주적 참가로 호위 겸 파티 멤버로 길드에서 무상 대여받게 되었다.

"미안하다. 츠토무."

길드 안에서 럭키 보이라고 불릴 때마다 남색의 두꺼운 개 귀를 접고 사죄를 하는 가름에게, 츠토무는 괜찮다고 하얀 로브를 펄럭

이며 손을 흔들었다.

"만약 제가 럭키 보이가 되지 않았다면, 1층에서 죽치고 있는 저런 녀석들이랑 파티를 짜게 되었겠죠. 가름 씨와 파티를 짤 수 있게 되어서, 저는 정말로 운이 좋았어요."

"……츠토무가 별명을 그다지 중시하지 않는 사람이라 다행이라고, 진심으로 생각한다."

그 작은 목소리와는 반대로 태연한 태도를 보이는 츠토무에게, 가름은 진지하게 답하며 카운터에 줄을 섰다.

"그건 그렇고 에이미는 아직 안 오나. 이미 10분은 지났는데."

신대에 표시되어 있는 시계를 보며 가름은 짜증스럽게 혀를 찼다. 츠토무는 쓴웃음을 지으면서도 길드 안을 둘러봤다.

"뭐, 느긋하게 기다리도록 해요. 애초에 저는 에이미 씨라는 분이 파티에 들어와 주리라고 생각해 본 적이 없었으니까요."

"츠토무. 에이미는 조심하는 편이 좋다. 그 녀석은 그 생김새와 아양 때문에 주위에서 떠받들고는 있지만, 그 내용물은 지독하다. 게다가 이번에 일부러 파티에 스스로 참가한 것도 츠토무에게 돈이라도 뜯어내려는 목적일지도 모른다. 아예 에이미 따위는 놔두고 다른 사람을……."

"자~ 그만! 나를 해고하려는 계획은 즉각 저지하도록 하겠어!"

척! 하고 뒤에서 뛰쳐나온 에이미는 가름의 어깨에 손을 올리고 그대로 공중제비. 그리고 츠토무를 사이에 두고 가름의 반대쪽에 착지했다. 남색 바지가 아니었으면 보였겠다 싶어 츠토무는 살짝 아쉬운 마음이 들었다.

"네 녀석……. 몇 분이나 늦어야 만족하려는 거냐!"

"한가하게 문만 지키는 멍멍이랑 다르게 나는 감정사 일도 있다고~! 나도 바쁘단 말이야~! 아~ 그리고, 츠토무 군이었던가? 늦어서 미안해!"

흰 머리를 어깨까지 기른 에이미는 혀를 살짝 내밀며 사과했다. 그 모습에 반성의 색은 전혀 보이지 않았지만, 츠토무는 딱히 개의치 않고 이야기를 진행했다.

"예. 그쪽은 에이미 씨라고 하면 될까요?"

"응! 길드 감정사인 에이미야. 잘 부탁해~."

"예. 앞으로 잘 부탁드리겠습니다."

에이미는 하얀 고양이 귀를 쫑긋거리며 인사를 하고, 싱글거리는 웃음을 츠토무에게 보냈다. 츠토무는 조금 전 가름에게 들은 말을 떠올리면서도 인사에 답했다.

확실히 가름이 말한 대로 에이미에게서는 어딘가 수상쩍은 기색을 느끼고 있었다. 에이미는 자신의 귀여움을 잘 알고 있으면서, 그걸 어필하는 행동을 하는 경향이 보인다. 옥션의 사회를 보던 에이미를 봤을 때도 느꼈지만, 약삭빠른 동작이 굉장히 어울리는 여성이었다.

가름의 말을 전부 믿을 수는 없지만, 츠토무는 에이미의 행동을 조금 주시하고자 마음먹었다. 하지만 그녀의 스테이터스를 듣자니 딜러로 쓸만하다 싶었기 때문에, 파티 가입에 관해서는 환영하고 있었다.

"아, 다음부터는 지각하지 않도록 부탁드릴게요."

"알았어~! 아, 저기 비어 있어, 저기! 가자 가자!"

탐색자들에게 인기가 없는, 머리카락을 민 장년의 남자가 있는 카운터로 나아간 에이미를 가름이 불만을 흘리며 따라갔다. 츠토무도 그 뒤를 이었다.

"아저씨! 스테이터스 카드 빨리!"

"시끄럽다, 바보 자식아! 이쪽은 너 때문에 바빠 죽겠어!"

"수고하십니다."

"그래, 가름. 에이미를 돌보느라 고생이 많다. 츠토무도 말이야."

"아하하……."

던전의 몬스터도 도망칠 것 같은 웃음을 띤 남자에게 츠토무는 현기증을 느끼면서도, 그가 내민 하얀 종이 끝을 입에 머금어 침을 묻혔다. 가름도 마찬가지로 내밀어진 종이를 깨물어 침을 묻혔다. 에이미는 그런 두 사람을 본 뒤, 동일하게 덥석 종이 끝을 깨물어 침을 발랐다.

그 작은 종이를 카운터의 남자가 받아 들고는, 뒤에 있는 마석이 설치된 커다란 기계로 종이를 넣는다. 그러자 카운터 뒤쪽에 있는 막대한 스테이터스 카드 중에서 세 개의 카드가 뽑혀 카운터에 놓였다.

"우와. 침 뱉기냐. 촌스러~."

"럭키 보이는 아직 아픈 거 안 되나요~?"

그런 조소가 이번에는 츠토무의 옆에서 날아든다. 옆줄에 서 있는 질 나쁜 파티가 입술을 내밀며 껄껄 웃고, 다른 줄의 파티도 소곤거리며 자기들끼리 츠토무의 행위를 깔보고 있었다.

 카운터의 사람은 스테이터스 카드의 등록 때와 마찬가지로, 탐색자에게 체액의 제공을 요구한다. 주목적은 두 가지. 막대한 스테이터스 카드를 일일이 수동으로 관리하는 것은 상당한 수고가 들기 때문에, 마석을 원동력으로 한 기계를 이용해 수고의 간략화. 또 한 가지는 그 체액과 스테이터스 카드를 사용해 파티를 편성하기 위해서다.

 그리고 그 체액은 기본적으로 침이나 혈액 중 어느 한 가지를 제공하는데, 침을 제공하는 것은 바늘의 아픔을 두려워하는 겁쟁이라는 풍조가 탐색자들 사이에 존재했다. 그 사실을 츠토무는 가름에게 사전에 들었다.

 하지만 던전에 들어갈 때마다 손가락을 바늘로 찌르는 행위는 쓸데없다고 느껴지고 아픈 것도 싫었다. 미인 접수원 앞에서 자기 나이프로 손바닥을 베어 자랑스럽게 피를 보여 주는 탐색자 쪽이 이상하다고 츠토무는 항상 생각한다.

 그렇게 하고서 포션을 쓰거나 힐러에게 수고를 끼치니까, 저런 파티의 힐러는 절대로 되고 싶지 않았다. 지금 상황에 불만이 없는 것은 아니지만, 가름과 에이미랑 파티를 짜게 된 행운에는 감사했다.

 옆줄의 파티에 무언가 한마디하려는 에이미를 달래면서, 츠토무는 원래의 흰색에서 황록색으로 변해 있는 자신의 스테이터스 카드를 봤다. 딱 한 번이지만 가름과 둘이서 던전에 들어갔었기 때문에, 그 스테이터스 카드는 황록색이 되어 있었다.

스테이터스 카드의 색은 그 사람이 도달한 최고 계층을 나타낸다. 츠토무는 제1층 초원의 상징인 황록색. 가름과 에이미는 해변의 바다를 나타내는 푸른색. 즉 그들은 적어도 41층까지 도달한 상태라는 의미다.

　"정말 저 벌레들은 짜증 난단 말이야……. 성격 드러워~."

　"딱히 저에게 맞춰 주지 않아도 괜찮은데요?"

　"그럼 내가 저 녀석들이랑 같은 의견이라는 거잖아~?! 싫어!"

　에이미가 핑크색 입술을 삐죽이고 하얀 꼬리를 바짝 세웠다. 가름은 스테이터스 카드를 카운터에 내려놓고 눈을 가늘게 뜬 채 코웃음 치며 그녀를 노려봤다.

　"그럼 불평하지 말고 조용히 있어라."

　"예, 예. 충견님은 대단하시네요~. 불평도 하지 않고 기다려! 으~응, 너무 착실해서 구역질이 나!"

　"……너는 한 번 혼쭐이 나 보지 않으면 정신을 못 차릴 모양이로군."

　"너희는 질리지도 않고 잘들 노는구나. 던전 안에서 규칙을 깨트리지 않을까 조마조마하다."

　카운터 남자가 질렸다는 듯 한숨을 쉬며, 세 사람이 침을 묻힌 종이를 카운터에 놔둔 붉은색 랜턴 속으로 던져넣어 태웠다.

　"자, 파티 신청은 끝냈다. 보수는 3등분이면 되지?"

　"예. 괜찮아요."

　"스테이터스 카드 갱신이 끝났으면 서둘러 다녀와라. 특히 에이미, 방해돼."

"어차피 여기에 줄 서는 사람 따위는 그다지 없잖아요! 메~롱! 대머리!"

혀를 내밀며 그렇게 내뱉고는 던전 입구로 달려간 에이미. 번 뜩 빛을 반사하는 이마에 핏대를 세운 카운터 남자에게 인사를 한 뒤, 가름과 츠토무는 에이미를 뒤쫓았다.

길드 안에 있는 던전에 들어갈 수 있는 이동 지역에는, 사람이 다 섯 명 정도 나란히 들어갈 수 있을 정도 크기의 마법진이 다섯 곳 정도 좌우로 나란히 설치되어 있었다. 그 마법진으로 탐색자 파티 가 차례로 들어가서는 빛의 입자를 남기고 사라진다.

길드의 훈련장에 늘 다니던 츠토무에게는 이미 익숙한 광경이지 만, 처음 마법진에 들어갔을 때는 무서웠던지라 가름에게 손을 잡 아 달라고 부탁했었다. 그것은 지금도 변함없다.

순서는 바로 돌아왔기 때문에 츠토무는 금방 마법진으로 들어갔 다. 그러자 에이미는 가름과 손을 잡기 시작한 츠토무를 의아하다 는 듯한 표정으로 바라봤다.

"어? 설마 무서운 거야?"

"예. 한심한 일이지만요."

"흐~응……."

신의 던전이 존재하는 이 미궁도시에서, 길드의 마법진은 당연 한 것으로 인식되고 있다. 하지만 밖에서 온 사람은 츠토무처럼 마법진이나 검은 문을 무서워하는 경향이 있었다. 에이미는 츠토 무의 출신에 대해 조금 생각하는 기색을 보였지만, 금방 머리를 흔들고 마법진으로 들어갔다.

"그럼, 1층으로 전이!"

츠토무가 그렇게 선언하자 세 사람도 다른 탐색자와 마찬가지로 빛의 입자를 남기고 길드에서 모습을 감췄다.

원거리 힐

"엇, 차."

전이 때의 떨어지는 듯한 감각에 몸을 맡기며, 츠토무는 가름에게 매달리면서도 지면에 착지했다. 처음에는 이 감각을 모르고 넘어졌지만, 두 번째는 조금 몸이 휘청거리기만 하고 넘어지지 않았다.

인공물이 많은 길드 건물과는 주변이 완전히 바뀌어, 황록색 들판이 시야 가득히 펼쳐져 있다. 아무래도 전망이 좋은 장소로 나온 듯, 츠토무라도 멀찍이서 드문드문 있는 몬스터를 볼 수 있었다.

"……그립네."

작은 목소리로 나직이 중얼거린 에이미는 눈이 부시다는 것처럼 눈을 가늘게 좁히며, 초원 던전을 바라보고 있었다. 츠토무는 어딘가 건드리기 어려운 분위기의 에이미에게 애써 말을 걸었다.

"에이미 씨. 보채서 죄송하지만, 색적을 부탁드려도 될까요?"

"그래, 알았어~."

에이미는 츠토무의 말에 고개를 끄덕이고, 바람 같은 기세로 초원을 달려나가 금방 보이지 않게 되었다. 그사이에 츠토무는 등에

짙어지고 있던 매직백에서 하얀 지팡이를 꺼낸다. 자신의 새하얀 장비를 보고 "이것이야말로 백마도사로구나"라고 혼잣말한 후 이미지 트레이닝을 시작한다.

그 뒤 가름이 말을 걸어와 준비 운동을 도와주고 있자, 에이미가 숨을 약간 가다듬으며 돌아왔다.

"탐색자 없어~. 대단한 몬스터 없어~. 문제없어!"

"알겠어요. 그럼 우선 북쪽으로 갈까요."

"음, 알았다."

손을 들어 보고하는 에이미와 준비 운동을 마친 가름. 그들의 장비는 길드 직원의 제복 그대로로, 무기는 들고 있지 않다. 이유는 만에 하나 죽었을 때를 위한 보험이라는 것도 있지만, 가장 큰 이유는 다른 파티에 대한 억지력이다.

길드 직원은 사무직 이외 전원, 던전을 40층 이상 돌파한 사람만이 가입 시험을 받을 자격을 얻는다. 그 뒤는 난관인 필기 시험과 자신의 특기를 평가받는 실전 시험 양쪽을 높은 수준으로 통과하고, 마지막으로 길드장과 면접을 해 문제없다고 인정받은 사람만이 길드 직원이 될 수 있다.

그런 길드 직원의 제복을 입은 사람이 두 명이나 있는 파티에, 질투 때문에 꼬장을 부리는 파티는 거의 없다. 특히 가름은 검은 문을 지키는 문지기로 알려져 있기 때문에 억지력은 강하다. 게다가 일단 츠토무의 매직백에 일반적인 장비도 들어 있다.

"그럼, 저 세 마리를 목표로 가 보죠."

"오케이~!"

츠토무가 세 마리의 고블린을 가리키자 에이미가 달려 나가고, 가름과 츠토무도 종종걸음으로 뒤를 따랐다.

고블린이 에이미의 접근을 알아챘을 때는 턱을 걷어차이고 있었다. 가름도 다가온 고블린의 안면에 주먹을 때려 넣는다. 츠토무는 마지막 한 마리에게 눈길을 주면서도 지팡이를 짚었다.

"힐."

에이미는 다치기는커녕 쓸린 상처 하나 없었지만, 츠토무는 연습 삼아 그녀에게 회복 스킬을 쏘았다. 지팡이를 휘두르자 주먹 크기의 녹색 구슬이 발사되고, 츠토무는 그것을 조작해 지금도 움직이고 있는 그녀의 등에 맞췄다.

잠시 츠토무는 멈추지 않고 움직이는 에이미에게 과녁 맞히기 게임처럼 힐을 계속 맞췄다. 그리고 에이미가 질리기 시작했는지 움직임이 둔해졌을 때, 가름이 고블린의 목을 발로 밟아 꺾었다.

고블린은 숨이 끊어지자 녹색 입자가 되어 핏자국도 남지 않고 모습을 지우고, 뒤에는 한 조각의 얇고 투명한 마석만이 남았다. 에이미가 그것을 그 부스러기처럼 작은 마석을 회수해 돌아온다.

"헤에~. 츠토무의 힐은 어딘가 곡예 같네. 처음 봤어."

"이런 것도 가능해요."

"아하하! 뭐야 그게!"

구 형태의 힐을 자신의 머리 위에서 빙글빙글 돌리기 시작한 츠토무를 보고 에이미는 껄껄 웃었다. 츠토무는 이 스킬의 제어도 훈련장에서 연습했었기 때문에, 스킬 조작은 이미 식은 죽 먹기였다.

그런 잡담을 나누는 사이에 다시 고블린이 다섯 마리 정도 나타났기 때문에, 에이미와 가름은 츠토무를 놔두고 고블린에게 맨손으로 맞선다. 츠토무는 그것을 뒤에서 지켜보면서도 두 사람에게 힐을 날리며 연습을 했다.

츠토무는 딱 한 번 가름과 던전에 들어갔을 때 고블린에게 힐을 써 보고서 고블린도 힐로 상처를 회복하는 것을 확인했었다. 「라이브 던전!」에서는 몬스터에게 회복 스킬을 쓰거나 할 수 없었지만, 이 세계에서는 회복 스킬의 오인 사격이 존재한다. 따라서 츠토무는 힐을 정확하게 파티 멤버에게 맞히는 연습을 지금 사이에 해 두었다.

"후후후. 이 에이미를 맞힐 수가 있을까?"

가름과 에이미의 레벨은 60으로 높아, 고블린 상대로는 맨손이라도 여유롭게 싸울 수 있다. 그래서 에이미는 고블린과 싸우면서도 츠토무가 쏜 힐을 피하려 하고 있었다. 하지만 츠토무도 이미 가름과 함께 움직이는 아군을 노리는 훈련을 했었기 때문에, 에이미에게 힐을 맞히는 것은 어렵지 않았다.

"쳇~."

평범하게 힐을 맞히는 것이 시시했는지, 에이미는 뺨을 부풀리며 츠토무를 가볍게 노려봤다. 츠토무는 쓴웃음으로 얼버무리면서도 해치운 고블린과 슬라임을 헤아려 경험치 계산을 했다.

그리고 자신의 레벨이 5에 도달하자마자 츠토무는 한 번 길드에 귀환하고 싶다고 말해, 셋이서 가장 처음의 검은 문으로 돌아갔다. 스테이터스 카드를 갱신하자 에어 블레이드라는 새로운 공격 스킬을 익힌 상태였다.

츠토무는 서둘러 훈련장에서 에어 블레이드를 사용해 보고 어느 정도 그 스킬의 성질을 파악한 뒤, 다시 던전에 들어갔다. 에어 블레이드를 쓸 생각이 가득한 츠토무에게 가름이 말을 걸었다.

"츠토무. 20층 숲까지는 뒤에서 대기하고 있어도 괜찮다만?"

"아~. 하지만 제가 해 보고 싶으니까, 죄송하지만 어울려 주지 않으시겠어요?"

츠토무는 길드와의 계약으로 이 파티의 리더로 정해졌기 때문에, 어느 정도의 명령권을 길드에서 위임받고 있다. 가름은 츠토무의 말에 뭐라 반박하는 일 없이 순순히 고개를 끄덕였다.

츠토무는 초원에 도착해 고블린을 발견하고, 가름과 에이미에게 체력을 깎아 달라고 한 뒤 스킬인 에어 블레이드를 사용했다. 고블린은 바람의 칼날을 배에 맞고 피를 흘린 뒤, 빛의 입자가 되어 사라진다.

츠토무는 인간형 몬스터를 죽이는 것에 약간 거부감이 있었지만, 이렇게 빛의 입자가 되어 몬스터의 시체가 사라지는 부분은 게임 같아서 그다지 괴롭지 않았다.

"츠토무는 유별나네. 백마도사인데 공격을 하고 싶어?"

"백마도사라도 어느 정도 DPS를 내는 건 중요하니까요."

"디, 디피~에스? 그, 글쎄 잘 모르겠지만, 백마도사는 누군가가 죽을 때까지 숨어 있으면 되는데? 오히려 이상하게 움직이면 귀찮다고 생각하는 사람이 많을 테니까."

"……뭐, 처음 정도는 상관없지 않나. 원하는 대로 하게 해도."

"뭐, 그렇지~. 하지만 그대로라면 위로는 갈 수 없다는 것 정도는 미리 말해 두는 편이 좋잖아? 물론 처음에는 탐색을 즐기는 일이 중요하다고 생각하니까, 딱히 상관없지만 말이야."

"……네 녀석치고는 참 멀쩡한 소리를 하는군."

"뭐야? 싸움 거는 거야? 한번 해 볼래?"

그렇게 말하며 서로를 노려보는 에이미와 가름을 말리면서도, 츠토무는 두 사람의 생각을 파악하고 씁쓸한 표정을 지었다.

현재 파티를 짜고 있는 에이미와 가름도 백마도사를 쓰고 버리는 그 전법에 어느 정도 동의하고 있다. 그리고 그 전법을 참고해 힐러가 해야 할 일을 가르치고 있는 것이다.

하지만 츠토무가 보기에 그딴 것은 전법이라고 부를 수 없다. 딜러 넷과 힐러 하나라는 편성 자체는 문제없다. 하지만 그런 억지와 쓰고 버리는 방식이 전법으로 확립되어 있다는 사실이 츠토무로서는 싫었고, 자신이 좋아하는 백마도사가 업신여겨지고 있는 것도 내심 마음에 들지 않았다.

──우선은 이 두 사람이 갖고 있는 백마도사의 인식을 바꾼다. 그리고 다른 사람들에게도 그것을 퍼트려 백마도사의 지위를 향상시켜, 일회용처럼 여겨지는 힐러의 취급을 개선한다. 그것을 목표로 삼고 츠토무는 담담하게 에어 블레이드를 날려 고블린을 해치웠다.

역할 제안

그 이후 츠토무가 10레벨에 올라갈 때까지는, 9층까지 가면서 고블린과 슬라임을 해치운 뒤, 길드로 돌아와 스테이터스 카드를 갱신했다. 레벨 10이 된 츠토무는 힐의 상위 스킬인 '하이 힐', 대상자의 VIT(체력)를 한 단계 상승시키는 '프로텍트', 그리고 사망하고 3분 이내인 파티 멤버를 부활시키는 '레이즈'를 습득했다.

레벨이 10으로 올랐을 무렵에는 이미 밤이 되어서, 그것을 확인한 츠토무는 그대로 카운터에서 인출을 부탁했다.

"그럼 최고 품질 중마석 한 개 꺼내 주세요. 아, 환금해서 주세요. 감정서도 함께 들어 있으니까요."

"알았다."

츠토무가 스테이터스 카드를 카운터에 내려놓으며 카운터의 남자에게 말하자, 그는 스테이터스 카드를 받아 안쪽으로 들어갔다.

길드에서는 던전에서 나온 거대한 매직백에 물건과 돈을 맡아 주는 금융 기관 같은 업무도 해 주고 있다. 거액의 대금을 손에 넣은 츠토무 역시, 그 거금을 들고 다닐 수 없으니 당연히 그 서비스를 이용하고 있었다.

죽으면 물품 하나를 제외한 전부를 잃을 가능성이 있는 탐색자에게는 필수적인 일이다. 길드 안에서라면 무언가 트러블이 발생해도 길드 직원이 대처해 주지만, 밖에서는 그렇지 않다.

하지만 장비를 맡겨 두면 만약 던전에서 죽어도 만전의 상태로 길드를 나올 수가 있으니까, 옷 하나 걸치고 밖을 돌아다니는 것보다는 훨씬 안전하다. 따라서 거의 모든 탐색자는 기본적으로 길드에 장비나 마석, 골드를 맡겨 두고 있다.

"그럼, 첫 파티 기념으로 밖에서 맛있는 거라도 먹으러 갈까요. 아, 예정이 없다면 에이미 씨도 어떠신가요? 제가 살게요."

카운터에서 10만G를 받아 든 츠토무가 돌아보며 그렇게 말하자, 에이미는 물고기를 받은 고양이처럼 펄쩍 뛰며 기뻐했다.

"와아~! 공짜 밥~ 공짜 바압~!"

"……츠토무. 괜찮겠나?"

신이 나서 노래를 부르기 시작한 에이미와는 반대로, 가름은 눈살을 찌푸리고 있었다. 츠토무는 에이미에게 들리지 않도록 목소리를 낮췄다.

"내일부터 있을 던전 탐색에 대해 이것저것 이야기해 두고 싶지만, 가름 씨와 에이미 씨가 듣기에는 엉뚱한 소리일지도 모르거든요. 맛있는 밥과 함께라면 그나마 조금은 괜찮지 않을까 해서요."

츠토무는 식사를 함께하며 두 사람에게 세 종류의 역할을 설명하고, 파티에 도입하려고 했다. 어지간히 터무니없는 명령이 아니라면 파티 리더의 명령권을 쓸 수 있겠지만, 역시 납득하고 역할에 임해 주는 편이 좋다.

　게다가 가름과 에이미가 없으면 지금쯤 어떻게 되었을지 츠토무는 상상도 되지 않았다. 그래서 파티를 짜 주고 있는 두 사람에 대해 경의를 품고 있었다.

　"……그렇군. 그렇다면 사양 않고 동행하도록 하지."

　"'술통 모자 가게'는 어떨까요?"

　"그곳은 저 녀석이 출입 금지다. 10만 골드라면, 그렇지…… '물 만난 물고기 식당'은 어떻겠나. 즉석에서 활어의 회를 떠 요리해서 묘인에게는 평이 좋지. 에이미에게 무언가 이야기를 할 거라면 거기가 가장 좋을 거다."

　"좋네요. 거기로 가죠."

　엄지를 척 세운 츠토무에게 가름도 말없이 엄지를 세워 보였다. 그리고 안내하기 위해 걷기 시작했다. 츠토무도 들떠 있는 에이미를 부르며 그 뒤를 따라갔다.

　길드를 나오니 밖은 이미 어두워, 불의 마석을 원동력으로 움직이는 조명이 하나둘 켜지기 시작했다. 가름은 돌로 포장된 지면을 망설임 없이 나아갔다.

　그 도중에 에이미는 통행인이 몇 번이고 말을 걸어서 악수나 사인 등을 했다. 상당히 인기가 있다고 츠토무가 가름에게 말하자, 그는 진심으로 쓸데없다는 듯이 눈을 가늘게 떴다.

　"상당히 안타깝기는 하지만, 저 녀석은 사람들 사이에서 인기가 많다. 외모와 애교 떨기는 뛰어나니 말이지."

　"아……. 좀 전에도 생각했지만, 가름 씨는 에이미 씨에게 상당히 엄하시네요.”

“싫어서 그렇다.”

“……뭐, 누구에게나 상성은 있는 법이니까요.”

상당한 군중 속에 있는 에이미를 보며 츠토무는 무언가 떠올린 것처럼 가름을 올려봤다.

“아, 하지만 가름 씨도 가끔 말을 거는 사람이 있잖아요. 가름 씨도 상당히 인기가 있으시죠?”

“……이전에는 나도 대형 클랜 소속이었기 때문이다. 이미 탐색자를 하지 않아도 돈을 받을 수 있으니 복귀는 하지 않을 생각이다만, 복귀해 달라고 꽤 부탁받고 있지. ……아니, 이건 츠토무를 탓하는 게 아니다. 오히려 나는 그만큼 돈을 벌어 고마우니까.”

“그, 그러신가요.”

쓱 얼굴을 들이밀며 빠르게 떠드는 가름 때문에 츠토무가 약간 멈칫하고 있을 때 에이미가 인파를 빠져나와 돌아왔다. 그것을 본 가름은 언짢은 듯이 콧소리를 낸 뒤 길 안내를 재개하며 걸어갔다.

“여기다.”

밖에서도 보이는 거대한 활어조가 심볼 마크인 ‘물 만난 물고기 식당’에 도착하자, 에이미는 기대로 몸을 떨며 황금색 눈동자를 반짝였다.

“물 만난 물고기 식당이잖아! 앗싸아~! 여기 비싸고 평소에는 자리가 없거든!”

“이 시간대라면 아직 그렇게까지 많이 붐비지는 않을 터다. 들어가자."

노동자들이 집으로 돌아가기 시작한 이 시간대는 대형 클랜이 빠짐없이 던전에 들어가기 때문에 신대 부근에 사람이 모인다. 따라서 이런 레스토랑 등은 한산할 때가 많다.

가름은 레스토랑에 처음 온 어린아이처럼 들떠 있는 에이미를 무시하고 가게로 들어갔다. 츠토무도 활어조에서 헤엄치는 화려한 색채의 물고기에 눈길을 주며 따라갔다.

츠토무 일행을 맞이한 것은 푸른 비늘이 손발에 빼곡히 자라나 있는 어인(魚人. 물고기 인간)이었다. 얇은 물갈퀴가 보이는 손을 펼쳐 좌석으로 안내해 줘, 츠토무는 조금 흠칫하면서도 원형 테이블에 자리 잡았다.

일행이 모두 자리에 앉자 키가 큰 어인이 유리잔을 나눠 주고, 가름에게도 뒤지지 않는 늠름한 목소리로 노래하듯이 영창을 한다. 그러자 아무것도 없는 공간에서 물이 소용돌이쳐, 컵 안으로 빨려 들어가듯이 부어졌다.

마법 같아서 저도 모르게 박수를 친 츠토무에게 어인 남자는 뽐내듯이 물고기 눈을 가늘게 뜨며 머리를 숙이고 메뉴판을 건넸다. 참고로 그것은 마법이 아니라 도구를 사용한 마술 같은 것이라는 모양이다.

에이미는 좋아하는 것을 주문하기 시작하고, 츠토무의 주문은 가름에게 맡겼다. 그 뒤에 계속해서 요리가 운반되어 온다.

해초 샐러드에 바게트 같은 검은 빵. 예쁘게 담은 형형색색의 회와 작은 물고기를 통째로 튀긴 요리. 결정타로 츠토무가 양팔을 펼쳐도 닿지 않을 정도로 거대한 물고기의 통찜.

대부분의 요리가 테이블에 준비되어 츠토무가 먹으라고 권하자, 에이미는 먼저 먹는 사람이 승리라는 듯이 손을 뻗기 시작했다. 회를 젓가락으로 집은 츠토무는 간장이 있으면 좋겠다고 생각하면서 이야기를 꺼냈다.

"내일부터 할 파티 편성 말인데요. 가름 씨를 탱커로 삼으려고 해요."

"탱커?"

거대한 통찜을 나이프와 포크로 해체하며 에이미는 고개를 갸웃거렸다.

"탱커란 파티의 방패가 되는 방어 담당을 말하는 거예요."

"방패에에~? 츠토무 군을 지키라는 거야? 강아지에게는 어울릴지도 모르겠네! 좋지 않아?"

"나는 딱히 상관없다."

에이미는 바삭하게 튀긴 요리를 먹으며 웃는 얼굴로 그렇게 말하고, 가름은 이견 없이 고개를 끄덕였다.

"가름 씨는 JOB이 기사니까 어그로…… 적의 주의를 끄는 스킬을 사용할 수 있죠?"

"음, 그다지 사용하지 않아 잊고 있었지만, 상대의 적개심을 부추기는 컴뱃 크라이라는 스킬을 지니고 있지. 그 외에도 몇 가지인가 비슷한 스킬이 있다고 기억하고 있다."

"가름 씨는 공격하면서 그 스킬을 사용해 몬스터의 공격을 되도록 자신에게 모아 주세요. 가름 씨는 VIT가 높으니까 간단히 당하는 일은 없겠죠. 탱커인 가름 씨가 몬스터를 붙잡아 두고 있는 사이에, 딜러인 에이미 씨는 전력으로 한 마리씩 몬스터를 해치워 주셔야 해요. 그리고 힐러인 저는 여러분이 받은 상처나 상태이상을 하나씩 회복하겠어요."

"응냐?"

회를 포크로 찔러 입에 넣으려 했던 에이미는, 자신의 이름을 불려 동작을 정지했다.

"그렇다고는 해도 에이미 씨가 포지션을 많이 바꿀 필요는 없어요. 한 마리를 집중해 노리는 건 지금까지도 해 왔을 테니까요."

"일단은 예전처럼 몬스터를 해치우면 되는 거지! 냐~암!"

"예. 그렇죠. 하지만 가름 씨가 이전만큼 몬스터를 해치울 수 없게 되니까, 그만큼 에이미 씨가 해치워 주셔야만 하지만요."

"괜~찮아 괜~찮아! 이런 녀석이 없어도 내가 있으면 식은 죽 먹기야! 맡겨줘!"

에이미는 회를 쿡쿡 포크로 몇 점이나 찔러 단번에 입에 넣더니, 그걸 금방 삼키고 그렇게 말하며 굴곡이 부족한 가슴을 두드렸다. 츠토무가 물이 담긴 컵을 넘겨 주자 꿀꺽꿀꺽 들이켰다.

"아마 가름 씨도 처음에는 제대로 적을 낚지 못할 테고, 적의 공격도 많이 받고 말겠죠. 이중에서는 가장 배워야 할 일이 많아 부담이 큰 역할이에요. 큰일이겠지만 부디 잘 부탁드립니다."

"……뭐, 츠토무가 하고 싶다면 그래도 상관없다."

가름은 첫 장비를 살 때, 츠토무가 사전 조사를 한 것처럼 망설임 없이 장비를 선택하는 걸 봤다.

츠토무라면 쓸데없는 일은 하지 않을 것이라는 확신이 있었기 때문에, 딱히 아무 말도 하지 않고 고개를 끄덕였다.

"고맙습니다! 저도 처음에는 실수해서 적에게 회복 스킬을 맞추고 말지도 몰라요. 서로의 역할에 익숙해질 때까지는 초원에서 연습하도록 하죠. 거기서 어느 정도 연계가 가능해지기 시작한다면, 숲이나 늪으로 가고 싶어요."

"알겠다."

검은 바게트에 물고기 살을 올린 가름은 딱히 부담 없는 표정으로 고개를 끄덕이고, 그것을 입에 휙 던져 넣었다.

"나머지는 던전에서 시험하면서 말할게요. 그럼 내일을 대비해서 먹도록 하죠!"

츠토무가 그렇게 마무리를 짓자 가름은 굳게, 에이미는 입에 생선 조림을 잔뜩 머금고 대충 고개를 끄덕였다.

▷ ▷

"컴뱃 크라이!"

가름의 외침과 동시에 그의 몸에서 붉은 기운을 띤 파도가 발현한다. 그것을 받은 다섯 마리의 고블린은 투쟁심을 자극받아, 귀에 거슬리는 소리를 지르고 곤봉을 치켜들며 가름에게 달려들었다. 전날과 달리 오늘은 제대로 된 장비를 착용한 가름은 왼손에 들고 있는 은제 방패로 곤봉을 받아넘긴다. 그리고 오른손에 든 숏소드로 고블린의 배를 찔렀다.

그사이에 에이미는 몸 일부를 가린 갑주를 찰랑거리며 고블린의 뒤에서 쌍검을 목에 꽂는다. 가볍게 비틀고서는 쌍검을 뽑아 곧바로 다른 고블린에게도 달려들었다.

고블린 상대로는 츠토무가 나설 기회도 없었다. 금방 다섯 마리의 고블린이 부스러기 마석으로 모습을 바꿨다. 할 일이 없는 츠토무는 마석을 주우면서도 주변을 경계했다.

적의 모습이 없기에 츠토무는 무색 마석을 매직백에 넣으며 앞으로 나아갔다. 츠토무의 파티는 현재 제9층까지 와 있었다. 그리고 자연의 숨결이 느껴지는 초원 안에, 공간이 격리된 듯 부자연스러운 검은 문이 일행 앞에 보였다.

"츠토무~? 10층으로 가는 문이야!"

"예. 그럼 계속해서 가 볼까요."

"알겠다."

츠토무의 담백한 말에 가름이 고개를 끄덕이고, 검은 문을 밀어 열었다. 검은 문 너머에도 초원이 펼쳐져 있었지만, 중앙 쪽은 풀이 깔끔하게 뽑혀 있고, 밟아 고르게 된 땅 지면에는 목조 오두막이 불규칙하게 난립해 있었다. 가장 마지막으로 츠토무가 들어가자 검은 문은 닫혀 그 자리에서 사라졌다.

그리고 그것을 시작으로 오두막에서 줄줄이 녹색 피부를 가진 고블린들이 나온다. 곤봉과 작은 칼, 활을 든 고블린이 50마리 정도. 그중에서도 파란색 피부를 가진 조금 체격이 좋은 고블린이 소리치자, 고블린들은 일제히 츠토무 일행 쪽으로 다가왔다.

"프로텍트."

츠토무가 하얀 지팡이를 휘두르자 황토색의 둥근 덩어리가 두 사람을 맞혔다. 대상자의 VIT를 일시적으로 상승시켜 주는 지원 스킬인 프로텍트다. 달리던 몇 마리인가의 고블린이 츠토무에게 눈을 돌리고, 뒤쪽에 대기한 활을 든 고블린이 그를 향해 화살을 메긴다.

"컴뱃 크라이."

그 스킬명과 함께 붉은 파도가 가름을 중심으로 재빨리 퍼져 고 블린들에게 부딪힌다. 그러자 대부분의 고블린들은 가름에게 전투 본능을 자극받아 그쪽으로 돌격했다. 화살도 몇 발이 가름에게 날아갔다.

"에어 블레이드."

츠토무가 고블린 집단에 지팡이를 겨눠 바람의 칼날을 사출한다. 눈에 보이지 않는 칼날이 선두를 달리는 고블린들의 다리를 베어 넘어트린다. 고블린 몇몇이 휘말려 같이 넘어지는 것을 확인하며, 상공에 있는 화살도 바람의 칼날로 튕겨냈다.

그리고 화살을 날린 고블린의 옆으로 두 개의 참격이 강습했다. 조용하게 이동했던 에이미가 활을 든 고블린들을 우선적으로 베어 넘긴다. 에이미는 마치 풀을 손으로 잡아 뜯는 것처럼 고블린들의 목숨을 빼앗아 갔다.

에어 블레이드에 당해 넘어지는 사태에 휘말리지 않았던 고블린이 잇달아 가름에게 덤벼들지만, 중형 은 방패에 두개골이 깨지고 검에 찔려 부스러기 마석으로 변해 갔다.

하지만 머릿수가 많으면 그만큼 유리해진다. 일어난 고블린들도 포함해 열 마리가 동시에 공격을 하면 가름이라도 전부 막아내지 못한다. 가름은 은 갑옷에 몇 번인가 타격을 받고, 고블린은 쉰 목소리로 껄껄거리고 웃으며 추가로 공격하려 했다.

하지만 웃으며 곤봉을 치켜들고 있던 고블린은 방패로 얼굴을 얻어맞고 날아가 몸을 떨며 녹색 입자가 되어 사라졌다. 그 광경에 고블린 몇 마리가 겁을 먹은 것처럼 뒷걸음질 쳤다.

가름의 VIT는 B+. 협곡의 계층주인 화룡의 브레스마저 그를 일격에 죽일 수는 없다. 게다가 츠토무의 프로텍트도 더해져 있기 때문에 고블린의 타격은 마사지나 마찬가지다. 가름은 예리한 무기만을 쳐내며, 30이 넘는 고블린을 상대로 대활극을 펼치고 있었다.

그사이에 에이미는 활 고블린을 전부 해치우고는, 리더인 파란 고블린에게 달려든다.

평범한 고블린보다는 조금 똑똑하고 힘도 강한 파란 고블린이지만, 에이미가 정수리에 날린 일격에 바로 마석으로 모습을 바꾼다. 에이미는 곧바로 많은 고블린을 상대하는 가름을 지원하러 갔다.

앞에는 가름. 뒤에는 에이미. 불쌍한 고블린들이라고 츠토무는 마음속으로 중얼거리면서도, 재빨리 움직이는 에이미에게 심심풀이로 힐을 맞히고 있었다.

"아하하! 도망쳐라 도망쳐~!"

에이미는 파란 피를 뺨에 묻히면서도 쌍검을 치켜들어, 도망치는 고블린들을 사냥하고 있었다. 한 마리 죽일 때마다 에이미의 장비에 튀어 있는 파란 피는 희미한 입자로 변해 사라진다.

츠토무는 매우 즐거운 듯이 쌍검을 휘두르고 있는 에이미에게 눈길을 주었다. 시간 약속을 잘 지키지 않는 편이고, 약삭빠른 행동도 있어 무언가 꿍꿍이가 있는 것 같은 분위기가 있다. 하지만 던전을 탐색하고 있을 때나 전투 중에 가끔 진심으로 즐거워할 때가 있었다. 그때 보이는 웃는 얼굴만큼은 꿍꿍이가 없는 것 같다고 츠토무는 느꼈다.

그리고 마지막 고블린이 가름의 검에 찔려 마석으로 모습을 바꾸자, 빠직! 하고 무언가가 깨지는 듯한 소리가 울린 뒤에 두 개의 검은 문이 출현했다. 길드로 귀환할 수 있는 문과 앞쪽 층으로 나아가는 문이다.

"이대로 전진해?"

"예, 그래요. 갈 수 있는 데까지 가 보죠."

그날 만에 츠토무는 던전 최고 도달 기록을 21층으로 경신했다.

힐러와 탱커

제1층 초원, 제11층부터 시작되는 숲을 달리듯이 이틀 만에 돌파한 세 사람의 파티는 다음 날, 21층 늪지에 서 있었다. 어딘가 기분이 울적해지는 듯한 회색 하늘을 츠토무가 올려다보며 걷고 있다가, 발밑의 진창에 발이 붙잡혀 얼굴부터 진흙에 처박았다.

"푸, 흡. 괘, 괜찮아? 츠토무?"

에이미는 웃음을 참고는, 갑자기 넘어진 츠토무를 일으켜 얼굴에 묻은 진흙을 손으로 닦아 주었다. 츠토무는 입에 들어간 진흙을 옆으로 퉤 뱉고, 짙어지고 있는 매직백에서 수건을 꺼내 얼굴을 닦았다.

"그럼 정신 차리고. 에이미 씨는 색적을 부탁드려요. 아, 장화를 준비해 두었는데요."

"아니, 이쪽이 익숙하니까 됐어."

에이미는 신발과 양말을 벗어 맨발이 되고는, 심하게 질척이는 진창에 발을 넣어 찰팍찰팍 뛰어갔다. 츠토무가 가름에게 얼굴을 돌리자 그도 고개를 가로저었다. 모처럼 세 켤레나 샀는데…….

츠토무가 실망하면서도 자신은 장화로 갈아신기 시작했다.

그리고 츠토무는 매직백에 다시 손을 넣어, 이번에는 최고급품

회복 포션이 들어 있는 커다란 병과 시험관 같은 가느다란 병을 꺼내, 근처에 있던 마른 지면으로 이동해 옮겨 담기 시작했다. 가름은 그 녹색 포션의 익숙한 색과 농도를 보고 입을 열었다.

"그건……."

"'숲속 약국'의 포션이에요. 여기서부터는 포션도 쓸 거예요."

미궁도시에는 최고급품 포션을 파는 것으로 명성이 자자한, 숲속 약국이라는 가게가 있다. 대형 클랜 고객은 물론이고, 되팔이를 해서 돈을 버는 전매상이 출현할 정도로 유명해서 아침 일찍부터 줄을 서지 않으면 그 포션을 살 수가 없다. 츠토무가 들고 있는 포션은 그 전매상에게서 산 것이었다.

커다란 병에서 가는 병으로 녹색 포션을 옮겨 담아 마개를 닫는다. 가는 병을 열다섯 개 준비한 츠토무는 이어서 스킬을 사용할 때 소비되는 정신력을 회복하는 파란 포션도 똑같이 옮겨 담아, 자신의 벨트에 가는 병을 장착하고 단단히 고정했다. 이 병은 츠토무가 특별히 주문한 것으로 떨어트린 정도로는 깨지지 않지만, 그는 만약을 대비해 그 자리에서 점프해 떨어지지 않는 것을 확인했다.

그리고 그 가는 병 열 개를 가름에게 넘겨주어 벨트에 달라고 말했다. 그러자 가름은 받지 않고 고개를 저었다.

"츠토무. 보통, 녹색 포션을 개인이 휴대하게 하는 일은 없다."

"예? 어째서인가요?"

"그렇게 하면 녹색 포션을 물 쓰듯이 낭비하는 자가 많기 때문이다. 상처를 입었을 때, 회복 수단이 자신의 손에 있다면 쓰고 싶어

지겠지? 대형 클랜이라면 몰라도, 다른 곳은 지급제다."

"아니 그럼. 전투 중에 포션을 지급하나요? 엄청 번거롭네요, 그거."

"……전투 중에 상처를 입지 않으면 되는 이야기다. 게다가 죽는다고 해도 어차피 되살아난다. 흩어진 장비만 회수해 준다면 쓸데없는 지출을 하지 않고 끝날 수 있지."

"…………"

이 세계의 탐색자는 어딘가 생사관이 이상한 걸까. 츠토무는 그렇게 생각하면서도 가름에게 억지로 가는 병을 떠넘겼다. 바닥에 떨어질 뻔했던 가는 병을 가름이 황급히 손안으로 거둔다.

"제 방침은 포션을 각자에게 지급하고, 자신이 필요하다고 느꼈을 경우에는 포션을 마셔도 상관없는 것으로 하겠어요. 아니, 그보다 그렇게 하지 않으면 가름 씨가 탱커를 하는 것에 지장이 올 때가 생기니까, 이 파티에서는 포션의 개별 지급이 필수예요."

"……알겠다."

츠토무의 양보하지 않으려는 올곧은 시선을 받은 가름은, 어쩔 수 없다는 기색으로 가는 병을 은 갑옷의 틈새에 감고 있는 허리 벨트에 장착하기 시작한다. 녹색 포션은 상처를 회복할 수 있고, 파란 포션은 정신력을 회복할 수 있다. 그것이 들어 있는 가는 병의 장착을 마친 가름은 츠토무에게 질문했다.

"츠토무. 해독 포션은 없나?"

"어제 제가 메딕을 취득했으니까 필요 없겠죠. 가격이 싸서 일단 사 두기는 했지만, 두 종류 이상의 포션을 갖고 있으면 짐이 많아질 거 같아서요."

"그렇군."

비교적 고가인 녹색 포션과 달리, 해독 포션은 대량 생산되어 저렴한 가격으로 유통되고 있다. 그리고 해독 포션은 늪 공략에서 필수라고 여겨지고 있다. 독 늪이나 몬스터의 독 공격이 이 21층의 특징이라, 오히려 개인이 휴대하는 포션은 회복 포션보다도 해독 포션 쪽이 우선도가 높을 정도다.

하지만 가름은 첫 장비를 샀을 때 함께했기에 알고 있다. 츠토무가 나름대로 생각해, 21층부터 시작되는 늪이나 31층의 황야에 대비해 도구를 사고 있다는 것을. 누군가에게 듣지 않아도 스스로 정보를 모아 행동하는 츠토무라면, 설령 결과가 따르지 않아도 그 결과를 기반으로 학습할 수 있으리라고 생각해, 가름은 굳이 그 이상 해독 포션에 대해서는 언급하지 않았다.

그 뒤 색적을 마치고 돌아온 에이미에게도 츠토무는 포션 운용에 대해 설명하고, 두 종류의 포션을 지급했다. 에이미는 해독 포션이 없는 것과 상당히 질이 좋은 포션을 보고 의아한 시선을 보냈지만, 딱히 흥미도 없었는지 아무 말도 하지 않고 가는 병을 벨트에 장착했다.

"북쪽에 검은 문이 있으니까 그쪽으로 갈까."

"오, 좋네요. 그럼 가 보죠."

"응."

1층 초원, 11층 숲의 지형이나 몬스터는 이렇다 할 특징이 없는 경우가 많아, 마을에서 사냥꾼 같은 것을 했던 이라면 의외로 여유롭게 싸울 수 있다. 하지만 21층 늪부터는 상태이상을 일으키는 지형과 몬스터가 출현하기 시작해 갑자기 난이도가 변한다. 늪은 말하자면 일반인과 탐색자를 구분하는 거름망 같은 것이다. 탐색자들 사이에는 이곳을 넘어야만 비로소 신참 탐색자라는 인식이 있다.

츠토무는 에이미가 동정하는 듯한 눈빛으로 바라본 것에 고개를 갸웃거리면서, 그녀의 안내를 받아 다음 층으로 이어지는 검은 문으로 향하기 시작했다. 그 도중에 늘어져 있는 나무의 군생지대 도중에서 몬스터와 조우했다. 나뭇가지에 매달려 있는 거대 거미, 포이즌 스파이더였다. 그 커다란 등 뒤쪽에는 사람의 얼굴 같은 모양이 있고, 그 독니에 걸리면 중독 상태가 되고 만다.

"가름 씨. 컴뱃 크라이를 부탁드려요!"

"컴뱃 크라이."

가름이 스킬명을 입에 담자 그를 중심으로 원형의 붉은 투기가 분출한다. 그 투기에 맞은 포이즌 스파이더 군단은 일제히 그를 향해 위에서 덤벼들기 시작했다.

아무리 그래도 십여 마리의 포이즌 스파이더를 가름 혼자서 담당하기는 힘들다. 츠토무는 자신과 에이미가 몇 마리 정도 유인할 것을 검토하며 하얀 지팡이를 휘둘렀다.

"프로텍트."

가름에게 포이즌 스파이더가 달려들기 전에 VIT가 상승하는 지원 스킬을 그에게 날린 츠토무는, 하얀 지팡이를 들면서 에이미에게 지시를 날렸다.

"에이미 씨. 숲 때와 변함없어요. 지금 사이에 한 마리씩 줄여 주세요."

십여 마리의 포이즌 스파이더가 가름에게 몰려드는 것을 보고 기분 나빠하는 표정을 짓던 에이미는, 츠토무의 지시를 받아 허리의 칼집에서 쌍검을 뽑아 포이즌 스파이더에게 접근했다. 가름에게 여덟 개의 눈을 돌리고 있는 포이즌 스파이더의 등 뒤에서 다가가 커다란 배에 쌍검을 찔러넣는다. 그대로 옆으로 가르자 포이즌 스파이더는 경련하며 빛의 입자를 뿌리고 사라져 간다.

가름은 십여 마리의 포이즌 스파이더에게 정면으로 맞서고 있었지만, 아무리 그래도 혼자서는 한계가 있다. 포이즌 스파이더 여럿에게 붙잡혀 움직이기 어려워진 가름은, 목에 독니를 맞고 신음한다. 하지만 바로 여덟 개의 눈에 숏소드를 꽂아 넣어, 몸에 매달려 있는 포이즌 스파이더들과 함께 근처의 나무에 몸통박치기를 했다. 자신의 몸을 희생한 강행돌파. 츠토무는 가름의 난폭한 공격을 바라보며 지팡이를 휘둘렀다.

"메딕, 힐."

그리고 가름이 숏소드로 포이즌 스파이더를 베어 버리려 했을 무렵에는, 나무 사이를 누비고 온 녹색의 기가 그의 목덜미에 맞아 중독 상태를 완치시켰다. 츠토무가 레벨 상승으로 새롭게 취득한 상태이상 회복 스킬, 메딕이다. 그리고 이어서 쏘아진 힐도 가름에게 맞아 목의 상처를 수복했다.

가름은 저 포이즌 스파이더 무리를 우회해 날아온 메딕과 힐에 놀라면서도, 계속해서 몰려오는 포이즌 스파이더와 대치했다. 그리고 에이미와 협공하듯이 해서 섬멸하고, 뒤에는 작은 무색의 마석만이 남았다. 전투가 끝나자 가름은 포이즌 스파이더에게 물렸던 목덜미에 손을 대 그 상처가 치료되어 있는 것을 확인하고, 하얀 지팡이를 든 채로 파란 포션을 시험 삼아 조금 마시고 있는 츠토무를 빤히 바라봤다.

"아, 가름 씨. 그렇게까지 무리한 공격을 하지 않아도, 방어하고 시간을 벌어주면 괜찮아요. 다음부터는 되도록 포위되지 않도록 해 주시겠어요?"

"……음. 알았다."

가름의 JOB인 기사는 에이미의 JOB인 쌍검사나 다른 딜러 직종에 비교해 체력이 좋지만 공격력이 떨어진다. 그래서 가름은 지금까지 자신의 몸을 돌보지 않고 돌격해 억지로 공격하거나, 탁월한 기술로 딜러 직종의 몬스터 섬멸 능력에 뒤지지 않도록 행동해 왔다.

그것은 몇 년에 걸쳐 쌓아왔던 가름 특유의 전투 방법인지라, 자신의 전투 방법에는 고집이 있다. 하지만 가름은 츠토무의 지시에 순순히 따랐다. 츠토무의 진지한 눈빛을 믿은 것도 있지만, 자기 자신도 그가 말했던 탱커라는 역할을 조금 시험해 보고 싶어졌기 때문이다.

그 뒤도 몇 번 전투를 치렀지만 츠토무는 딱히 실수하는 일도 없이, 쾌승을 유지한 채로 검은 문에 도착했다. 가름도 방어를 중시하게 되고 나서는 피탄도 적어지고, 몬스터에게 스스로 돌진해 일찌감치 포위되고 마는 일도 없어졌다.

말한 것을 바로 실천해 주는 가름에게 츠토무는 감사함을 느끼며, 검은 문으로 들어가기 전에 조금 묻고 싶은 것이 있어 발을 멈추고 말을 걸었다.

"가름 씨. 조금 묻고 싶은 것이 있는데요."

"뭐지?"

"중독 상태에 대해서 말인데, 지금까지는 이쪽에서 상태를 보고 다시 금방 독 상태가 되리라고 판단한 경우에는 메딕을 미루고 있어요. 그러지 말고 바로 회복해 주길 바란다, 같은 요망은 있으신가요?"

"……독에 대해서는 그다지 문제는 없다. 오히려 츠토무가 부담스럽다면 치료하지 않아도 좋다."

몇 년 전에 가름이 늪을 공략했을 때는 아직 해독 포션이 비쌌기 때문에, 독 상태인 채로 탐색을 진행했던 적이 많았다. 그래서 가름으로서는 최악의 경우 중독 상태로도 어떻게든 전투를 이어갈 작정이었다. 그런 가름의 답변에 츠토무는 난처한 듯이 팔짱을 끼었다.

"으~음. 알겠습니다. 그럼 지금까지처럼, 소용없어질 것 같은 메딕은 쏘지 않을게요."

"아니, 츠토무의 부담이 된다면 아예 독 따위는 회복하지 않아도 좋다."

"……가름 씨. 탱커가 쓰러지면 파티 전체가 위험해져요. 뭔가 착각하시는 거 아닌가요? 제가 가름 씨를 회복하는 건 당연한 일이에요."

"으, 으음."

하얀 지팡이를 땅에 붙이고 가름을 올려다보며 그렇게 말하는 츠토무의 눈은, 평소 이상으로 진지하고 어딘가 박력이 있었다. 그 시선을 받고 가름은 조금 위축되면서도 쥐어짜 내듯이 대답을 했다.

"이전에도 설명했지만, 탱커는 어그로를 끄는 스킬을 사용해 몬스터의 공격을 한 몸에 받아요. 힐러를 지키고, 딜러가 최대한으로 활동하도록 하기 위해서죠. 만약 탱커가 쓰러지면 힐러는 금방 죽고, 딜러도 언젠가 죽어요. 탱커는 파티 전원의 생존에 빠질 수 없는 역할이에요."

"그래. 그것은 파악하고 있다고 생각한다."

"가름 씨가 죽는다면 저는 정말로 곤란해요. 그러니까 최대한 가름 씨의 서포트를 하고 싶은 거예요. 무언가 개선점이 있다면 사양 말고 말해 주세요."

"알았다."

다짐을 받는 듯한 말에 가름이 고개를 끄덕이자, 츠토무는 안심한 표정을 지은 뒤 몸을 돌려 걷기 시작한다. 가름은 눈을 동그랗게 뜨고 그 뒷모습을 빤히 바라봤다.

"혼났대요."

"닥쳐라."

에이미는 그런 가름을 놀리고 시원스러운 표정을 지으며 검은 문을 열고 22층으로 향했다. 가름은 혀를 찬 뒤에 에이미 뒤를 따랐다.

그 뒤의 던전 탐색은 순조롭게 빨리 진행되어, 늦은 오후에는 이미 27층에 도착했다. 에이미는 늪의 몬스터와 계속 대치하고 있어도 어째서인지 죽지 않는 가름에게 뭐라 말할 수 없는 표정을 짓고 있었고, 그 당사자인 가름은 지금까지 본 적도 없는 츠토무의 기사 서포트에 너무나 놀라 정색한 상태로 표정이 굳어 있었다.

가름의 JOB인 기사는 체력이 높은 대신에 공격력이 떨어진다. 그 튼튼함이 이점이기는 하지만, 지금의 던전 탐색에서는 신속하게 몬스터를 해치울 공격력이 요구된다. 가름은 지금까지 기사에게 부족한 공격력을 보완하기 위해 분투해 왔다.

하지만 츠토무가 제안한 탱커라는 새로운 역할은 그 근본부터 다르다. 높은 VIT를 살려 모든 몬스터의 공격을 받아내는 역할이다. 기사 고유의 스킬을 사용해 몬스터의 어그로를 끈 후, 공격을 그다지 하지 않고 방어에 전념. 물론 그대로는 VIT가 높다고는 해도 슬금슬금 몬스터에게 체력이 깎여 나가 죽고 말뿐이다.

하지만 힐러의 지원에 의해, 탱커는 체력과 상처를 신경 쓰지 않고 몬스터와 싸울 수 있다. 가름은 츠토무에게 이 역할 이론을 들었을 때 자기가 녹색 포션을 사용해 회복하는 것인가 싶었다. 그리고 몬스터에게 공격을 받으면서도 녹색 포션을 마시는 것을 상상하고, 무리가 아닐까 생각했다.

하지만 실제는 달랐다. 모든 회복은 회복 스킬로 해 주기 때문에, 가름은 몬스터와의 전투에 전념할 수가 있었다.

츠토무는 가름이 전투 중에 입은 상처를 바로 원거리 힐로 치유한다. 독 늪을 지나갈 때나 가름이 몬스터에게 독 공격을 받았을 때도 바로 상태이상을 회복하는 스킬인 메딕을 날려 회복하거나, 상황을 봐서 일부러 시간을 두고 회복시키거나 했었다.

지원 스킬인 프로텍트를 날리는 것은 가름이 아직 신인이었을 때, 부여술사라는 JOB을 가진 사람이 사용했던 장면을 희미하게 기억하고 있었기 때문에 이해할 수 있었다. 하지만 백마도사가 원거리에서 회복 스킬을 쓰는 모습은 한 번도 본 적이 없었다.

가름은 이전에 대형 클랜 소속이었기 때문에 수많은 백마도사를 봤는데, 모두 접촉해서 회복 스킬을 사용했었다. 가름 자신도 무의식적으로 회복 스킬은 접촉해서 쓰는 스킬이라고 인식하고 있었던 만큼, 츠토무의 원거리 회복 스킬은 이질적으로 보였다.

원거리 회복 스킬로도 충분한 회복량이 있음을, 가름은 직접 체험하고 있다. 어째서 아무도 사용하지 않는지가 신기할 정도였지만, 가름은 문뜩 하나의 답에 도달했다.

유니크 스킬. 신에게 선택받은 자에게만 발현한다고 전해지는 유일한 스킬. 가름은 원거리 회복 스킬은 그 유니크 스킬의 힘인 것이 아닌가 추리했다. 현재의 백마도사들도 무능하지는 않다. 원거리에서 회복 스킬을 시도하지 않았을 가능성은 제로에 가깝다. 하지만 츠토무는 그것을 아무렇지 않게 사용하고 있다.

가름이 진지한 얼굴로 잘못된 추리를 하고 있다고는 상상도 못하고, 츠토무는 검은 문에서 전이한 뒤 바로 매직백에서 시트를 꺼내 평평한 바닥에 깔았다. 오전 중부터 시작된 던전 탐색. 현재 시간은 이미 오후를 상당히 지나 있어, 츠토무는 진작에 배고픔이 최고에 달했다.

"슬슬 점심을 먹을까요. 에이미 씨. 일단 주변을 탐색해 주시겠어요?"

"알았어~."

검은 문에서 전이한 주변의 지형은 안정되어 있어 몬스터도 다가오기 어려운 경향이 있다. 단지 극히 드물게 몬스터가 가까이에 있는 경우도 있어, 츠토무는 만약을 위해 에이미에게 주변 탐색을 부탁했다.

그사이에 츠토무는 진흙투성이 장화를 벗고 시트 위에 점심밥을 준비하기 시작한다. 그렇다고 해도 점심밥은 숙박하고 있는 여관에 돈을 주고 만들게 한, 간소한 샌드위치와 콘 수프다.

츠토무는 우선 매직백에서 3각 풍로를 꺼냈다. 이 풍로는 마도구라는 마석을 장착한 도구로, 무색의 마석을 연료로 동작하는 물건이다. 츠토무가 작은 주머니에 모은 무색 부스러기 마석을 몇 개인가 투입하자, 마도구의 안에 있는 붉은 마석이 희미하게 빛난 뒤 위쪽 돌기에서 가느다란 불이 발생한다. 츠토무는 그 위에 석쇠를 깔고 콘 수프가 들어 있는 냄비를 올렸다.

"아, 가름 씨. 올라오기 전에 이걸로 발을 닦아 주세요. 그리고 손도 닦아 두는 편이 좋아요. 이걸 사용해도 괜찮으니까요."

"으, 으음."

사고의 바다에 빠져 있던 가름을, 사고의 당사자인 츠토무가 건져 올렸다. 가름은 머리 위의 개 귀를 옆으로 펼치듯이 세우고 당황하면서도 새하얀 수건과 수통을 받았다. 츠토무는 가름이 진흙투성이가 된 맨발을 닦고 있는 사이에 냄비를 보면서 식기를 시트 위에 늘어놓기 시작했다.

"오~ 좋은 냄새가 나!"

"아, 수고하셨어요. 어땠나요?"

"없었어~. 그것보다~ 뭐야 그거, 뭐야 그거? 수프?"

"아, 잠깐요. 먼저 발 닦고 올라와 주세요! 그리고 손도 닦아 주세요!"

츠토무는 호기심 가득하게 수프 쪽으로 시선을 돌리면서 올라오려 했던 에이미를 황급하게 막고 수건을 건넸다. 에이미는 서둘러 맨발을 물로 닦고 손도 닦은 뒤 시트로 올라왔다. 그리고 츠토무의 뒤에서 얼굴을 내밀고 그의 작업 풍경을 바라봤다.

"헤~. 츠토무는 요리하는 걸 꽤 좋아해?"

"아니요. 남들만큼은 할 줄 알지만, 딱히 좋아하지는 않아요. 이번에도 여관 주인에게 만들어 달라고 했으니까요."

"흐~응……."

에이미는 츠토무가 매직백에서 컵을 꺼내는 틈을 타 냄비를 들여다본 뒤에 손가락을 넣어 콘 수프를 날름 핥았다.

"음~! 맛있어!"

"얌전히 쉬고 계세요. 지치셨을 테니까요."

"흐흐~응. 늦 정도로 지칠 리가 없잖아~."

날름날름 손가락 끝에 묻은 콘 수프를 핥고, 에이미는 자신만만하게 엄지를 세웠다. 그런 그녀에게 츠토무는 쓴웃음을 지으면서도 색이 다른 컵에 보리차를 따랐다. 그리고 적당히 데워진 냄비를 3각 풍로에서 내려 머그잔에 따라 두 사람에게 나눠주고, 바구니를 중앙에 두었다. 안에는 샌드위치가 있다.

"아, 먼저 드세요."

"와~! 잘 먹겠습니다~!"

츠토무가 3각 풍로를 정리하며 두 사람에게 손을 내밀어 권하자 에이미는 서둘러 샌드위치로 손을 뻗어 그것을 입으로 가져갔다. 가름도 신선한 녹색 야채와 두꺼운 햄이 끼워진 샌드위치를 한 손으로 잽싸게 집어 입에 넣었다.

"응! 츠토무, 맛있어!"

"입맛에 맞아서 다행이에요. 뭐, 제가 만든 건 아니지만요."

정리를 마친 츠토무도 샌드위치를 먹은 뒤, 머그잔에 담긴 콘 수프를 마셨다. 우울해질 것만 같은 날씨였지만, 밖에서 마시는 콘 수프는 왠지 츠토무에게는 신선하고 맛있게 느껴졌다.

가름은 말없이 덥석덥석 샌드위치를 먹고 있다. 그 속도는 떨어질 줄 몰라 계속해서 샌드위치가 사라져 간다.

"잠깐, 가름! 나 아직 햄 샌드 하나밖에 안 먹었는데!"

"흥. 네 개밖에 없으니까 빨리 먹는 사람이 승자다. 게다가 너도 생선 샌드를 두 개 먹었을 텐데."

"더 있으니까 마음껏 드셔도 괜찮아요."

츠토무가 비어 버린 바구니를 옆으로 밀어 두고 추가 바구니를 꺼내자 에이미는 만세를 불렀다. 가름은 진지한 표정이었지만 뒤쪽의 남색 꼬리는 기쁨을 나타내는 것처럼 흔들리고 있었다.

그리고 두 개째의 바구니도 바닥을 드러낸 다음 에이미가 두 손으로 머그잔을 들어 콘 수프를 비우고, 이어서 따뜻한 콘 수프로

뜨거워진 목을 식히듯이 보리차를 마셨다. 가름도 만족스러운 듯이 보리차를 마시고 있었던지라 츠토무는 식기류를 작은 주머니에 구분해서 담고, 그것을 매직백에 넣었다.

"조금만 더 쉰 다음에 탐색을 재개할까요. 공략 층을 쭉쭉 경신하도록 하죠."

두 사람은 식후 휴식에 만족스러워하면서도 츠토무의 말에 고개를 끄덕였다.

역할 지정의 성과

그 4일 뒤. 21층부터 탐색을 진행했던 츠토무의 파티는, 현재 41층까지 도달하는 데 성공했다.

"오오! 바다 냄새!"

오랜만에 느끼는 바다의 향기에 츠토무가 감동하는 중에, 뒤에 있는 가름과 에이미는 비취색으로 빛나는 바다를 어이없다는 표정으로 바라보고 있었다.

가름과 에이미도 자신들의 레벨이라면 지금 서 있는 41층까지라면 아슬아슬하게 갈 수 있으리라고 보고 있었지만, 이렇게까지 빨리 도달할 줄은 꿈에도 생각 못 했다.

초원, 숲은 그렇다 치고 21층 늪부터는 상태이상과 지형 대책이 필수가 되고, 가름과 에이미마저 일격에 해치울 수 있는 몬스터가 적어진다. 가름은 늪에서 츠토무가 죽기 시작해, 던전 탐색이 정체되기 시작하리라고 생각하고 있었다.

실제로 늪이 최종 도달층의 한계점이 되는 탐색자가 많다. 독 상태이상에 대책 부족, 바다 없는 늪의 구분법과 대처. 시야와 발판이 나쁜 상태에서 하는 전투 경험 부족. 천천히, 슬금슬금 죽는 일이 많은 늪은 탐색자의 마음을 좀먹어 썩게 한다.

가름으로서는 늪에서 공략이 정체되고 나서는 40층까지의 지식을 츠토무에게 착실히 가르쳐 주어, 그 레벨을 늪에서 올릴 수 있는 상한——40까지 키우고서 도전할 심산이었다.

하지만 츠토무는 「라이브 던전!」에서의 지식과 넘쳐나는 골드를 사용해 사전에 늪 대책을 끝마쳐 두었다. 처음에는 늪의 진창에 발이 걸려 얼굴이 늪에 처박혔지만, 실패는 그것뿐이었다.

평범한 파티라면 해독 포션을 최대한 준비해, 각자 독을 회복하며 늪을 진행하는 것이 기본이다. 하지만 단순히 독이라고 해도 다양한 종류가 있었기 때문에, 그것에 대응한 해독 포션을 선택해 전투 중에 사용해야만 한다.

정신없는 전투 중에 올바른 해독 포션을 선택해 복용하기는 어렵다. 대체로 다섯 명 파티 중 한 명은 실수해서, 독이 쉽게 낫질 않고 약해진 틈에 몬스터에게 죽는 경우가 많다. 상태이상을 회복하는 스킬인 메딕이라면 독의 종류가 관계없지만, 접촉해서 회복해야만 하기 때문에 전투 중에는 어렵다.

하지만 츠토무는 메딕을 원거리에서 사용할 수 있었기 때문에, 가름이 독 상태이상에 걸려도 바로 회복할 수가 있었다. 게다가 몬스터는 탱커인 가름에게 집중하기 때문에, 에이미와 츠토무는 중독 상태가 될 일이 거의 없다.

드물게 가름을 무시하고 두 사람에게 덤벼드는 몬스터도 있었지만, 가름이 컴뱃 크라이를 다시 날리면 문제는 없었다. 게다가 늪계층주의 범위 공격과 즉사에 가까운 공격도, 츠토무는 마치 미래를 예측하고 있는 것처럼 회피해 회복과 상태이상 회복을 멈추지 않았다.

　매직백에 있는 풍족한 포션과 각 층에 따른 대책 장비, 도구 등도 사용하는 타이밍이 적절했다. 그 덕분에 가름은 몬스터 유인과 방어, 에이미는 공격에만 집중할 수가 있어서 늪을 이틀 만에 간단히 돌파했다.

　3일째부터는 언데드가 처음으로 출현하는 31층, 황야의 탐색이 시작되었다. 언데드가 주된 몬스터인 황야는 백마도사가 활약하기 쉽다고 이야기되는 층이다. 그곳은 실로 츠토무의 독무대였다.

　지면에서 기어 나온 스켈레톤과 처음 마주쳤을 때는 깜짝 놀라 주저앉을 뻔하기는 했지만, 성 속성 공격 스킬인 홀리로 공격하며 동시에 회복 지원도 담당해, 황야도 순조롭게 공략 층을 경신해 갔다. 공격도 회복도 소화하는 츠토무의 비정상적인 행동은 다른 백마도사와 확연하게 차이가 나서, 에이미와 가름은 그 시점에 아연실색하기 시작했었다.

　4일째의 35층부터는 츠토무도 기세를 타기 시작했는지, 딜러인 에이미보다도 몬스터를 더 많이 해치우기도 했다. 그것도 탱커를 담당하는 가름에게 보내는 지원과 회복도 거르지 않으면서. 에이미는 길드 직원이 되고 나서는 던전에 거의 들어가지 않았기 때문에 공백기가 있다. 하지만 쌍검사인 자신이 백마도사인 츠토무에게 딜러로서 뒤지게 될 줄은 생각하지 않았던 모양인지, 상당히 분한 모습을 보였다.

　그리고 4층 계층주인 부패한 검사도 탱커를 가름이 담당하고,

츠토무는 딜러와 힐러를 양쪽 모두 소화했다. 에이미도 츠토무에게 대항 의식을 불태우며 전력으로 싸웠기 때문에, 부패한 검사도 어렵지 않게 물리치고 40층을 돌파할 수가 있었다.

하지만 현재 츠토무의 레벨은 20. 가름과 에이미는 레벨 20으로 41층에 도전하는 사람 이야기를 들은 적이 없었고, 가능할 리가 없다고 무의식적으로 생각하고 있었다. 기본적으로는 10층마다 있는 계층주에게 도전할 때는, 층마다 있는 레벨 상한까지 올리고 나서 도전하는 것이 상식이다. 하지만 그 있을 수 없는 일이 현실에서 일어나고 있었다.

가름과 에이미가 스테이터스 카드에 도달 기록을 남기고 있는 최고 계층은 49층이다. 에이미, 가름 모두 해변의 계층주에서 막혀 소속 클랜이 해산했다. 에이미는 감정안이, 가름은 순수한 실력과 정의감이 평가받아 길드 직원으로 스카우트되어 지금에 이르렀다.

"이거 건드려도 해를 입거나 하진 않겠죠?"라며 바다에 손가락을 찔러넣고 있는 츠토무. 가름과 에이미도 이때만큼은 사이좋게 함께 넋이 나가 있었다.

"으응……."

"…………."

"가름 씨~? 에이미 씨~? ……아, 죄송해요. 오늘은 이쯤에서 그만두도록 할까요."

가름과 에이미의 모습에 츠토무는 홀로 납득한 것처럼 풀이 죽어, 두 사람을 치하하며 뒤에 있는 검은 문으로 함께 들어갔다. 그러자 세 사람은 입자화되어 길드의 검은 문으로 전송되었다.

"수고하셨습니다."

길드의 검은 문에 도착해 츠토무가 인사하자, 문지기인 용인은 조용히 눈인사했다. 검은 문을 지키는 문지기는 던전 안에서 죽어 황갈색 옷을 입고 있는 사람 말고는 관심이 없다. 아직 움직이지 않는 가름과 에이미를 보고 이건 중증이라고 당황하면서도, 문지기 근처에서 두 사람을 끌고 나왔다.

"두 분만 아프게 해서 정말로 죄송해요. 내일은 휴일이지만, 모레도 쉬겠어요. 조촐하지만 이건 감사 표시예요."

두 사람은 늪 지역부터 몬스터의 공격을 더더욱 많이 받았다. 바로 회복할 수 있다고는 해도 그 아픔을 몇 번이나 느끼다니 츠토무로서는 할 수 없는 일이다. 따라서 츠토무는 치하와 타산적인 의미도 담아 두 사람에게 고품질의 중마석을 주고 그 자리에서 해산했다. 남은 두 사람은 쥐어진 마석을 보고 다시 조금 넋이 나갔다.

가름과 에이미는 서로의 얼굴을 마주 봤다.

"우와! 큰일이야! 말도 안 돼! 3인 파티로! 4일 만에 늪과 황야 공략악?! 나, 한 번도 안 죽었는데?! 뭐야? 어느새 너 그렇게 강해졌던 거야?! 이봐! 가르쳐 줘!"

"진정해라⋯⋯."

번개가 내려치듯이 떠들기 시작하며 가름에게 얼굴을 붙인 에이미는, 어깨까지 기른 하얀 머리를 거칠게 흔들었다. 가름은 쫑긋선 남색 개 귀를 위에서 덮으면서도 자신에게 들려주듯이 중얼거렸다.

"어느새 계층 경신했던 거야?! 넌 계속 문지기 했었잖아!"

"내 최고 기록은 너와 마찬가지로 해변이고, 레벨은 상한까지 찍은…… 60이다. 너도 그럴 텐데."

"어, 그럼 내가 강해졌나……. 그럴 리가 없지. 레, 레벨 20인, 츠토무에게 졌으니까."

에이미는 좌절한 듯 하얀 꼬리를 축 늘어트렸다. 그녀는 2년 정도 전에 탐색자를 그만둔 뒤에도 조금은 던전에 들어가기는 했지만, 역시 전성기와 비교하면 쇠퇴가 있다고 자기도 느끼고 있었다.

"츠토무 말이야, 굉장하지 않아? 뭐야 그 움직임. 황야라고는 해도, 내가 토벌 숫자에서 질 거라고는 생각 못 했어! 정말! 왠지 또 화가 나기 시작하네!"

황야에서의 한심한 움직임을 떠올렸는지 기분이 언짢은 듯이 하얀 꼬리를 흔들기 시작한 에이미에게, 가름은 흐트러진 남색 머리카락을 대충 가다듬으며 입을 열었다.

"아니, 츠토무의 굉장한 점은 지원이겠지. 그 원거리 힐은 굉장하다. 게다가 프로텍트마저 한 번도 끊기지 않았으니 말이지."

"응? 확실히 그 부~웅 날아가는 힐 같은 건 보면 재미있지만, 그뿐이잖아?"

에이미가 신기하다는 듯이 고개를 갸웃거리며 그렇게 말하자, 가름은 한숨을 쉬었다.

"흥. 너는 모르는군. 그 힐이 얼마나 굉장한지."

"뭐? 너야말로 모르겠어? 츠토무의 그 움직임. 공격 스킬이 굉장히 능숙하다고. 아아, 너는 모를 수밖에 없나~. 기사인걸~."

"인기에만 정신이 팔린 녀석에게 그런 소리를 듣고 싶지 않다. 어차피 던전에 들어가지 않게 된 것도 자기 실력의 바닥이 드러나는 것이 두려웠기 때문이겠지. 그렇게 태만하니까 츠토무에게 지는 거다."

그 가름의 말에 인내심이 폭발했는지, 에이미는 불쾌한 듯 눈을 가늘게 뜨고, 있는 대로 그를 노려봤다.

"⋯⋯멋대로 지껄이네, 이빨 빠진 강아지가."

"배를 드러내고 먹이를 조르는 길고양이보다는 훨씬 낫겠지."

가름이 무시무시하게 냉철한 시선을 보내고, 에이미는 동공이 아몬드 모양이 된 눈으로 전투 태세를 취하고 있다. 일촉즉발의 분위기에 문지기를 맡고 있는 길드 직원 두 사람이 제발 봐달라는 듯이 한숨을 쉬었다.

그러자 가름은 주변 길드 직원들의 변화를 눈치챈 것인지, 그 시선을 멈추고 살벌한 분위기를 흩트렸다.

"⋯⋯너에겐 말보다 실제로 시키는 편이 빠르겠지. 좋아. 너, 다음 던전 탐색은 나 대신에, 그거다. 탱커를 해라."

갑자기 떠올린 것처럼 에이미에게 손가락질한 가름. 그러자 에이미도 눈썹을 끌어올리고 마찬가지로 가름에게 손가락질했다.

"좋아. 그럼 너는 딜러를 하도록 해!"

"⋯⋯알겠다."

"잊지 말라고! 바~보야!"

에이미는 날카롭게 퍼부은 뒤에 그렇게 말을 남기고, 가름에게 등을 돌려 달려 나갔다. 그것을 바라본 가름도 언짢은 듯이 콧소리를 냈다.

▷ ▷

미궁도시의 중앙 광장에 존재하는, 던전 내부를 생중계하는 신대 중에서도 가장 화면이 커다란 1번대. 거기에는 다양한 사람들이 모여 그 라이브 영상을 견학하고 있다. 귀족에서부터 거지까지 모이는 그 광장에는 다양한 노점이 늘어서고, 그 근처에는 많은 가게가 설치되어 있다. 결과적으로 1번대 부근은 마치 시장 같은 역할을 하고 있었다.

이곳 외에도 대형이나 중형 같은 신대는 중앙 광장과 다른 광장에 배치되어 있지만, 역시 가장 눈길을 끄는 것은 중앙 광장의 거대한 1번대. 1번대에는 반드시 지금 던전에 들어가 있는 탐색자 중에서 가장 깊은 층에 가 있는 파티가 비치게 되어 있다.

그리고 그 1번대에 뒤따르듯이 2번대, 3번대로 신대가 이어져 있다. 거기에는 두 번째와 세 번째로 깊은 층을 진행하고 있는 파티가 비치고 있어, 그 수는 50번대까지 이른다. 50번대 이하의 대는 상당히 작은 크기이기는 하지만, 거기에서는 몬스터와 전투하는 파티가 랜덤하게 방송된다. 이쪽을 보고 있는 사람도 많이 있긴 하지만, 역시 1번대와 비교하면 사람이 적다.

그런 중에 벤치에 앉아 딱딱한 돼지 꼬치구이를 씹어 먹으며, 30번대를 뚫어지게 바라보는 흑발의 남자, 츠토무가 있었다. 실처럼 가느다란 눈은 살짝 뜨여 있고, 높은 콧등에는 꼬치구이의 양념이 묻어 있다.

츠토무는 인기가 낮은 30번대 앞에서 아침부터 낮인 지금까지 달라붙어 모니터를 보고 있었다. 그리고 그 영상을 보고는 계속해서 메모를 적어 간다.

'포이즌 스파이더의 거미줄은 화염으로 소각 가능……이라.'

츠토무가 「라이브 던전!」에서 배양한 게임 지식은 현재까지 상당히 도움이 되고 있다. 적의 약점과 공격 방법 등은 게임 그대로. 맵에 관해서는 전부 일치하는 것은 아니지만, 어느 정도는 공통점이 있어 쉽게 진행하고 있다.

하지만 몬스터가 게임과는 다른 행동과 공격을 하는 일도 다수 있었다. 그런 돌발 행동은 사고력이 둔해지는 요인이 된다.

1층의 고블린이나 슬라임에서마저도 그런 모습이 확인되었기에 안 좋은 예감은 들었었지만, 층이 깊어질수록, 게임 지식만으로는 도저히 대처할 수 없다고 츠토무는 느끼기 시작했다.

지금은 가름과 에이미라는 우수한 탱커와 딜러가 있어 준 덕분에 몰라도 문제가 없을지 모른다. 하지만 가름과 에이미는 어디까지나 길드에서 빌리고 있는, 말하자면 반고정 파티에 지나지 않는다. 대여 기간도 츠토무의 럭키 보이라는 불명예스러운 별명이 자취를 감출 때까지라는 매우 애매한 약정으로 되어 있다.

돈과 시간에 여유가 있는 이 시기. 이것을 효과적으로 사용하지 않으면 어떡하나 싶어, 츠토무는 일주일에 하루 정해져 있는 휴가 중에도 최대한 던전의 정보를 모으고 있었다.

하지만 아침부터 매달려 있던 탓에 메모 용지를 다 쓰고 만 츠토무는, 꼬치 가게에 쇠 꼬치를 돌려주고 음울한 표정으로 길드로 향했다.

길드에 들어가면 탐색자들이 즉각 항상 하는 럭키 보이 야유가 날아온다.

'초짜인 너희는 17일이나 떠들면서 질리지도 않는구나.'

그 야유를 날리고 있는 자의 얼굴을 정확히 기억하며, BGM처럼 흘려듣고 길드의 카운터로 향했다.

츠토무가 다 쓴 메모 용지를 보충하고 바로 길드를 나가려 하자, 검은 문 방면에서 큰 목소리가 들려왔다.

"어, 어째서 나만 부스러기 마석뿐인 거야!"

"큭. 뭐냐 너, 신참이냐? 기생 백마의 배당 따원 이 정도면 돼."

"이래선 여관에서 잠도 못 자! 웃기지 마!"

"하, 사전에 배당 비율을 묻지 않았던 네가 나빠."

반항하는 젊은 청년은 리넨 같은 연한 갈색 옷을 입었다. 상대방은 나이도 제법 먹고 장비를 껴입은 세 명의 남자. 대화 내용으로 봐서 또 보수 분배 다툼이라고 츠토무는 한숨을 쉬었다.

"게, 게다가 너희! 내 장비도 회수하지 않았잖아! 변상해!"

"뭐어~? 그딴 건 죽은 네놈이 나쁜 거잖아! 이미 파티는 해산했어. 어서 꺼져!"

"어이 네 녀석들, 왜 다투고 있나."

엄한 눈빛을 한 길드 직원이 말을 걸자, 남자는 야윈 손을 비비며 머리를 꾸벅꾸벅 숙였다.

"이 꼬마가 보수에 대해 다 끝나고 빽빽 조잘거리고 있을 뿐입니다. 신경 쓰지 마세요."

"이 녀석들이, 나를 속였어!"

"……내놔라. 네 녀석들 전원 다."

길드 직원이 종이와 바늘을 꺼내자 네 명의 탐색자는 각자 피를 종이에 묻혔다. 바로 길드 직원이 네 명의 스테이터스 카드를 가져와 비교했다.

"보수의 비율은 딜러가 3할, 힐러가 1할로 되어 있다. 벌어 온 마석을 전부 꺼내도록."

"예 예."

길드 직원은 남자 셋과 청년이 주머니에서 꺼낸 마석을 받고는, 전원의 스테이터스 카드를 확인했다. 그리고 다시금 마석의 수를 확인하고 카운터로 스테이터스 카드를 되돌렸다.

"스테이터스 카드를 보면 그 녀석이 토벌했던 몬스터는 금방 알 수 있다. 그리고 마석의 수를 대조해 본 결과, 배분은 대체로 일치하고 있다. 문제는 없다."

"자, 잠깐 기다려 주세요! 제 장비는요?!"

"던전에서는 생물에 닿지 않은 물체가 30분 정도 지면이나 벽에 방치되면 자연히 소멸된다. 네가 죽었을 때 전투 중이었을 경우, 그 시간 내로 줍지 못할 가능성도 있다. 따라서 장비에 대해서는 자기 책임이다."

"우, 웃기지 마! 일을 대충하고 있어! 이쪽은 길드에 10만 골드나 지불했다고!"

"······보수 배분도 확인하지 않고, 던전에서의 상식도 모른다. 수업료치고는 싼 편이지. 자꾸 소란을 피우면 두들겨 패서 쫓아내 겠다."

"염병할! 염병할!"

부스러기 마석을 쥐고 달려간 힐러 청년과 그것을 비웃는 탐색 자. 그리고 그는 밖에서도 좋은 꼴은 당하지 않을 것 같다고, 츠토 무는 곁눈으로 바라보면서 한숨을 흘렸다.

1번대를 보고 탐색자를 동경해, 아무런 정보도 얻지 않고 탐색 자가 되는 사람은 의외로 많다. 그런 호구가 정기적으로 낚이기 때문에, 저처럼 사기에 가까운 일을 하는 탐색자들도 활개를 치고 있다. 게다가 츠토무가 1층에서 금 상자를 뽑아 일확천금을 얻었 다는 것이 소문 난 것도 있어, 신입 탐색자가 최근 단기간에 상당 히 늘었다. 즉, 저렇게 정보를 전혀 모으지 않는 호구도 늘었다는 소리다.

그것에 대해 어디까지나 중립을 주장하는 길드의 대응. 길드도 자선 단체가 아닌지라 어쩔 수 없다고는 생각하지만, 유료 스테이 터스 카드를 만들게 하고서 나중 일은 모릅니다 하는 태도는 과연 어떤가.

'삭막하네······. 뭐, 아무래도 좋지만.'

츠토무는 검은 지팡이를 판 뒤에 쓸모없는 럭키 보이 취급을 받 아, 길드에 있는 탐색자들 대부분을 싫어하게 되었다. 자신을 럭 키 보이라고 부르는 자도 싫다. 따라서 어지간한 일이 없는 한 일 부러 구해 주러 갈 마음도 들지 않는다. 게다가 조금 전 백마도사 남자도 정보를 얻어 두었다면 모르겠지만, 저 정도까지 무지한 것은 자업자득으로밖에 생각되지 않았다.

하지만 그래도 츠토무의 마음속에는, 어딘가 그것을 싫다고 생각하는 마음도 남아 있었다.

츠토무는 그 마음에 조금 짜증이 난 것처럼 걸음을 서둘렀다. 그리고 메모 용지를 품고 서둘러 길드를 떠나, 30번대 근처의 벤치로 돌아와 밤이 될 때까지 신대 관찰을 계속했다.

오른손으로 에이미를, 왼손으로 가름을

휴일이 끝난 후, 츠토무는 조금 불안함을 느끼면서도 길드로 향했다. 안쪽 식당에서 날아오는 꼬부랑 발음의 '럭키 보이'라는 목소리를 흘려 넘기며, 길드의 1번대 앞으로 걸어갔다.

집합 시간 5분 전. 시간에 맞춰 항상 앉는 벤치에 앉아 있는 갑옷 차림의 가름을 보고, 츠토무는 안심한 뒤 말을 걸었다.

"좋은 아침이에요. 가름 씨. 몸 상태는 좀 어떠신가요?"

"음, 좋은 아침이다. 몸도 좋은 편이다."

"그렇군요. 그럼 앞으로도 탱커를 부탁해도 될까요……?"

지난 던전 탐색에서는 탱커의 피격이 상당히 많았었다. 그리고 가름은 41층에서 뭔가 넋이 나간 듯한 표정을 지어, 츠토무는 틀림없이 가름이 탱커가 싫어진 것이라고 생각했었다.

몸을 내던져 몬스터의 공격을 받아내는 것은 아직 할 수 있을 것 같지 않다. 따라서 미안하지만 이대로 가름이 탱커를 맡아 주면 좋겠다는 것이 츠토무의 진심이었다. 하지만 가름이 탱커를 하고 싶지 않다고 말한다면 다른 방법을 찾을 수밖에 없다.

그러나 가름은 그런 츠토무의 생각과는 반대로, 태연하게 내뱉었다.

"응? 이전과 똑같이 일하면 되는 거겠지? 아무런 문제도 없다."

"정말인가요?! 진짜 감사해요!"

"으, 음. ……그런데 츠토무. 어차피 에이미가 올 때까지 시간이 있다. 그 사이에 한 가지 이야기해 두고 싶은 일이 있는데, 괜찮겠나?"

"예. 무슨 일이죠?"

문제없어 보이는 모습에 안도한 츠토무는 머리를 숙인 뒤 가름의 옆에 걸터앉았다. 그리고 가름의 이야기에 귀를 기울였다.

"에이미와 나의 역할을 한번 교환해 보고 싶은데 가능하겠나? 역시 VIT가 높지 않으면 탱커는 할 수 없나?"

지난번의 일로 가름은 에이미와 역할을 교환하기로 했었지만, 생각해 보면 탱커라는 역할에는 높은 VIT가 필요하다고 츠토무가 이야기했었다. 그때는 열이 올라 생각이 미치지 못했다가 뒤늦게 그 사실을 깨달은 가름은 머뭇거리며 물었다.

"……에이미 씨가 탱커인가요. 일단 VIT가 높지 않아도 탱커를 맡을 수는 있지만 조금 장벽이 높죠. 그렇게 되면 해변은 조금 어려우려나요……. 아, 하지만 가름 씨가 말하는 것으로 봐서, 역할을 한 번 교환해서 서로의 이해도를 높이자는 것이 목적인 거죠?"

"……뭐, 그런 셈이지."

겸연쩍어하는 표정을 짓는 가름의 제안에, 츠토무는 10번대를 올려다보며 생각했다. 거기에 비치고 있는 해변의 계층주를 보며 어느 정도 생각이 정리되자 츠토무는 말을 꺼냈다.

"응, 그거라면 저도 새로운 지원 스킬을 시험해 보고 싶었으니까, 연습하기 딱 좋아요. 장소는……."

"황야는 어떻겠나?"

"황야, 인가요. ……뭐 괜찮은가. 예, 좋아요."

츠토무로서는 늪 정도가 딱 좋다고 생각했지만, 최악의 경우 황야라면 자신이 커버하면 된다고 생각해 가름의 요청을 받아들였다.

"그렇군. 감사하다. 그 녀석은 무언가 착각하고 있는 모양이니까, 직접 경험하게 해 주어야겠지."

"그, 그런가요."

풍성한 남색 꼬리를 붕붕 흔들며 장난을 치는 어린아이 같은 표정을 짓는 가름에게 츠토무는 어색한 웃음으로 답했다.

그리고 츠토무는 가름에게 일전에 주었던 고품질 중마석을 돌려받았다. '한 번 드렸던 거니 괜찮다', '아니, 원래 받아야 할 것은 받고 있으니까 괜찮다'며 실랑이를 반복하는 동안 뒤쪽에서 쾌활한 고음의 목소리가 들려왔다.

에이미는 길드 입구에서부터 허리에 달린 쌍검의 칼집을 흔들며 뛰어와 츠토무의 앞에서 딱 멈추고, 평소처럼 활기찬 모습으로 척 손을 들었다.

"기다렸지! 아, 요전에 마석 고마웠어! 그걸로 또 물 만난 물고기 식당에 친구랑 갔었어! 역시 거기 참 맛있단 말이야~!"

"그러신가요. 좋으셨겠네요. 아, 에이미 씨? 가름 씨에게 이야기 들으셨죠?"

"응~?"

"탱커 이야기다."

"아……."

가름이 조금 전의 표정을 거두고 무뚝뚝하게 말하자, 에이미는 눈을 감으며 고개를 기울이고 굳었다. 그리고 기억이 났는지 눈이 번쩍 뜨였다.

"아~! 그렇지! 탱커라는 걸 내가 하는 이야기지?! ……음, 하지만 내 VIT, C인데? 괜찮으려나?"

"일단 탱커는 VIT가 높지 않아도 가능은 하지만, 조금 특수하니까 장벽은 높아요. 하지만 이번에는 그렇게까지 깊이 들어가지는 않고 연습하는 느낌으로 가 보자 싶으니까, 에이미 씨라도 괜찮아요."

"으헥~. 하지만 나, 가만히 있는 걸 잘 못 한단 말이지~."

"아니요. 에이미 씨의 경우는 계속해서 움직이며 공격해 주셔도 괜찮아요."

"어?"

가름과 함께 일어나 붐비는 카운터에 줄을 서면서 츠토무가 그렇게 말하자, 에이미는 의외라는 듯이 눈을 동그랗게 떴다.

"에이미 씨는 가름 씨와 달리 적의 어그로를 끄는 스킬이 없으니까, 순수하게 공격으로 어그로를 끄셔야 해요. 가름 씨와는 다른 타입의 탱커지만, 탱커에 대한 이해도는 깊어질 거예요."

"아, 그런 거야? 그거라면 할 수 있으려나?"

"하지만 에이미 씨에게는 몬스터 전체의 어그로를 끄는 스킬이 없으니까 좀처럼 쉽지 않을 거예요."

"그러려나~? 어쨌든 몬스터의 어그로를 끌기만 하면 되는 거잖아? 저 녀석이 할 수 있는데 내가 할 수 없는 일은 그다지 없을 거라고 생각해!"

"흥. 네가 할 수 있을 것 같진 않다만."

"뭐어~?! 너야말로 딜러를 할 수 있을 것 같지 않거든! 이빨 빠진 너에게는 말이야!"

서로를 노려보고는 빠직빠직 불꽃을 튕기는 두 사람 사이에 선 츠토무. 생각보다도 험악한 두 사람을 보고 저도 모르게 쓴웃음을 지으면서도 중재하기 위해 입을 열었다.

"일단은 실전으로 시험해 보도록 해요."

"……응. 뭐 어차피 나라면 식은 죽 먹기겠지만 말이야~."

"꼴사납게 부활해서 웃긴 네 모습이 기대된다."

"뭐어~?! 안 죽거든~!"

다시 말싸움을 시작한 두 사람을 보고 츠토무는 포기의 미소를 지으면서, 비어 있는 카운터로 두 사람을 데리고 갔다.

▷▷

흐린 날씨의 늪지보다도 더욱 어두컴컴하고, 먹구름 같은 것이 펼쳐져 빛을 가로막고 있는 하늘. 31층 황야에 내려선 세 사람은 곧바로 탐색을 개시했다.

에이미는 선두에서 묵묵히 탐색을 이어간다. 츠토무가 그 서먹한 분위기 속에서 어떻게든 말을 꺼내려던 직후, 앞쪽 지면에서 뼈로 된 손이 튀어나왔다. 그리고 나아가 몇 개의 뼈 손이 튀어나와 황야를 대표하는 몬스터, 스켈레톤 다섯 마리가 모습을 드러냈다. 그 손에는 무기로 봉 형태의 뼈가 들려 있다.

"에이미 씨는 스켈레톤 전부를 공격해서 어그로를 끌어 주세요. 아, 스킬은 되도록 사용하지 마세요."

"어?"

"스킬을 사용하면 금방 끝나서 연습이 되지 않으니까요. 쉽지 않겠지만, 에이미 씨라면 괜찮아요. 프로텍트. 헤이스트."

츠토무는 그렇게 말하면서도 새롭게 습득한 지원 스킬인 헤이스트를 에이미에게 걸었다. 그것은 대상자의 AGI를 상승시켜 주는 것으로, 헤이스트가 부여된 동안에는 몸이 가벼워져 움직이기 쉬워진다.

"어어."

에이미는 몸이 가벼워지는 감각에 놀라면서도, 접근한 스켈레톤의 뼈 곤봉을 쌍검으로 받아냈다. 그 뒤에도 다섯 마리의 스켈레톤에 재빨리 공격을 가해 어그로를 끌어 간다.

"가름 씨는 한 마리씩 토벌해 주세요."

"알았다."

딜러인 가름은 에이미 쪽으로 향하고 있는 스켈레톤들을, 숏소드로 때리듯이 부수어 간다. 스켈레톤은 하얀 빛을 흘리며 승천하듯이 사라지고, 무색 소마석(小魔石)이 땅에 떨어졌다.

"홋, 얏!"

에이미는 남은 네 마리의 공격을 재빠른 몸놀림으로 피하면서,

그사이에 쌍검으로 공격을 가한다. 하지만 그러고 조금 지나자 자신의 몸이 무거워지는 듯한 감각이 몰려왔다. 츠토무가 부여했던 헤이스트가 끊긴 것이다. 그 즉시 에이미의 등에 푸른 기운을 띤 덩어리가 명중하고, AGI가 다시금 한 단계 상승했다.

"죄송해요! 조금 늦었어요!"

츠토무는 미안해 하며 말하면서도 헤이스트의 효과 시간을 파악했다. 그 뒤로는 한 번도 끊기는 일 없이 헤이스트를 에이미에게 부여했고, 프로텍트도 끊기는 일이 없었다.

가름도 나쁘지 않은 속도로 스켈레톤을 쓰러트려, 하나둘 수를 줄여간다. 그렇게 되면 에이미도 편해져, 그녀는 남은 두 마리의 목뼈를 베어 날렸다.

"플래시."

츠토무가 빛을 쏘는 스킬인 플래시를 하늘로 사용하는 사이에 전투는 종료. 에이미가 떨어진 마석을 츠토무에게 넘겨 주고, 얄팍한 가슴을 펴며 멧돼지처럼 푸흥~ 콧바람을 내쉬었다.

"뭐, 대충 이런 정도지. 나한테 걸리면 탱커도 별거 아니야."

"그러네요. 좋았다고 생각해요."

"그렇지~?"

"뭐, 연습으론 딱 좋았네요. 그럼 본 게임으로 들어가 볼까요."

"어?"

츠토무의 말에 에이미는 얼빠진 목소리를 흘렸다. 그리고 가름이 좌우의 개 귀를 교대로 움찔거리며 주변을 둘러봤다.

"……발소리가 상당히 많이 들려오는데."

"예. 황야에서 플래시를 쏘면 대부분의 몬스터가 몰려오니까요. 지금부터가 진짜입니다. 두 분 모두 힘내 주세요. 어려울 거 같으면 제가 정리할 거니까요."

마치 그 플래시의 빛에 구원을 바라는 것처럼 스켈레톤, 스켈레톤 아처, 물리 공격 무효인 고스트, 삼지창을 들고 하늘을 나는 임프 등이 모여든다. 에이미는 그 농담 같은 숫자에 입 끝을 움찔거리고, 가름은 기합을 다시 넣듯이 숏소드와 방패를 부딪쳐 소리를 냈다.

"자, 잠깐 기다려!? 저거, 전부? 무리 아닐까?"

"하면 할 수 있어요. 그리고 안 되겠다 싶으면 제가 홀리로 보조할 테니까요."

"쫑알쫑알 시끄럽군. 겁먹었나?"

"……말 잘했어! 어디 해 보자고~!"

가름에게 도발당한 에이미는 어금니를 갈듯이 쌍검을 비비고, 포효를 터트리며 그 집단을 향해 일직선으로 달려갔다.

힐러의 유용성

에이미가 탱커를, 가름이 딜러를 맡은 채로 황야 탐색은 몇 시간 이 지났다. 그리고 32층으로 이어지는 검은 문 앞에서 에이미는 땀투성이가 되어 바닥에 엎드리고, 가름도 무릎에 손을 올리고 몸을 숙여 숨을 헐떡이고 있었다.

"고생하셨습니다."

지원회복을 하며 때때로 공격 스킬로 지원을 했던 츠토무는, 그런 두 사람에게 수통을 건넸다. 에이미는 고개를 들고 그 수통에 직접 입을 대고 꿀꺽꿀꺽 보리차를 마신 뒤, 여유로운 표정을 짓고 있는 츠토무를 올려다봤다.

1층에서 터무니없는 보물을 뽑은 츠토무라는 청년. 검은 지팡이 옥션 이후 며칠 만에 그에게는 럭키 보이라는 별명이 붙고, 일약 유명인이 되었다. 하지만 실제 LUK는 그 별명과는 동떨어져 있어, 큰돈을 번 것에 질투한 탐색자들은 사기꾼이라고 규탄해 나쁜 소문이 퍼졌다. 그것이 원인으로 츠토무는 파티를 짜지 못하게 되어 망연자실했었다.

3주 동안 그가 길드를 필사적으로 돌아다니는 모습을 에이미는 보고 있었다. 몇 번이나 파티 계약을 거절당하고, 무시당하고, 비웃음을 사고, 비하당하더라도 그는 필사적으로 움직여 파티를 짜려고 했다. 어째서 그렇게까지 바보 취급을 받는데도 탐색자를 계속하려는지가 에이미는 의문이었지만, 몇 번이고 탐색자에게 말을 걸고는 무시당하는 모습이 이전의 자신과 겹쳐 보였다.

게다가 검은 지팡이 옥션 출품을 권했던 것은 자신이었고, 일단 그것 때문에 츠토무가 저런 불우한 처지를 겪고 있다고 말하지 못할 것도 없다. 따라서 다시는 파티를 짜지 않겠다는 신조를 어기고, 업무상 츠토무의 파티에 일시적으로 들어가기로 했다. 에이미가 일 때문이라고 해도 파티에 가입하고 싶다고 말했던 것 때문에 길드장은 엄청 놀라 눈을 동그랗게 떴다.

하지만 츠토무는 현재 그다지 평가가 높지 않은 백마도사 JOB을 신에게 받았기에, 그런 부분은 럭키 보이가 아니라며 탐색자들에게 손가락질받고 있다. 사실 에이미도 그렇게 생각했다.

백마도사는 전선의 누군가를 다시 살리면 그다음에는 버림받아 죽을 뿐인 JOB이다. 입자화한 아군을 회복 스킬인 레이즈로 소생시켜 하이 힐로 완벽히 회복시킨 백마도사는, 거의 모두가 몬스터에게 집중적으로 표적이 되어 아군에게 버림받는다. 백마도사가 표적이 되는 시간은 소생된 멤버가 바닥에 떨어진 장비를 줍고 갈아입는 시간이다.

신대에 방송될 때도 대체로 가장 먼저 죽기 때문에 관중의 평가는 최악이라, 당연히 대형 가게나 귀족의 광고주 지명── 스폰서 의뢰도 오지 않는다. 백마도사는 명성을 얻을 수 없다.

하지만 백마도사 같은 힐러는 던전 공략에 필요한 역할이었다.

딜러가 2, 3명 죽어도 힐러가 있으면 소생할 수 있으니까 기회가 생겨난다. 특히 물러날 수 없는 계층주를 상대할 때는 필수적인 역할이다.

대형 클랜은 백마도사들을 명성 대신에 돈으로 붙잡았고, 대부분은 그것을 받아들였다. 처음에 지원 스킬을 건 뒤는 딜러의 등 뒤에 숨어 죽은 사람을 되살리게 할 뿐인 역할을. 몬스터에게 죽어 관중에게 명예를 얻을 수 없는 대신에, 대형 클랜으로부터 고액의 돈을 받아 생활하기를 선택했다.

물론 그런 역할을 맡는 것은 싫다며 대형 클랜을 나간 사람도 있다. 하지만 대다수는 그 역할을 선택했다.

그 당시 대형 클랜에서 쌍검사로 인기가 높았던 에이미는 백마도사들을 동정하면서, 한편으로는 얕보고도 있었다. 딜러를 다시 살리는 힐러의 역할은 필수라고 에이미도 이해는 하고 있다. 하지만 대다수의 백마도사들은 대형 클랜이 지시한 것을 따를 뿐이었다. 그저 아군을 살리고, 그 뒤에는 마치 고장난 도구처럼 버려진다. 그런 역할을 달게 받아들였던 백마도사들은 자기 의지가 없어, 정말로 도구 같았다. 그런 물건으로 전락하면서까지 돈을 벌기는 싫다고 생각했었다.

그래서 백마도사인 츠토무도 불쌍하고 안타깝다고 여기고 있었지만, 황야 공략을 보고 그런 감정은 어딘가로 날아가고 말았다. 확연하게 다른 백마도사와는 다르다는 것을 에이미는 그때 처음으로 인식하고, 그것에 경악하고 있는 사이에 41층에 도달하고 말았다.

그리고 이번 황야 탐색으로 가름이 말했던 것이, 에이미에게도 이해가 되기 시작했다.

　'이런 거였구나…….'

　츠토무가 날리는 힐. 지난번에 딜러를 담당했을 때는 상처를 별로 입지 않았기 때문에 그 효과를 알 수 없었지만, 오늘 탱커를 담당하고 나서는 인식이 바뀌었다.

　에이미가 탱커를 담당할 경우에는 전체적인 어그로를 끄는 스킬이 없기 때문에, 가름과 달리 처음에 모든 몬스터에 한 대씩 공격을 맞춰야만 한다. 그 때문에 아무래도 도중부터 몬스터의 공격에 맞고 만다.

　에이미는 가름과 달리 전신 갑옷이 아니라 몸 일부만 가리는 방어구밖에 장비하지 않았고, 게다가 VIT도 가름보다 낮다. 따라서 몬스터의 공격을 당하면 깊은 열상이나 무거운 타박상 등을 입는 일이 많다. 초반에 그런 상처를 입었을 때는 초창기 클랜에 있었던 시절을 떠올리고 상처를 감수하며 싸우려 했다.

　하지만 상처를 입자마자 츠토무의 힐이 날아와 상처가 몇 초 만에 완치했다. 에이미는 지난번과 달리 몬스터의 공격을 몇 번이나 맞았지만, 그때마다 츠토무가 바로 힐과 하이 힐을 날려 상처를 치유했다. 게다가 전투 중에 숨이 차더라도 상태이상을 회복하는 스킬인 메딕이 날아와, 피로 상태도 금방 좋아진다. 더욱이 지원 스킬인 프로텍트와 헤이스트도 전혀 끊이질 않는다. 완벽한 지원에 에이미는 그저 경악하고 있었다.

　그리고 츠토무 덕분에 포션에 쓸 돈도 줄어들었다. 상처를 즉시 회복시켜 주는 녹색 포션은 전선에서 버티는 근접계 딜러들에게 수요가 많아, 현재는 가격도 상당히 높고 인기 포션은 품절이 자주 발생한다.

녹색 포션에 비교해 정신력을 회복시켜 주는 파란 포션은 현재 흑마도사가 계층주를 해치울 때 사용하는 정도다. 정신력은 전부 소비하지 않는 한 죽지 않고, 시간이 경과함에 따라 자연히 회복된다. 목숨이 걸려 있지 않은 만큼 필수가 아니고, 현재는 수요가 없어 녹색 포션보다도 싸다.

게다가 녹색 포션은 고가인지라 약간의 상처로 마시는 것은 아깝다고 생각하는 탐색자가 많다. 따라서 대부분은 상처를 입은 채로 무리해서 계속 싸우거나, 소량을 마시기 위해 전선을 이탈하거나 둘 중 하나를 택한다. 그 결과 방치했던 상처나 이탈이 방아쇠가 되어 죽는 파티 멤버가 발생하는 경우도 흔했다.

하지만 츠토무의 원거리 힐은 약간의 상처도 금방 회복해 주니까 전투에 지장이 일어나지 않고, 포션을 마시기 위해 전선에서 이탈할 필요도 없다. 만전의 상태로 몬스터와 상대할 수 있어 죽을 확률도 확연히 낮아진다.

포션이라는 회복 수단이 있으면서도 아픔을 필사적으로 참으며 싸워 왔던 지금까지가 바보처럼 느껴질 정도다. 지금의 전투는 육체적으로도 정신적으로도 편하다고 에이미는 느끼고 있었다. 분명 가름도 그렇게 느꼈으리라고 에이미는 생각했다.

탐색자 시절, 대형 클랜에 소속되어 있던 두 사람은 달성 계층 기록을 어느 쪽이 경신할 수 있을지 경쟁하듯이 버티곤 했다. 그때 에이미는 1번대에서 가름을 본 적이 있었는데, 자신보다도 심한 상태였다.

에이미는 STR이 높은 쌍검사였기 때문에 다소 무리는 했지만, 어디까지나 다소다. 타박상이나 깊은 열상까지는 참았지만, 골절이나 치명적인 상처를 입었을 때는 녹색 포션을 마셨다.

한편 가름의 JOB은 기사라 VIT가 높은 대신에 STR이 낮다. 따라서 낮은 STR을 보완하기 위해 인간성을 버린 듯한 전투가 일상다반사였다. 팔이 부러지든 내장이 파열되든 계속해서 몬스터와 싸워, 피를 토하며 검을 휘두른다. 내장이 튀어나오면 자신의 손으로 안으로 밀어 넣고, 다리가 없어지면 기어서 싸우고, 팔이 없어지면 이로 몬스터를 물어 죽였다. 그런 경험을 해왔던 가름이니까, 츠토무를 그렇게나 절찬했던 것이라고 에이미는 추측했다.

'……게다가, 나로서는 탱커라는 역할을 소화하는 게 어려워 보이니까.'

에이미에게는 몬스터의 어그로를 끄는 스킬이 없고, VIT도 낮다. 따라서 많은 몬스터를 상대했을 때 몬스터 전부를 유도하지 못하고, 가름이나 츠토무 쪽으로 보내고 말았다.

'……화나지만, 탱커는 양보해 주겠어.'

가름이 탱커를 했을 때는 몬스터를 자신에게서 떨어트리지 않고 유지해 딜러와 힐러에게 부담을 주지 않았다. 지금의 자신은 그러지 못했다. 에이미는 그것이 분해서 숨을 가다듬는 가름을 짜증스럽게 노려봤지만, 그 탱커 실력은 인정할 수밖에 없었다.

▷ ▷

이번 탐색으로 딜러를 담당한 가름은, 알고 있던 사실을 새삼 직면하고 분한 마음을 느끼고 있었다. 황야 탐색에서 해치운 스켈레톤 숫자는 에이미가 토벌한 숫자를 눈에 띄게 밑돌았다. 알고는 있었던 결과지만, 분했다.

가름은 STR이 낮은 기사임에도 높은 기술과 근성으로 딜러를 담당하기도 했었다. 하지만 그것은 어디까지나 보통보다 조금 나은 정도의 실력에 지나지 않는다.

JOB을 타고났어도 기술이 뒤떨어지는 딜러보다는 낫고, JOB을 타고나지 못했던 사람 중에서라면 일등이다. 하지만 JOB을 타고나고 기술도 지니고 있는 딜러는 이길 수 없다. 에이미는 양쪽 모두를 지니고 있다. 딜러 직종 중에서도 우수한 쌍검사이고, 나아가 전투 센스도 탁월하게 좋다. 가름이 딜러로 이기는 건 불가능에 가까운 일이었다.

에이미와 그다지 마음이 맞지 않는 것도 질투하고 있는 부분이 있기 때문이다. 만약 자신이 쌍검사였다면, 더 깊이 들어갈 수 있었을 것이라고 무의식적으로 생각하고 만다. 에이미가 먼저 가름에게 시비를 거는 일이 많긴 해도, 말다툼으로 번지는 경우가 끊이지 않는 건 그 탓이기도 했다.

딜러로서는 에이미를 이기지 못한다. 아무리 모든 것을 내던져도, 아무리 기술을 갈고닦아도, 압도적인 재능 앞에서는 무의미하다. 이빨이 빠졌다는 소리를 들어도 가름은 반박할 수가 없다.

그 사실이 분했다.

가름은 어째선지 노려보는 에이미를 같이 노려보면서 빈 수통을 츠토무에게 돌려주었다. 츠토무는 험악한 두 사람을 보고 어색한 듯이 뺨을 긁적이며 그 수통을 받았다.

"아……. 에이미 씨?"

"응? 왜~?"

"탱커는 힘드셨죠?"

그렇게 물어보는 츠토무에게 에이미는 저도 모르게 가름에게 들으란 듯이 거짓말을 했다.

"따, 딱히 안 그런데~? 별로 어렵지 않았던 거 같은데~. 탱커도 간단했어~."

그러자 츠토무는 웃는 듯한 표정으로 물었다.

"어? 정말로 그렇게 생각하시는 건가요?"

"…………."

눈에 웃음기가 없는 듯한 츠토무를 보고 에이미는 목이 멘 것 같은 표정을 지었다. 츠토무가 그대로 입을 다물자, 에이미는 목이 멨던 것을 밖으로 토해내듯 괴로워하는 소리를 내고, 간신히 입을 열었다.

"……힘들었어. 아니, 그보다, 나는 탱커를 할 수 없을 거야."

"그렇죠."

"아, 응……."

무언가 옹호해 줄 것이라 기대했던 에이미는, 츠토무의 순순한 긍정에 어딘가 납득이 되지 않는 듯한 표정을 지었다. 그런 에이미에게 츠토무는 말을 건넸다.

"탱커는 그 역할상 파티에서 가장 많이 몬스터와 대치하고, 고통을 받게 돼요. 실제로 에이미 씨는 지난번보다 피격이 많았죠?"

에이미는 츠토무의 물음에 고개를 끄덕였다. 확실히 그녀는 저번에 비해 상당히 피격이 늘어서 츠토무에게 몇 번이나 회복을 받았다.

"탱커가 대신 고통을 받고 몬스터의 어그로를 끌어 주기 때문에, 딜러인 에이미 씨가 비교적 자유롭게 공격할 수 있고, 힐러인 저도 스킬을 완전하게 쓸 수 있어요. 물론 딜러도 중요한 롤(역할)이지만, 탱커도 마찬가지로 중요해요."

"……응. 확실히 그러네."

에이미의 납득한 듯한 말에 가름은 놀랐다. 자기가 맡은 탱커라는 역할을 인정해 주리라고는 생각하지 못했기 때문이다.

"가름 씨도, 딜러는 힘드셨죠?"

"으, 음. ……나로는, 에이미처럼 재빠르게 몬스터를 해치우지 못하니 말이지."

"딜러가 몬스터를 해치우는 속도가 빠르면 그만큼 전투가 빨리 끝나서 탱커도 힐러도 편해지니까요. 뭐, 가름 씨는 지금 봐서는 딜러도 할 수 있으려나요?"

"……하지만, 에이미보다는 떨어지겠지."

가름은 그 사실을 받아들였다. 딜러로서는 에이미에게 이길 수 없다는 사실을 받아들였다. 그런 가름의 말에 에이미도 놀란 표정을 짓고 있었다.

"하지만, 탱커로는 지지 않는다."

가름은 에이미를 똑바로 응시하고 그렇게 선언했다. 놀란 표정
으로 가름을 마주 바라보던 에이미는 조금 동요하면서도 쌍검을
겨눴다.

"나, 나도 딜러로는 안 지거든!"

"오오. 뭔가 좋네요. 서로를 이해한 것 같아 다행이에요."

츠토무가 웃는 얼굴로 잘됐다며 고개를 끄덕이자, 가름은 언짢
은 듯이 콧소리를 냈다.

"이 녀석의 조잡한 움직임은 불쾌해서 견딜 수가 없었지만 말이
다. 이쪽으로 몬스터를 몇 마리나 보낼 작정인지."

"뭐어~?! 너도 스켈레톤 해치우는 게 느려 터졌잖아! 나였음 이
미 세 마리는 잡았거든요~."

"……별로 달라지지 않았으려나?"

츠토무는 다시 말다툼을 시작한 두 사람을 난처한 눈빛으로 보
면서, 빈 수통을 매직백에 수납했다. 그리고 세 사람은 길드로 이
어지는 검은 문으로 들어갔다.

비품 준비

그 탐색이 있고 다음 날은 던전 탐색이 없는 휴일이었다. 츠토무는 마석과 비품 조달을 위해 대낮에 마석 환금소로 갔다. 길드에도 마석 환금소는 있지만, 츠토무는 혼자 길드에 있기 싫었기에 혼자일 때는 일부러 도시로 나와 마석을 교환했다.

시내 마석 환금소보다 길드 쪽이 안정된 가격으로 마석을 매입해 주는 일이 많다. 하지만 벌레 탐색자가 우글거려 바늘방석인 길드에서 감정하는 시간을 기다릴 정도라면, 다소 손해를 각오하고 시내에 있는 마석 환금소를 이용하는 편이 훨씬 속 편했다.

게다가 시내 환금소는 마석을 길드보다 비싸게 매입해 줄 때가 있다. 희귀한 마석이나 수요가 높은 색깔 마석 등은 교섭에 따라 가격이 오른다. 하지만 가격을 후려치는 마석 환금소도 일정수 존재하는 것은 사실이다.

가름에게는 마석을 어느 정도 감정할 수 있게 될 때까지는 길드가 무난하다고 배웠다. 럭키 보이라고 길드에 있는 탐색자에게 무시당하지만 않으면 츠토무도 길드의 환금소를 이용했겠지만, 그것을 말하면 가름이 개 귀를 축 늘어트리게 되니까 말하지 않고 시내 환금소를 이용하고 있다.

마석 가격이 적힌 간판을 보면서 츠토무는 가름에게 추천받은 마석 환금소로 걸음을 옮겼다. 커다란 나무 상자가 규칙적으로 놓여 있고, 그것을 옮기고 있는 몇 명인가의 노동자. 창을 들고 있는 파수꾼이 엄격한 눈빛으로 순회하고 있는, 돌로 지은 교도소처럼 생긴 마석 환금소.

파수꾼이 옆에 두 명 서 있는, 흰 돌로 만들어진 투박한 접수 카운터. 그 안에서는 작은 여자아이가 의자에 앉아 돋보기 같은 것을 들고 주먹만 한 마석을 감정하고 있었다. 츠토무는 등에 멘 매직백을 내리고서, 긴 소매를 걷어 올린 연한 갈색 피부 소녀에게 말을 걸었다.

"안녕하세요. 마석 매입을 부탁드리겠습니다."

츠토무가 말을 걸자 소녀는 그를 올려다보고 갈색 단발머리를 흔들었다. 짧게 대답하고 카운터 안쪽으로 들어가자 접수대 옆에 있는 문이 열렸다.

"작은 것은 이쪽. 큰 것은 카운터로."

소녀는 그 생김새와 차이 없는 귀여운 목소리와는 달리 빠릿빠릿한 움직임으로 자신의 신장과 별 차이가 없을 정도로 커다란 나무통을 안아 들고 왔다. 물이 든 통이 츠토무의 앞에 쿵 놓인다.

드워프인 그녀는 그 작은 생김새와 달리 힘이 세다. 여전히 엄청난 장면이라고 생각하면서 츠토무는 매직백에서 꺼낸 주머니의 끈을 풀었다.

부스러기 마석과 소마석을 대량으로 넣어 둔 그 주머니를 나무 상자 위에서 뒤집는다. 마석이 주머니에서 자르르르 미끄러져 차례로 물에 빠지는 기분 좋은 소리가 울린다. 그것을 세 번 정도 반복한 츠토무는 이것으로 끝이라고 이야기했다.

소녀는 그 통을 양손으로 가뿐하게 들고는 안쪽 넓은 작업장으로 가져갔다. 그 사이 츠토무는 매직백에 손을 찔러넣어, 주먹 크기부터 양손으로는 덮을 수 없을 정도로 큰 마석을 고르며 차례로 꺼냈다. 카운터로 돌아온 소녀는 그 마석을 보고 눈을 크게 떴다.

"오늘은 대물도 있네."

"40층까지 갔으니까요."

"헤에~."

소녀는 흥미 없다는 듯이 맞장구를 치고는 간이 감정으로 마석을 보면서 뒤로 흘려보낸다. 그리고 드문 보라색 마석을 간이 감정하다 손을 멈추고, 돋보기를 꺼내 자세히 감정하기 시작했다.

"이 마석……. 헤에, 역시나 럭키 보이네."

"아하하……."

마석에서 고개를 든 소녀가 살짝 깔보는 듯한 눈빛을 보냈지만 츠토무는 미소를 지으며 뺨을 긁적였다. 그 반응에 소녀는 시시하다는 듯이 날카롭던 시선을 내리고 나무판을 그에게 넘겼다.

"해가 질 무렵에는 끝날 거야."

"알겠습니다. 아, 그리고 불의 마석도 사고 싶어요. 소를 3천 골드, 중을 5만 골드 치 부탁드려요."

"잠깐 기다려. ……불의 마석 줘~~!!! 소, 중으로~~!!"

츠토무가 손가락으로 가격을 표시하면서 주문하자, 소녀는 뒤쪽을 돌아보고 그렇게 소리쳤다. 그러자 안쪽 작업장에서 상반신

알몸에 건장한 남자가 대답하듯이 손을 들었다.

그 사이 소녀는 빨간 주머니에 츠토무가 지정한 가격을 종이에 써 붙이고, 붉은 마석이 박힌 도장을 찍는다. 천천히 연기가 나오고 조금 탄내가 나자 소녀는 도장을 뗀 뒤, 가볍게 숨을 불고 주머니를 털었다.

안쪽 작업장에서는 남자 둘이서 나무 상자를 옮긴 뒤, 쾌활한 목소리로 츠토무에게 인사했다. 붉은 마석이 대량으로 든 나무 상자를 조심스럽게 내려놓은 남자들에게 소녀가 턱을 치켜들자, 그들은 종종걸음으로 안쪽 작업장에 돌아갔다.

소녀는 걷어 올렸던 소매를 되돌리고 그 나무 상자 안에 있는 붉은 마석을 아무렇게나 집어, 빨갛게 염색한 주머니에 넣었다. 옆에서 보기에는 대충대충 하는 것 같지만, 질도 잘 따져서 요구한 가격만큼의 마석이 들어갔다.

마석을 확인하라는 말을 들은 츠토무는 표면의 마석을 슬쩍 봤다. 그리고 내용물을 확인하지도 않고 주머니의 끈을 묶고, 숫자가 쓰인 나무판을 챙겨 환금소를 나왔다.

다음에 츠토무가 향한 곳은 포션 가게다. 1번대의 바로 가까이에 가게를 차린 유명한 가게, 숲속 약국. 츠토무는 그곳에 발을 들였다.

깔끔하게 청소된 가게 안은 약품이 밴 듯한 냄새가 풍기고 있다. 츠토무가 카운터의 초인종을 누르자 목이 쉰 여성의 목소리가 돌아왔다. 츠토무가 매직백에서 큰 병을 꺼내는 중에, 할머니가 지팡이를 짚으며 카운터 안쪽에서 나타났다.

할머니의 금발에는 약간의 흰머리가 보이고, 그 귀는 사람보다도 길어 머리카락 위로 튀어나와 있다. 정신력이 높고 장수하는 엘프인 그녀는, 이 전통 있는 숲속 약국의 창립자였다.

"안녕하세요."

"어서 와라~. 오늘도 포션을 채우려고 온 게냐?"

태양 같은 따뜻함이 느껴지는 웃음을 지으며, 할머니는 카운터에 놓인 포트에 손을 댔다. 츠토무는 고개를 끄덕이며 병을 내밀었다.

"예. 파란 포션을 이 병에 꽉 채워 주세요."

"어머, 파란 포션 말이냐? 매주 이렇게나 사 가다니, 특이한 아이로구나~. 지난주에 이미 원료의 재고가 떨어지고 말았으니, 사러 가야 한단다."

할머니는 조금 난처한 듯이 바깥을 가리키면서도 농담하듯이 웃었다. 츠토무가 죄송하다며 머리 뒤를 긁적이고, 무언가 도울 수 있는 일이 없는가 하고 제안했다. 이곳의 포션은 정신력 회복의 효과가 좋고 맛도 산뜻하다. 필요한 재료가 있다면 츠토무는 협력을 아끼지 않을 작정이다.

할머니는 츠토무의 의욕 넘치는 모습을 보고 기쁜 듯이 소리 없이 웃고는, 가볍게 손을 흔들었다.

"젊은 것이 괜한 생각할 필요 없다. 이쪽은 창고에 빈 자리가 생겨서 큰 도움이 되었으니. ……파란 포션은 요새 잘 팔리지 않으니까 말이다. 옛날에는 더 많이 팔렸는데, 최근에는 모두 녹색 포션만 찾지."

41층에서 발견된 신종 소재에 의해, 상처를 회복하는 녹색 포션의 효과는 극적으로 올라갔다. 그 녹색 포션의 효과 상승이, 레이즈 특화의 백마도사를 만들어낸 큰 이유 중 하나다. 그리고 그때까지 주로 백마도사가 구입했던, 정신력을 회복하는 파란 포션은 이전에 비해 수요가 줄었다.

"그렇겠죠~. 흑마도사인 사람은 사겠지만, 백마도사인 사람은 사지 않을 테니까요."

"그렇지 뭐냐. 너는 그 모습으로 봐서 백마도사겠지? 너무 무리하면 안 된다. ……마음이 망가지고 만 사람을 나는 여럿 봐 왔으니까 말이다~. 너무 무리해서 던전에 들어가지 마라."

"……긍정적으로 검토하도록 하겠습니다."

"뭐냐, 그게. 장로처럼 말을 뱅뱅 돌리기는."

생활 대부분을 던전에서 소비하고 있는 츠토무가 얼버무리듯이 시선을 돌리자, 할머니는 질렸다는 듯이 지팡이로 바닥을 두드렸다.

그 할머니의 눈을 가로막듯이 포트 안에 있는 녹색 마석이 희미하게 빛나자, 그녀는 포트에서 손을 뗐다. 그리고 큰 빨대 같은 것을 포트의 사출구에 설치하고, 병을 그 아래에 놓았다.

할머니가 포트 위로 손을 얹자, 위에서 밀려 나오듯이 파란 포션이 병 안에 따라진다. 부글부글 기포를 일으키며 병은 푸른색 액체로 가득 찼다. 츠토무는 꽉 찬 병에 마개를 꽉 막고, 슬라임 같은 완충재로 감싸 매직백에 넣었다.

츠토무는 대금을 치르면서 카운터에 가격과 마석 환금소의 낙인

이 찍힌 주머니를 놓았다. 붉은 마석이 들어 있는 주머니를 받은 할머니는 싱긋 웃으며 츠토무를 올려다봤다.

"항상 고맙구나~. 수고가 줄었다."

"아니에요. 이쪽에도 도움이 되니까요."

부탁받은 마석을 대신 사다 주면 할머니는 대금을 많이 깎아 주기 때문에, 츠토무로서도 고마운 이야기였다.

"그럼 또 다음 주에 찾아오겠어요. 마석은 어떡할까요?"

"그럼, 물의 마석과 바람의 마석을 부탁하마."

"알겠습니다. 그리고 파란 포션 쪽은 가능하면 생산을 부탁드려요!"

"알겠다. 회복 포션은 이제 만들기도 질렸으니 말이다. 좋은 치매 예방이 되겠구나."

쿡쿡 웃으며 손을 흔들어 주는 할머니에게 인사로 답한 츠토무는 숲속 약국을 뒤로했다.

그 후에는 인파를 헤치며 신대 근처의 노점을 구경했다. 다른 세계에서 온 츠토무에게는 신기한 물건밖에 없고, 퍼포먼스도 있어서 통행인의 눈길을 빼앗는 노점이 많다.

하지만 노점에서 운 나쁘게 지뢰를 밟아 배탈이 난 이후에는 신기한 먹거리에 잘 손대지 않고, 주로 재료를 가열하는 파는 노점 요리를 사고 있다.

속이 살짝 출출해진 츠토무는 무언가의 고기로 만든 경단이 들어간 진하게 양념을 한 국물 요리를 사고, 노점에 설치된 의자에 앉아 점원이 건네준 포크를 받아 들었다.

뜨겁게 김이 나는 고기 경단을 깨물고, 진하고 걸쭉한 국물에 빵을 찍어 불려 입에 넣었다. 멀리 보이는 거대한 1번대를 바라보며 식사를 하고, 마지막에는 남은 국물을 쓸어 넣듯이 마셨다. 그리고 빈 나무 접시를 점원에게 돌려주고 의자에서 일어났다.

그 뒤로는 번듯한 노점이나 바닥에 깔린 상품 등이 드문드문 늘어선 시장을 구경하고, 그것에 질리자 중형 신대 앞에 있는 벤치에 앉았다.

"힐, 프로텍트, 헤이스트, 하이 힐, 메딕."

그리고 츠토무는 스킬을 영창하고는, 여러 가지 구슬을 조종해 연습을 시작했다. 츠토무는 한가할 때는 항상 스킬을 사용해, 기동 조작 등의 연습을 하고 있다.

스킬을 실제로 사용하는 건, 당연히 츠토무에게는 처음 겪는 일이다. 따라서 스킬을 사용할 때 망설임이 생기지 않도록 연습을 거듭하고 있다. 평소의 일상생활에서도 눈에 띄지 않는 장소에서 스킬을 대기시키거나 움직이거나 해서 자신의 시야 밖에서도 어느 정도 조작할 수 있도록 연습했다.

그 성과 덕분에 현재는 다른 일을 하면서 스킬을 조작하는 것이 가능해졌다. 츠토무는 다섯 종류의 스킬을 벤치 아래에 대기시키며, 매직백에서 메모장과 펜을 꺼내 방송을 관전했다.

대형 클랜과 초심자 파티는 대체로 포션을 이용한 강행돌파 전법이 대부분이라, 츠토무는 그것을 깨닫고는 다른 신대로 옮겼다. 츠토무가 보고 싶은 것은 중견 클랜의 전법이었다.

중견 클랜은 대형 클랜이나 벌레 파티와는 달리 전법과 파티 구성에 저마다 독창성이 있고, 포션의 지출을 줄이고 싶어 하는구나 싶은 의도가 엿보이는 전법이 많다. 늪 지역까지 도달한 파티는 탐색자의 현실을 알고 있다. 따라서 대형 클랜처럼 관중의 서포트를 전제로 한 전법은 취하지 않고, 각자 안정된 이익이 나오도록 머리를 쓴 전법을 채용하고 있었다.

하지만 츠토무가 최근 2주 동안 본 바로는 애초에 힐러를 넣지 않고 딜러 5명 구성인 파티가 많았다. 포션을 사용하지 않고 딜러 다섯이서 몬스터를 재빨리 해치우고, 죽은 사람의 장비는 다른 사람이 매직백에 회수한다. 그리고 두 명 이상 죽으면 귀환한다는 전법이 가장 많다.

하지만 드물게 공격을 자제하고 방어에 중점을 두고 있는 중전사나, 몬스터의 움직임을 방해하는 상태이상 스킬을 사용하는 흑마도사 등을 발견할 수 있었다. 그리고 딱 한 번 백마도사가 그럭저럭 기능하고 있는 중견 파티도 발견했다.

그런 이들을 점찍어 두면서, 츠토무는 늪 지역을 탐색하는 중견 파티를 보고 있었다.

여자들끼리만 활동하는 중견 클랜의 파티가 29층 늪에서 해독 포션이 바닥나 후퇴를 선택. 진흙에 발이 붙잡히면서 느린 발걸음으로 나아가는 중에, 진흙 슬라임이 어슬렁어슬렁 뒤를 따라오고 있었다.

타격과 참격은 효과가 약해 마법으로 대처하는 것이 최적인 몬스터지만, 아무래도 마술사 두 명의 정신력은 이미 끊겨 초췌한 기색이다. 이미 두 명이 리타이어한 파티는 질퍽거리는 바닥에 고생하면서도 검은 문을 향해 가고 있다.

검은 문은 이미 눈앞에 보이기 시작했다. 리더인 흑마도사가 잠긴 목소리로 말을 걸며 선도해 전진하는 중, 가장 끝에서 걷고 있던 중전사가 발이 걸려 넘어진다. 검은 문이 보인다는 안심감과 몬스터를 홀로 장시간 상대했던 피로. 그녀는 거창하게 넘어졌다. 대각선 위에서 보여지던 영상이 쑥 내려간다.

앞을 걷고 있던 마도사가 어떻게든 일으켜보려 하지만, 갑옷 속으로 진흙이 들어가 쉽사리 들어 올릴 수가 없다. 간신히 무릎을 꿇는 자세로 얼굴을 진흙에서 꺼냈지만, 뒤에서는 진흙 슬라임이 쫓고 있다. 파티 리더처럼 보이는 여성은 잠시 멈춘 뒤, 중전사에게 얼굴을 가져가 말을 걸었다.

몇 마디인가 말을 나눈 뒤에 파티 리더는 중전사의 얼굴을 천으로 닦아 주고, 작은 주머니 형태의 매직백만을 회수했다. 중전사를 일으키려 하는 마도사를 잡아끌고, 눈물을 머금고 검은 문으로 향하는 파티 리더. 영상은 먼저 간 두 사람과 남겨진 사람을 교대로 보여 주었다.

영상은 중전사 쪽으로 가 조금 진흙이 묻은 그녀의 얼굴을 찍었다. 파티 리더에게 웃음 지어 보이고 있는 중전사는, 카메라의 존재를 깨달은 것처럼 신대의 정면으로 시선을 맞춘다. 그리고 중전사는 윙크했다.

영상은 그녀에게서 떨어져, 이번에는 검은 문으로 들어가 입자가 되는 두 사람을 찍는다. 그것을 배웅한 중전사는 한 번 한숨을 내쉰 뒤, 한동안 늪에서 빠져나가기 위해 몸을 움직였다.

철퍽철퍽 몸부림치는 중전사를 무시하고, 어슬렁어슬렁 뒤에서 접근하는 진흙 슬라임. 이윽고 진흙 슬라임이 그녀의 허벅지를 타고 올라 등을 짓눌렀다.

중전사는 무게를 견디지 못하고 늪에 얼굴을 처박힌다. 1분 반정도 늪 속에서 몸부림치던 중전사는 그리고는 서서히 움직이지 않게 되어, 잠시 뒤에 입자로 변했다. 무료한 듯이 가만히 있는 진흙 슬라임. 그리고 영상은 거기서 전환되었다.

'용케도 저런 일을 할 수 있네~. 나는 절대로 무리야.'

사망이 거의 확실한 상황이라도 어차피 나중에 되살아나니까, 저 상황에서는 동료에게 가치 있는 물건을 넘기고 미끼가 되는 것이 최선책일 것이다. 하지만 츠토무는 남겨지는 쪽이 되었을 때 저렇게 태연할 자신이 전혀 없었다.

최선의 자기희생과 아픔을 두려워하지 않는 정신. 전법은 그다지 참고가 되지 않지만, 그런 정신적인 면에서는 배울 점이 잔뜩 있다고 츠토무는 느끼고 있었다. 스켈레톤의 예리한 뼈로 어깨를 꿰뚫리거나, 거대한 게에게 한쪽 팔을 잡혀 잘리더라도 탐색자들은 멈추지 않고 움직인다. 만약 자신이 한쪽 팔을 잡혀 잘린다면 그것만으로 쇼크사할 것이라고 츠토무는 진지하게 생각하고 있다. 이 세계의 던전은 「라이브 던전!」과 비슷하기는 하지만, 이전처럼 PC 앞에서 키보드와 마우스를 움직이는 것과는 비교할 수가 없다.

다소 움직일 수 있게 된 지금도 츠토무는 회복과 어그로 관리, 상황 판단은 아직 어설프다고 생각한다. PC 화면처럼 위에서 제3자

시점으로 볼 수 있는 것도 아니고, 스킬도 스스로 생각해 움직여야만 하기 때문에 기력을 소모한다. 가끔 오는 몬스터의 공격도, 죽어도 나중에 되살아난다고는 해도 무서워서 몸이 움츠러드는 일이 많았다.

희생을 해야 할 상황이 되지 않는 것이 최선이지만, 그런 각오만은 해 두어야만 한다.

'아직은 가능할 것 같지 않지만.'

츠토무는 가볍게 자학하면서도 저물기 시작한 햇살을 보고 마석 환금소로 향했다.

카운터로 가자 한가한 듯이 두 손을 머리 뒤에 올리고 있는 드워프 소녀가 앉아 있었다. 츠토무가 나무판을 넘기자 그녀는 마석의 감정서를 건네 왔다.

"소형은 전체적으로 무색이 많고 질이 나빴으니까 그런 거야. 불만이 있으면 다른 곳으로 가져가."

"아, 괜찮아요."

"그래. 그럼 다음은 중형과 대형이네."

그렇게 말하고 소녀는 카운터에서 몇 개인가의 마석을 꺼내 그것을 늘어놨다.

"중형은 하가 둘. 중이 넷. 상이 셋. 합쳐서 20만 4천 골드네."

"……예. 그걸로 됐어요."

중형 마석을 각각 가리키며 품질을 말하고, 소녀는 최종 가격을 알려주었다. 그 가격에 츠토무는 잠시 침묵을 거친 뒤 승낙했다.

"다음은 대형이네. 이건 무색이지만 크고 품질도 중이니까 40

만 골드. 이 보라색 마석은 희귀하니까, 조금 더 쳐서 120만 골드 정도려나."

"알겠습니다. 무색은 그걸로 괜찮아요. 저주의 마석은 길드에 가서 팔 생각이니까, 제가 가져갈게요."

츠토무가 그렇게 말하고 보라색 마석으로 손을 뻗자, 소녀는 작고 거친 손바닥을 츠토무의 손에 겹쳤다.

"……160만 골드."

"길드랑 별로 차이가 안 나는 가격이라면 의미가 없어요."

"으~. 알았어. 173만 골드!"

"예. 고맙습니다~."

츠토무가 40층 부패한 검사가 드롭한 저주의 마석에서 손을 떼자, 소녀는 그것을 한 손으로 들어 올리며 입술을 삐죽였다.

"알면서 모른 척한 거잖아. 사람 좋은 오빠라고 생각했는데, 성격 더러워."

"큰 물건은 에이미 씨가 감정해 주니까 말이죠."

"빌어먹을, 가름뿐인가 싶었더니, 감정 스킬을 가진 녀석이 있는 거냐! 오늘 밤은 비싼 술을 마실 수 있을 줄 알았더니!"

다양한 형태를 한 주화를 세면서도 용케 머리를 부여잡고 있는 소녀에게 츠토무는 쓴웃음으로 답했다. 다음에 올 때 술이라도 들고 와 줄까 하고 생각하며, 약 250만G를 받아 환금소를 나왔다.

그다음에는 그럭저럭 값이 비싼 평소의 여관에 머물러, 다음 날 던전 탐색에 대해 생각한 뒤 잠에 들었다.

자주 간 해변

그다음 날. 편성을 이전처럼 되돌려 에이미가 딜러, 가름이 탱커가 되어 41층 해변 탐색이 시작되었다. 하얀 모래사장에 비취색 바다는 반짝반짝 햇빛을 반사한다. 바다는 헤엄치는 물고기가 보일 정도로 물이 깨끗했다. 기온도 딱 좋아 츠토무는 해수욕이라도 하고 싶은 기분이 들었지만, 가름과 에이미의 분위기는 그 정도까지 가볍지가 않았다.

'히든 던전이라도 들어간 것 같은 느낌인데.'

츠토무는 그런 생각을 하면서도 온화한 표정을 유지한 채로 입을 열었다.

"바다가 굉장히 아름답네요~. 일반인들에게 관광 장소로 장사를 하면 상당히 벌어들일 수 있지 않을까요?"

"……아무리 그래도 일반인 중에서 이 층까지 올 수 있는 사람은 많지 않지. 하지만 부자 중에서도 유별난 사람이 강한 파티나 클랜에 계층 돌파를 의뢰하는 일은 있다."

츠토무가 바다를 바라보며 꺼낸 말에 가름은 진지한 얼굴로 답했다. 부자나 부자의 자식이 길드원에게 의뢰해 1층을 안내하게 하는 업무는 일정한 수요가 있다. 정말 특이한 사례로 거액의 돈을 내고 대형 클랜에 던전 안내를 의뢰해, 41층까지 한 번도 싸우지 않고 계층 도달 기록을 경신한 사람마저 있다.

단 계층주와 싸울 때는 아무래도 생명의 위험이 동반되므로, 어지간한 의뢰인은 죽는다. 하지만 파티 계약을 하고 있으면 의뢰인이 죽더라도 문제는 없다. 그 뒤 계층주를 공략하고 살아남은 자가 검은 문에 들어가기만 하면, 그 의뢰인도 계층 도달 기록을 경신할 수 있다. 죽는 한이 있더라도 진짜 던전을 체험하고 싶다는 사람은 그다지 많지 않지만, 그래도 일부 부자는 의뢰하기 때문에 던전 안내는 수익이 높은 일로 알려져 있다.

그러자 에이미가 무언가 싫은 기억이라도 떠올렸는지, 질색하는 표정을 짓고 있었다.

"아~ 나 그거 개인 의뢰를 잔뜩 받아서 짜증 났어~. 어차피 나를 노린 거였을 테니까 전부 거절했지만."

"아, 그러네. 그런 측면도 있네요."

에이미는 어렸을 때부터 던전에 들어가, 15세라는 어린 나이로 중견 클랜에 들어가 그 클랜을 대형 클랜으로 끌어올렸다. 그리고 가장 커다란 신대인 1번대에 때때로 얼굴을 보였다. 그 탁월한 전투 센스와 춤추듯이 적을 베는 쌍검술. 게다가 애교 있는 생김새와 경쾌한 팬서비스는 관중의 마음을 사로잡아, 그 인기는 그 당시 폭발적으로 증가해 지금까지도 계속되고 있을 정도로 뿌리 깊다. 아이돌 같은 취급을 받았다는 에이미를 보고, 츠토무는 꾸민 듯한 행동의 이유를 납득했다.

그리고 그렇게 인기 있는 에이미와 던전에 들어가기 위해 돈을 내는 사람도 많았다. 하지만 에이미는 돈을 낸 특정 인물에게 팬 서비스를 하는 것이 싫어, 그런 의뢰는 전부 거절했다.

"아양을 잘 떠니까 부럽기 그지없군. 돈이 부족할 일이 없어 보여서."

"으럇!"

에이미가 던진 손바닥 사이즈의 돌을 가름이 어렵지 않게 잡자, 그녀는 노골적으로 혀를 찼다. 순식간에 벌어진 일에 츠토무는 건조한 웃음을 띠면서 모래를 밟고 가름의 뒤를 따랐다.

그리고 선두를 걷고 있는 가름은 눈을 가늘게 뜨고 모래밭을 본 뒤, 손에 들고 있던 돌을 앞쪽의 조금 파인 모래사장에 던졌다. 그러자 거기에서 가재 같은 몬스터가 기어 나왔다.

엔카르 랍스터. 사람의 발목을 잘라낼 정도로 커다란 집게발을 지닌 가재형 몬스터로, 모래사장 속에 매복해 탐색자가 위를 지나치면 발목을 잡아 자르는 기습이 주특기다. 대형견 정도의 크기를 한 엔카르 랍스터가 차례로 모래사장에서 기어 나와, 모두 여섯 마리가 나타났다.

"컴뱃 크라이."

가름이 여섯 마리 전원의 신경을 끌고 츠토무가 그에게 프로텍트, 에이미에게 헤이스트를 보낸다.

"쌍파참(雙波斬)."

에이미가 달리며 스킬을 외치고 쌍검을 휘두른다. 그러자 쌍검에서 참격이 날아가, 모래사장을 긁으며 엔카르 랍스터의 집게발을 정확하게 절단했다. 헤이스트가 부여된 에이미는 재빨리 엔카르 랍스터의 집게발만을 절단하고 다녔다. 모래사장에 붉은 집게발이 툭툭 떨어진다.

공격 수단을 잃은 엔카르 랍스터는 그 뒤 에이미에게 머리부터 둘로 쪼개져 죽고, 빛의 입자가 되어 마석으로 변했다. 츠토무는 에이미가 주워 던져준 소마석을 매직백에 넣었다.

그 뒤에도 사람을 통째로 삼킬 수 있을 만큼 커다란 바다 민달팽이 몬스터나, 바다에서 지상으로 화살을 쏜 것처럼 날아오는 애로우 피시 등과 싸웠지만, 가름과 에이미는 어려움 없이 그것들을 사냥했다.

두 사람의 움직임에는 전혀 망설임이 느껴지지 않아, 전투는 마치 도마 위로 올라온 물고기를 처리하는 듯했다. 게다가 지형도 완전히 파악하고 있는지 금방 검은 문을 발견해, 1층 초원이라도 공략하고 있는 듯한 속도를 달성했다.

츠토무는 발이 빠지는 모래사장에서 전투 중 이동에 고전했지만, 가름은 탱커를 하고 있으면서도 애초에 그다지 피격되지 않고 몬스터를 해치우고 있다. 에이미는 황야 때보다도 더욱 재빠르게 몬스터를 해치웠다. 해변에 나오는 모든 몬스터의 약점을 전부 파악하고 있는 에이미는 담담하게 공격을 반복하곤 했다.

그 공격 속도는 보통이 아니었다. 너무나 전투가 빨리 끝나 계속 이동하게 되어, 츠토무가 먼저 지쳐 휴식을 제안할 정도였다.

숨을 헐떡이며 마른 모래사장 위에 드러누워 있는 츠토무에 비해, 가름과 에이미는 전혀 호흡이 흐트러지지 않았다. 츠토무는 간신히 숨을 가다듬고 가름과 에이미를 극찬하기 시작했다.

"괴, 굉장하네요, 두 분 다! 이 공략 속도는 정상이 아니에요!"

"아니, 츠토무가 더 굉장해. 그 레벨이라면 내가 있다고 해도 보통은 죽는다고. 뭐 츠토무의 전법이 잘 맞아 떨어지는 덕분이기도 하지만 말이야."

땀을 흘리는 츠토무에게 쪼그리고 앉아 부채질해 주는 에이미. 그녀는 츠토무가 제안하고 실행하는 전법을 칭찬하면서도 기분을 살피는 듯한 웃음을 띠고 있었다.

"최근에 강아지가 굉장히 즐거워하고 있단 말이지. 어제 훈련장에서 계속 컴뱃 크라이만 쏴대면서 뭔가 연습하기도 했고."

"헤에. 그랬나요?"

"……지금의 컴뱃 크라이는 확연히 불필요한 곳까지 날리고 있기 때문이다. 제어가 가능해지면 사용하는 정신력을 경감할 수 있게 되어, 파란 포션의 지출도 줄일 수 있겠지."

"아, 그렇구나! 그건 고마운 일이네요."

「라이브 던전!」에서 스킬 등은 전부 일정한 정신력을 소비해 사용했지만, 이 세계에서의 스킬은 다소 응용할 수 있다. 게다가 정신력을 많이 담거나 조금 담거나 하는 것으로 효과의 증감도 가능하다. 츠토무의 원거리 회복 스킬과 지원 스킬은 스킬의 응용이었고, 가끔은 어그로 관리를 위해 스킬에 담는 정신력을 줄이거나할 때도 있었다.

"넌 상당히 조잡한 움직임을 하는 주제에, 아무것도 안 하는군."

가름이 에이미를 비난하듯이 날카로운 눈빛을 보내자, 그녀는 우스꽝스러운 동작으로 가볍게 어깨를 으쓱였다.

"쓸데없는 짓은 안 하는 주의거든요~. 그리고 나는 너처럼 파란 포션 한 번도 안 썼거든~."

메롱 하고 혀를 내민 에이미는 손에 든 부채를 강하게 부쳐 가름의 앞머리를 흩날리게 했다. 그러자 가름은 파리라도 쫓듯이 그녀를 떼어놓았다.

"아니, 쓸데없는 일이 아니에요. 아직 갈 길이 머니까요."

"어?"

츠토무가 가름의 노력을 응원하듯이 꺼낸 말에, 에이미는 진심으로 신기하다는 듯이 고개를 살짝 갸웃거렸다. 머리 위의 하얀 고양이 귀도 의문스러운 듯이 바짝 치켜들고 있다. 그리고 무언가를 납득한 것처럼 손을 탁 때리고, 에이미는 뻐기듯이 설명을 시작했다.

"아, 츠토무. 50층에 대해서는 모르는구나. 있잖아, 이 인원으로는 해변의 계층주를 넘어갈 수 없어. 그러니까 49층에서 끝인 거야. 앞으로는 느긋하게 츠토무의 별명이 잊힐 때까지 기다리는 느낌이려나~. 하지만 여기서 레벨을 올려서 60까지 가면 중견 클랜 정도에서는 반드시 권유가 올 거고, 츠토무라면 대형 클랜도 꿈이 아니야!"

"예?"

이번에는 츠토무가 에이미의 말에 가볍게 고개를 갸웃거렸다. 츠토무로서는 지금 세 명이라면 적어도 60층의 화룡까지는 문제없이 갈 수 있으리라고 보고 있었다. 그녀의 말에 의문을 느낀 순간, 츠토무는 가름과 에이미의 최고 도달층을 떠올렸다.

두 사람의 스테이터스 카드는 푸른색. 즉, 이 해변에서 경신이 멈췄다는 뜻이다. 따라서 두 사람은 아직 해변의 계층주를 넘지 못했다.

"이제 츠토무도 회복한 모양이니까 슬슬 가자. 일단 49층까지는 데리고 가줄 테니까 말이야."

에이미는 그렇게 말하고 이 이야기를 마무리 지으려는 듯이 손뼉을 탁탁 쳤다. 그리고 앉아 있던 츠토무를 재촉해 일으키고는 앞서 걸어가기 시작했다. 그녀의 서두르는 행동과 가름의 쓸쓸한 표정을 본 츠토무는, 잠시 무언가 생각에 잠겼다.

'······두 사람은 쉘 크랩에 뭔가 감회라도 있는 걸까.'

두 사람의 최고 도달층으로 봐서 쉘 크랩에서 고전했다는 것은 상상할 수가 있다. 특히 에이미는 그다지 쉘 크랩에 대한 이야기를 하고 싶지 않은지, 바로 말을 끊고 서두르는 기색이었다.

'쉘 크랩 정도로 막히면 안 되는데 말이야. 어떡하지. 일단은 가름 씨를 잘 구슬리고······.'

우수한 딜러와 탱커가 있는데 해변에서 찔끔찔끔 레벨링을 하다니, 츠토무로서는 도저히 견딜 수가 없다. 에이미의 기색에 조금 위기감을 느끼면서 대책을 궁리하기 시작했다.

그리고 이틀 뒤 저녁. 49층에 도달한 츠토무 일행의 파티는 길드로 귀환했다. 49층까지 상당한 빠른 진행 속도로 탐색했기 때문에, 츠토무의 다리는 딱딱히 굳어서 걸음걸이가 조금 이상해져 있었다. 에이미는 그런 츠토무를 보고 살짝 웃으며 그에게 말을 걸었다.

"그럼, 내일부터는 츠토무의 레벨을 올려야겠네. 내일부터는 훨씬 힘들 테니까 각오해 두도록! 그럼 오늘은 해산!"

"아, 죄송해요. 오늘은 뭔가 예정이 없으시다면 미팅을 하고 싶은데요……."

"에~."

마치 교관처럼 츠토무를 손으로 척 가리킨 다음에 집으로 돌아가려 했던 에이미는 그 말을 듣고, 맥 빠진다는 듯이 눈꼬리를 축 늘어트렸다.

츠토무는 노골적으로 싫어 하는 태도에 쓴웃음을 흘리며, 옆에 있는 진지한 표정의 가름을 올려다봤다.

"가름 씨. 이 시간대라면 아직 물 만난 물고기 식당은 자리에 여유가 있을까요?"

"아직 손님은 많지 않겠지."

"그럼 미팅을 겸해서, 물 만난 물고기 식당으로 갈까요."

"알았어! 가자 가자!"

물 만난 물고기 식당이라는 말을 듣자마자 에이미가 하얀 고양이 귀를 쫑긋쫑긋 움직이고, 눈꼬리가 처진 눈동자를 즉시 반짝이며 손을 들었다. 물 만난 물고기 식당의 가격대는 상당히 비싸서 주머니가 조금 슬퍼지지만, 에이미가 말을 듣게 하려면 이것이 가장 좋다고 가름에게 배웠다. 그러므로 이것은 필요한 경비로써 감수하기로 했다.

"그럼 가 볼까요."

"예~!"

츠토무의 말에 의기양양하게 선두에 나선 에이미. 츠토무는 그 뒤에서 가볍게 소리 없는 웃음을 짓고, 가름은 타산적인 에이미를 어이없어하는 시선으로 바라보고 있었다.

▷ ▷

물 만난 물고기 식당에서 신선한 해산물 요리를 만끽한 세 사람. 에이미는 만족스럽게 표정을 풀고 여운을 즐기고 있었고, 가름은 찬물을 홀짝홀짝 마시고 있다. 그런 만족스러워하는 에이미의 눈치를 살피고, 츠토무는 직접 만든 서류를 테이블에 꺼내 두 사람에게 제안했다.

"죄송해요. 셋이서 쉘 크랩을 해치울 작전을 생각해 봤는데요. 한 번 봐 주실 수 있을까요?"

해변의 계층주인 쉘 크랩이라는 몬스터. 그 단어를 들은 순간 에이미의 만족스러웠던 얼굴이 단숨에 굳어 위험한 표정이 되었다. 맛있는 밥을 먹이고 유리하게 말을 듣게 하자는 작전은 실패했지만, 가름은 눈을 동그랗게 뜨면서도 서류에 흥미를 보인 모양이라, 츠토무는 일단 안심했다.

"아니, 그러니까 무리라고."

에이미의 거절하는 듯한 반응과 평소 보이지 않는 엄한 눈빛에 츠토무는 조금 움츠러들었지만, 금방 되받아쳤다.

"한 번도 해 보지 않고 포기하는 건, 아무리 그래도 너무 성급하지 않을까요?"

"아니, 그러니까 셋이서는 쉘 크랩에게는 절대로 이기지 못한다니까. 내가 앞으로 두 명 더 있으면 어쩌면 단숨에 해치울 수 있을지 모르지만 말이야."

현재 쉘 크랩은 딜러 다섯 명이나 네 명의 편성으로 체력을 단숨에 깎아내는 전법이 확립되어 있는데, 다른 방법으로는 돌파하는 것은 어려운 계층주로 인식되고 있다. 쉘 크랩은 일정 체력이 깎이면 땅속으로 들어가 이동해, 소굴로 돌아가 회복하는 습성을 지니고 있기 때문이다.

그 때문에 딜러들이 단숨에 해치우지 않으면 쉘 크랩은 도망쳐, 광대한 모래사장 속에서 땅속에 숨어 있는 쉘 크랩을 찾아내지 않으면 안 된다. 도망친 쉘 크랩을 회복할 틈도 없이 찾아내기 위해서는 신에게 사랑받는 정도의 운이 필요하다.

에이미는 그 사실을 몇 년 전에 몸소 깨달았다. 그녀는 물고기 튀김을 포크로 찌르고, 츠토무를 상냥한 어조로 타일렀다.

"츠토무는 대단해. 지금까지 본 적이 없는 백마도사이고, 앞으로 분명 대형 클랜도 노릴 수 있을 거야. 하지만 쉘 크랩은 강한 딜러가 네 명은 반드시 필요한 계층주야. 그러니까 이 파티 인원수로 해치우는 것은 불가능해. 알겠어?"

"그런가요. 확실히 그런 전법이 있다는 건 저도 알아요. 하지만 제가 입안한 작전은, 셋으로도 실현할 수 있어요."

에이미는 츠토무의 눈을 시험하듯이 빤히 봤지만, 츠토무는 긴장으로 몸을 굳히면서도 눈을 돌리지 않았다. 에이미는 츠토무의 얼굴을 본 뒤 어쩔 수 없다는 기색으로 츠토무가 내민 서류를 보기 시작했다.

츠토무가 입안한 작전이라는 것은, 쉘 크랩이 도망칠 곳을 예측해 그곳에 함정을 깐다는 내용이었다. 둥지가 있는 장소의 특징이나 쉘 크랩이 좋아하는 광석과 물고기, 사용하는 늪의 독 등의 도구가 쓰여 있어, 그 좋아하는 물고기로 쉘 크랩을 유인하겠다는 내용이 상세하게 기재되어 있었다.

에이미는 그것을 다 읽은 뒤에 기대가 빗나갔다는 듯이 한숨을 내쉰 뒤, 그 서류를 테이블에 미끄러트리듯이 놓았다.

"흐~응. 함정을 까는 건가. 하지만 이건 꽤 전에 대형 클랜이 잔뜩 시험해 봤는데?"

"두 자릿수의 신대를 통해 쉘 크랩의 경향을 관찰하고, 쉘 크랩이 숨는 소굴을 여럿 찾아내 세 개까지로 좁혔어요. 그 세 개를 돌면 반드시 쉘 크랩은 그중 어딘가에 있을 거예요."

츠토무는 「라이브 던전!」에서 쉘 크랩의 맵에 표시되는 둥지와 신대에서 발견했던 특징적인 지형이나 물체가 일치한다는 것을 확인했다. 지금까지 지식이 들어맞았던 걸 봐도 틀림없이 그것은 쉘 크랩의 둥지가 맞다는 것을 확신할 수가 있었다.

"……여러 대형 클랜에서 사람을 총동원하고도 쉘 크랩의 둥지 같은 건 발견하지 못했어. 둥지를 발견했다고? 츠토무 혼자서? 아무리 그래도 그건 믿을 수가 없어."

"확실히 그렇다. 그렇게나 대규모적인 조사를 한 뒤다. 츠토무가 혼자 소굴을 발견했다는 말은 솔직히 믿을 수가 없군."

가름도 에이미에게 동조하듯이 한마디 말을 꺼내고, 읽고 있던 서류를 가만히 테이블에 내려놨다. 두 사람은 츠토무가 지닌 지식의 원천을 모르기 때문에 그렇게 판단하는 것도 당연했다.

실패했나 싶어 츠토무는 털썩 어깨를 떨궜다. 가름은 그렇게까지 쉘 크랩 공략에 난색을 표하지 않았던 만큼 더 아쉬웠다.

이대로 쉘 크랩 공략을 하지 않고 에이미의 지시대로 해변에서 레벨을 올리게 되면, 츠토무의 계획은 상당히 늦어진다. 해변에서 60까지 레벨을 올리는 작업에는 막대한 시간이 소요된다. 특히 50부터는 레벨을 올리는 데 필요한 경험치가 훌쩍 늘어나므로, 적어도 3개월은 걸리게 될 것이다.

하지만 두 사람이 납득할 수 없다면 어쩔 수 없다. 츠토무가 기분을 전환하듯이 앞을 바라보자, 가름은 이가 드러날 정도로 흉악한 웃음을 띠고 있었다.

"하지만 대형 클랜은 츠토무가 생각해 낸, 탱커라는 걸 몰랐었지? 츠토무의 전법과 지시로 이렇게까지 탐색이 편해진 건 사실이다."

"……그건."

"츠토무에게는 대형 클랜을 능가하는 가능성이 있다. 나는 이 작전에 끼겠다."

가름은 진심으로 두근거리는 눈빛으로 서류를 다시금 끌어당겨, 보물 지도를 보는 소년처럼 빤히 바라봤다.

"게다가, 츠토무와 함께라면 혼자서도 쉘 크랩을 토벌할 수 있을 것 같다. 설령 함정이 잘 통하지 않더라도, 몇 시간이라도 싸워주지. 그렇지 않나? 츠토무."

그것은 과장이 아니라 분명한 사실이다. 가름의 말에 츠토무는 쓴웃음을 지으며 농담을 섞어 답했다.

"말한 거 들었어요. 정말로 싸우게 할지도 몰라요."

"상관없다. 츠토무가 함께라면 나는 무엇과도 맞설 수 있다."

그렇게 말하고 한쪽 주먹을 가져오는 가름에게 츠토무는 안심하며 안도의 웃음을 지었다. 두 사람은 가볍게 주먹을 마주쳤다.

에이미는 두 사람의 흥분한 기색의 표정을 번갈아 본 뒤, 진지한 시선을 서류로 내렸다. 그리고 마지막에는 꺾인 것처럼 크게 숨을 내쉬었다.

"……딱 한 번뿐이야."

"만세! 두 분 모두 감사해요!"

두 주먹을 들고 기뻐하는 츠토무. 에이미는 그런 그를 보고 웃음을 지었지만, 이러면 안 된다고 고개를 저었다. 이 파티는 계약으로 결성된 파티. 말하자면 업무 차원에서 만든 것에 지나지 않는다. 그렇기에 에이미는 이 파티에 참가한 것이다. 어디까지나 일. 친해지기 위해 파티를 짜고 있는 것이 아니다.

그렇게 변명하듯 속으로 되뇌면서도, 에이미는 그간 잊고 있던 탐색자의 마음이 속에서부터 끓어오르는 감각에 당혹스러웠다.

쉘 크랩

그다음 날. 세 사람은 49층을 탐색하고 50층으로 이어지는 검은 문 앞에 도달했다.

50층으로 가는 검은 문이 보이자 츠토무는 그 주변을 에이미에 게 탐색시키고, 적 몬스터가 없는 것을 확인한 다음 두 사람에게 힐을 걸었다. 그리고 정신력이 자동으로 다 회복할 때까지 휴식을 취했다.

"뭐, 여기까지는 올 수 있겠지."

"……흠, 그렇지."

츠토무에게 넘겨받은 간단한 샌드위치를 손에 들고, 에이미와 가름은 아득한 눈빛을 띠고 검은 문을 바라보고 있었다. 두 사람 은 탐색자 시절, 이곳 해변의 계층주인 쉘 크랩에게 몇 번이나 도 전하고는 패배했었다.

쉘 크랩은 일정 체력을 깎아내면 땅속으로 들어가 다른 장소로 이동해, 체력을 회복하는 습성을 지니고 있다. 따라서 단숨에 체 력을 깎든가 숨은 곳을 예측하지 않으면 안 된다.

딜러 넷이 포션만을 의지해서 밀어붙이려면 포션이 엄청나게 필 요하고, 또한 한 번에 큰 화력을 낼 수 있는 흑마도사가 반드시 있어야만 한다. 에이미나 가름이 몇 년 전에 소속되어 있었던 클랜에는 계층주의 체력을 단숨에 깎아낼 흑마도사가 없었고, 대신할 만한 딜러도 없었다.

그렇다면 숨는 곳을 예측하는 수밖에 없는데, 빠르게 발견하지 못하면 체력을 회복한다. 하지만 검은 문 앞에 펼쳐진 광대한 해변을 샅샅이 뒤지고 있어서는 찾아낼 수가 없다.

그리고 체력을 완전히 회복한 셸 크랩은 다시 탐색자들 앞을 가로막는다. 피로가 누적된 딜러가 죽고, 힐러도 이미 죽은 경우가 많기 때문에 그 시점에서 전멸. 포션을 대량으로 소비하고 전멸하기를 반복하며 무리한 결과, 두 사람의 클랜은 각각 해산에 이르렀다.

그런 그들에게 셸 크랩은 커다란 벽이다. 그 벽은 부술 수 있다. 하지만 부숴도 부숴도 다시 아무 상처 없는 벽이 나타난다. 공격해도 공격해도 몸을 숨기고 회복을 하고는 다시 싸운다.

확실히 츠토무의 전법을 따르면 지금까지의 전투는 편해졌으니까, 그가 제안한 작전에도 가능성은 느끼고 있었다. 하지만 막상 그 검은 문을 눈앞에 두자 작전 회의 때 있었던 자신감은 사라지고, 일종의 포기에 가까운 마음이 두 사람을 뒤덮고 말았다.

몇십 번이나 셸 크랩에 져 왔던 두 사람에게는 지는 버릇 같은 것이 생기고 말았다. 말만으로 그걸 떨쳐내기는 어려웠다.

"츠토무. 다시 한번 작전을 확인하고 싶다만."

개 귀가 살짝 접힌 가름이 애처로운 눈으로 츠토무를 봤다. 츠토무는 샌드위치에서 손가락으로 흐른 소스를 핥으며, 기분이 가라

앉아 있는 가름을 신기하다는 듯이 바라봤다.

"평소대로 가름 씨가 탱커를 하고 에이미 씨가 딜러예요. 제가 본 느낌으로는 쉘 크랩의 집게발에 잡히지만 않으면 가름 씨가 즉사할 일은 없을 거예요. 에이미 씨는 평소대로 자유롭게 공격해 주시면 돼요. 에이미 씨만으로는 화력이 부족하니까 한 번은 도망가겠죠. 하지만 세 곳의 둥지 중 한 곳에 제가 함정을 설치해서 유도할 테니까, 첫 번째 장소는 확정할 수가 있을 거예요."

"음."

'……이게 확정 정보가 아니라곤 말하지 않는 편이 좋겠지.'

일단 츠토무는 쉘 크랩과 싸우는 클랜의 라이브 영상을 찾아 관찰하고, 게임 내에 있었던 둥지와 흡사하다는 것을 분명히 확인했다. 하지만 한 번도 시험해 보지 않았기 때문에 확정된 정보가 아니다. 함정에 대해서도 불안함이 있다. 게임에서는 회복 물고기를 미끼로 한 함정 아이템이 존재했었지만, 이 세계에 그런 것은 없다. 회복 물고기는 준비해 왔지만, 쉘 크랩이 반드시 낚인다는 확증은 없는 것이다.

하지만 상갓집 분위기로 듣고 있는 두 사람에게 그런 사실을 이야기하면, 마음이 내키지 않은 에이미가 반발할 것이 눈에 뻔히 보였다. 따라서 츠토무는 그런 두 사람을 격려하듯이 밝은 목소리로 말했다.

"뭐, 일단은 하는 데까지 해 보도록 해요! 이미 저는 회복했으니까 갈 수 있어요. 샌드위치를 다 먹으면 출발할까요!"

"으, 음, 그렇군."

"…………."

모호하게 답하는 가름과 드물게 얌전한 표정으로 말이 없는 에이미. 츠토무는 그 뒤에 쉘 크랩의 대략적인 행동을 두 사람과 확인하고는, 검은 문을 열고 선두로 들어갔다.

검은 문에서 나오자 눈을 가늘게 떠야 할 정도로 반짝이는 하얀 모래사장이 펼쳐져 있었다. 작은 연못 같은 물웅덩이와 열매가 달린 높은 나무가 여럿 보여, 마치 사막의 오아시스 같은 풍경이다.

그 하얀 모래사장에서 모래를 뿜어 올리며 두 개의 커다란 집게발이 튀어나온다. 이어서 쉘 크랩이 여덟 개의 가느다란 다리를 잘게 움직이며 모래사장 아래에서 모습을 드러냈다.

햇빛을 받아 반짝반짝 빛나는 갑각은 강도가 높은 광물과 조개로 덮여 있고, 크기가 다른 거대한 두 개의 집게발은 톱날처럼 삐죽삐죽한 돌기가 있다. 올려다봐야 할 정도로 커다란 전장과 사람을 손쉽게 잡을 정도로 커다란 집게발에 츠토무는 조금 겁을 먹으면서도, 하얀 지팡이를 들고 지원 스킬을 두 사람에게 날렸다.

쉘 크랩의 머리에서 쑥 자라나 있는 검은 더듬이가, 지원 스킬에 반응한 것처럼 움찔 움직인다. 그리고 쉘 크랩은 세 사람을 향해 게걸음으로 다가왔다.

"컴뱃 크라이!"

가름이 터트린 붉은 투기에 감싸인 쉘 크랩은, 촉각을 가름 쪽으로 돌리고 오른쪽 집게발을 내려쳤다. 가름이 옆으로 피하자 모래가 높이 날아오른다. 이어서 지면을 훅 쓸듯이 휘둘러진 집게발도 가름이 뒤로 회피하고 스킬을 발동한다.

"인챈트 어스."

가름은 한 손에 든 숏소드에 토속성 마력을 두르고 검의 강도를 높여, 가느다란 여덟 개의 다리 중 하나를 노린다. 하지만 날카로운 소리가 나는 것과 동시에 튕겨 나가고, 광석 조각이 떨어져 나갈 뿐 참격은 통하지 않았다.

공격을 회피하며 견제공격을 날리는 가름에게, 그 공격을 무시하고 계속해서 집게발을 내려치는 쉘 크랩. 그 무방비한 등 뒤로 에이미가 쌍검을 들고 달려든다.

"바위 가르기 칼날."

스킬명과 함께 칼날 끝에 하얀빛이 깃들고, 에이미는 쉘 크랩의 등 뒤에서 바위마저 부수는 통렬한 일격을 날렸다. 하지만 쉘 크랩의 외각(外殼)은 딱딱한 광석과 조개로 보호받고 있기 때문에, 그 광석 등으로 만들어진 갑옷을 깎아내는 게 고작이었다.

에이미는 두 자루의 검을 등 쪽 갑각에 박고 그대로 갑각 위에 서서, 뽑아 든 쌍검을 미친 듯이 휘둘렀다. 검이 휘둘러질 때마다 갑각에 붙어 있는 조개가 분말이 되어 날아간다.

촉각을 에이미 쪽으로 돌린 쉘 크랩의 움직임이 딱 정지한다. 그 순간 에이미는 등껍질에서 뛰어내렸다. 그러자 등껍질의 틈에서 바늘처럼 가느다란 물이 기세 좋게 뿜어나와 에이미의 장딴지를 얕게 베었다.

인체를 가볍게 꿰뚫는 물줄기는 직격하면 치명상이 될 정도다. 츠토무의 힐이 에이미의 다리를 덮는 사이, 가름은 집요하게 가는 다리의 관절부를 노리고 숏소드를 찔렀다.

두 사람은 펄쩍 뛰어 양쪽의 집게발을 벌리고 그대로 기세 좋게 회전하는 쉘 크랩에게서 물러났다. 츠토무는 가름에게 프로텍트를, 에이미에게는 프로텍트와 헤이스트를 겹쳐 걸었다.

"저는 행동을 조금 더 보고 함정을 깔러 갈게요."

"알았다."

가름은 츠토무의 말에 왼손에 든 방패를 고쳐 잡으며 대답했다. 에이미는 이미 헤이스트에 의해 가벼워진 다리를 빠르게 움직여 쉘 크랩에게 다가가고 있었다.

내려친 오른쪽 집게발을 종이 한 장 차이로 피하고 다가가, 촉각을 잘라내기 위해 모래를 박차고 뛰어든다. 마치 강철 무기와 마주친 것 같은 날카로운 타격음. 왼쪽 집게발에 쌍검이 막혀 에이미는 공중에서 잠시 멈춘다. 오른쪽 집게발에 잡히기 전에 그 집게발을 한쪽 다리로 차서 뒤로 날아 자세를 공중에서 다시 잡는다. 모래를 날리며 쉘 크랩에게 다시금 향하는 에이미.

가름도 가세해 계속해서 떨어지는 집게발을 피하고는, 가는 다리의 관절을 노려 찌르고 있다. 휘두르기는 방패로 받아 흘리고, 잡으려 할 때는 크게 후퇴한다.

집게발을 이용한 찌르기를 점프해 피한 에이미는 그대로 그 집게발로 뛰어올라 앞다리를 타고 달려 등껍질에 올라탄다.

등껍질은 쉘 크랩의 몸 구조상 집게발이 닿지 않는 장소이다. 따라서 쉘 크랩으로서는 등껍질에 올라타게 하면 불리해진다. 하지만 쉘 크랩은 그 등껍질에서 날카로운 물폭탄을 발사할 수 있으므로, 계속 그곳에 올라타 있으면 몸에 구멍이 송송 날 것이다.

더듬이가 기민하게 움직여 에이미를 포착하려고 했을 때 가름이 가는 다리의 관절을 찌른다. 츠토무도 어그로 관리와 오사를 조심하면서 가는 다리에 에어 블레이드를 쐈다.

하나의 가는 다리를 집중적으로 찔러, 들러붙어 있던 조개는 대부분 벗겨졌다. 가는 다리 하나는 옅은 검은색 표면이 보이게 되고, 에이미가 깎아내는 등 쪽도 점차 조개와 광석이 벗겨졌다.

그러자 쉘 크랩은 끼긱끼긱 딱딱한 것을 비비는 듯한 울음소리를 터트렸다. 그리고 에이미가 내려올 틈도 없이 그 자리에서 힘차게 도약했다. 게임에서 본 적이 없었던 행동에 츠토무는 날아오는 모래알을 손으로 막으면서도 행동을 자세히 살폈다.

쉘 크랩은 그 가는 다리로 어떻게 그렇게까지 뛸 수 있느냐고 딴죽을 걸고 싶어질 정도로 높이 도약했다. 그리고 치솟는 힘이 사라질 무렵을 노리고 공중에서 천천히 반회전해, 등에 있는 에이미째로 지면에 처박히려 했다.

당연히 에이미는 반회전하기 전에 쌍검을 꽂고는 갑각을 박차고 이탈했지만, 그 높이에서 떨어지면 아무래도 골절은 피할 수가 없다. 츠토무는 초조함에 잡음이 끼어드는 머리로 생각했다.

'저 높이라면 죽나? 에이미라면 다리부터 떨어질 수 있으려나. 중도의 골절이라면 하이 힐. 가름에게도 힐이 필요하니까, 어그로가 이쪽으로 튈지도. 에이미를 치료해도 바로 움직일 순 없어. 가름만으로 나를 지킬 수 있을까. 혼자서 저 공격을 완전히 피할 수 있을까. 무리야. 일격을 맞을 가능성은 있어. 그렇다면 포션. 아니야, 골절을 경감할 방법. 지원 스킬.'

"프로텍트!"

츠토무는 공중에서도 당황하지 않고 자세를 고치고 있는 에이미의 아래로 달려가며 스킬을 날렸다. 항상 걸고 있는 프로텍트보다도 많은 정신력을 담고, 지속시간을 짧게 잡는 것으로 정신력을 절약해 어그로 상승 억제를 시도한다.

에이미는 평소보다도 진한 황토색 기가 몸을 덮는 것을 떨어지면서 확인하고, 하얀 머리카락을 휘날리며 다리부터 모래밭에 착지. 충격을 흘려보내기 위해 몇 번인가 앞구르기를 하고 멈췄다. 츠토무는 바로 벨트에서 가는 병을 꺼내 뚜껑을 열었다.

"상태는요?!"

"부러지지는 않은 모양이야. 고마워."

조금 떨어진 곳에 쿵 하고 쉘 크랩이 추락하고, 모래 먼지가 피어오른다. 에이미는 한쪽 무릎을 꿇으며 흰머리에 붙은 모래를 털었다.

그리고 츠토무가 내민 녹색 포션을 슬쩍 밀어낸 에이미는, 찢어지는 듯한 포효를 터트리고 일어난 쉘 크랩을 응시했다. 츠토무는 에이미의 행동에 한쪽 눈썹을 추켜세웠다.

"지금, 분명히 상처를 입으셨죠? 빨리 마셔 주세요."

"어? 아니, 이 정도는 괜찮은데?"

"……괜찮다면 다리를 보여 주세요."

가는 병을 모래밭에 꽂은 츠토무는, 무릎을 꿇고 있는 에이미에게 거부를 허락하지 않는 표정으로 다가갔다. 최대한 자극을 주지 않도록 부츠를 벗기고 양말을 조심스럽게 뒤집었다. 그녀의 발목은 울혈을 일으켜 보라색으로 변색되고 말았다.

츠토무는 그것을 보고 씁쓸한 표정을 지은 뒤에 포션이 든 가는 병을 모래밭에 꽂아 세웠다.

"힐은 가름 씨에게 사용해야만 하니까 쓸 수 없어요. 완벽한 상태로 싸우기 위해서도 이걸로 바로 회복해 주세요."

"아니, 그러니까. 이 정도로 사용하기는 아까워서. ……아, 혹시 나한테 마음이라도 있는 거야? 뭐, 마음은 기쁘지만, 그런 건 던전까지 가져오면 안 된다고~. 진짜아~."

"…………."

말로는 그렇게 하면서 내심 싫지는 않은 표정을 지으며 거부하는 에이미에게, 츠토무는 오싹한 눈빛을 띠며 녹색 포션이 들어 있는 가는 병을 모래밭에 꽂아 세웠다.

"뭘 착각하는지 모르겠지만, 어서 마시고 상처를 치료해 전선에 복귀해 주세요."

그 말을 남기고 달려간 츠토무를 에이미는 눈을 동그랗게 뜨고 바라봤다. 그리고 모래밭에 꽂혀 있는, 가느다란 포션 병으로 눈을 돌렸다.

'어, 어라아~?'

에이미는 츠토무의 냉담한 대응에 무언가 꺼림칙함을 느끼면서도, 모래밭에 꽂혀 있는 포션 병을 손에 들고 그 내용물을 홀짝홀짝 마셨다. 조금 쓰지만 구역질이 날 정도의 쓴맛은 아니다. 일반적인 녹색 포션은 훨씬 맛이 없지만, 이것은 미궁도시의 포션 가게 중에서 가장 유명한 숲속 약국의 포션이다.

역시 대단하다고 에이미가 혀를 내두르는 사이에, 욱신거리던 양다리의 통증이 완화되어 간다.

에이미가 포션으로 회복하는 사이, 가름은 홀로 쉘 크랩의 공격을 피하고 있었다. 가름의 숨은 끊어질 것만 같은 것에 비해 쉘 크랩의 움직임은 둔해질 기색이 없다. 오히려 에이미가 찌른 쌍검을 등에 꽂고 있으면서도 조금 전보다 더 기세가 더해졌다.

피아노라도 치는 것처럼 빠르게 다리를 움직여 게걸음을 쳐, 가름에게 다가와서는 집게발을 휘두른다. 가름은 마음껏 내딛기 어렵고 체력을 빼앗는 모래밭을 힘껏 디디며 철저한 방어 태세에 들어가 있었다.

공격만 하지 않으면 상대의 일격도 받지 않는다. 하지만 가름의 체력은 한계가 가까웠다. 피로가 다리를 둔하게 만들고 판단력을 흐리게 한다. 갑옷이 열을 띤 것처럼 뜨거워 벗어던지고 싶은 충동이 몰려왔지만, 그것을 무시하고 가름은 쉘 크랩의 몸통박치기를 옆으로 뛰어 피했다.

"힐, 메딕."

츠토무의 지팡이에서 녹색 기가 발사되어 모래밭에 구른 가름의 전신을 감싼다. 메딕에 의해 열기를 머금고 있던 몸이 천천히 식어가는 감각과 함께, 가름의 호흡은 조금 진정되었다.

숏소드로 지면을 찔러 일어난 가름은, 몸을 비틀거리면서도 쉘 크랩을 벴다. 오른쪽 집게발로 받아내고 왼쪽 집게발이 가름에게 날아든다. 은방패로 막아내지만 날아가는 가름.

그 틈에 다리가 완전히 치료된 에이미가 쉘 크랩의 등껍질을 타고 올라가 박혀 있던 쌍검을 힘껏 뽑았다. 그러자 쉘 크랩은 야생마처럼 주변을 뛰어다녔다. 에이미가 튕겨 나가듯이 날아가 모래밭에 착지한다.

쌍검을 뽑은 장소에서는 파란 피가 흘러나오고 있었다. 쉘 크랩은 양쪽의 집게발로 모래밭을 때리고 촉각을 기민하게 움직이며 째지는 소리를 터트렸다.

"그럼 저는 함정을 깔러 가겠어요. 두 분 다, 포션은 아끼지 말고 써 주세요."

"알겠다."

"알았어~."

대담한 두 사람에게 그 자리를 맡긴 츠토무는 등을 돌려 종종걸음으로 전장에서 이탈했다. 그런 츠토무를 포착한 쉘 크랩이 쫓아가려고 하지만, 가름의 컴뱃 크라이를 맞고는 다시 그 자리에 있는 두 사람을 노리기 시작했다.

가로막는 벽

츠토무가 함정을 깔기 위해 전투에서 이탈하고 15분. 가름은 홀로 쉘 크랩을 유인하고 있었는데, 마침내 체력의 한계가 오고 말았다. 숨은 상당히 차오르고 몸은 휴식을 요구하며 멈추려고 한다.

게다가 가름은 한 번 쉘 크랩이 휘두른 거대한 집게발에 얻어맞아 옆구리에 무거운 타박상을 입고 있었다. 하지만 배를 부여잡으면서도 녹색 포션을 사용하지 않고, 계속해서 몸을 움직여 쉘 크랩의 공격을 피하고 있었다.

"바꿔 줄게. 그 사이에 포션 먹어."

에이미가 가름의 상태를 알아채 그를 추월하기 직전에 그렇게 말하고, 쉘 크랩의 가는 다리에 참격을 날리는 스킬인 쌍파참을 쏘았다. 컴뱃 크라이를 받고 한동안 시간이 지나 어그로가 풀리고, 노출된 검은 갑각에 상처를 입은 쉘 크랩은 에이미를 노리기 시작한다.

가름은 옆구리를 속에서 쥐어뜯는 듯한 통증에 얼굴을 일그러뜨리면서, 맺힌 땀을 손으로 닦았다. 그리고 쉘 크랩에게 눈을 돌린 채로 무릎을 꿇고 호흡을 가다듬기 시작했다.

가름이 쉘 크랩의 낌새를 살피면서 아래로 고개를 돌리자, 자신의 허리에 있는 가는 병이 시야에 들어왔다. 투명한 가는 병에 들어 있는 녹색 포션. 포션 가게 중 최고봉으로 유명한 숲속 약국의 녹색 포션이다. 이것을 사용하면 가름은 이 통증에서 해방될 수 있을 것이다.

츠토무의 포션을 사용해도 된다는 말을 떠올리며 가름은 그 가는 병으로 자연스럽게 손이 갔다. 하지만 가름은 뻗으려던 손을 금방 되돌리고 자신을 질책했다.

'뭘 사용하려는 거냐, 나는. 언제부터 그렇게 대단해졌냐, 어리광 피우지 마라.'

녹색 포션, 그것도 최고급품으로 알려진 숲속 약국의 포션을 자신이 사용한다는 것은 있을 수 없는 일이다. 에이미는 조금 전부터 가볍게 피격당했을 때도 꾸준히 녹색 포션을 마시고 있지만, 그녀는 쌍검사다. 기사인 자신이 포션을 사용하는 것은 있을 수 없는 일이다. 그렇게 가름은 필사적으로 자신을 타이르고, 쓰다듬고 있던 옆구리에서 손을 떼고 일어났다. 다소 호흡이 정돈되고 통증에도 익숙해진 가름은 컴뱃 크라이를 쏴 쉘 크랩을 유인했다.

에이미는 가름 쪽으로 향한 쉘 크랩에 의아한 시선을 보내면서도 물러나, 아직 얼굴을 일그러트리고 있는 그에게 말을 걸었다.

"너, 포션 마셨어?"

"……흥. 쓸데없는 참견이다."

"뭐어~?! 좀 전에 츠토무가 마시라고 했잖아! 어째서 안 마시는 거야! 바보! 츠토무가 화낼 거야!"

"쓸데없는 참견이라고 했다. 그리고 너와 달리 나는 허약하지 않다."

가름은 의심하는 듯한 눈빛을 띠고 있는 에이미를 흘끗 보고는, 접근하는 쉘 크랩으로 시선을 되돌린다. 에이미는 가름의 반항적인 언동에 그의 등에 대고 메~ 혀를 내밀었다.

애초에 상처를 회복하는 것 자체가 가름의 마음속에서는 일종의 어리광이었다. 게다가 가름은 에이미와 비교해 전투 중에 포션을 마시는 것에 익숙하지 않기도 했다.

츠토무의 지원을 받고 있던 지금까지가 혜택을 받았던 것이지, 이전에는 훨씬 괴로운 시간이 잔뜩 있었다. 가름은 필사적으로 그렇게 자신에게 이르며 쉘 크랩과 대치했다. 아픔과 공포를 집어삼키고 몸에 채찍질한다.

쉘 크랩은 빠른 게걸음으로 가름에게 다가왔다. 그 움직임은 전혀 쇠퇴할 기색을 보이지 않는 것이 마치 기계 같았다.

가름은 모래사장을 달려 몸통박치기를 피하고 다시금 쉘 크랩을 유인했다. 몬스터를 자신에게 유인한다는 행동은 이미 그의 머릿속에서는 당연한 일이 되어가고 있었다. 그리고 그 역할을 에이미에게 빼앗기는 것은 피하고 싶었다.

아무것도 생각하지 않도록 사고를 억누르면서, 쉘 크랩의 공격을 방패로 받아낼 것은 받아내고 받아내지 못할 것은 다리를 움직여 피했다. 하지만 가름은 중량이 나가는 은 갑옷을 입고, 더욱이 움직이기 어려운 모래사장에서 전투를 벌이고 있다. 시간이 지날수록 체력은 점점 소모되어 간다.

VIT가 높으면 방어력 말고도 지구력이나 기초 체력도 상승하지만, 모래사장에서 30분이나 공격을 받고 있으면 체력은 바닥을 드러내기 시작한다. 산소를 갈망하며 가름의 호흡은 거칠어지고, 시야는 흐릿해서 안정되지 않는다. 좁아져 가는 사고 속에서, 가름은 생각하고 만다.

'츠토무, 아직인가…….'

가름은 문득 생각해 보니, 지금까지는 던전에서 계속 츠토무의 지원이 자신을 받쳐 주었다는 사실을 깨달았다. 지원 스킬인 프로텍트가 있으면 VIT가 한 단계 상승하고, 튼튼함이 올라가 아픔도 조금 옅어진다. 상처를 입으면 바로 회복 스킬인 힐로 치유되어, 몸이 움직이기 어려운 일도 없다. 숨이 차오를 무렵에는 메딕으로 체력을 회복시켜 주었다.

하지만 츠토무가 함정을 깔러 가서 지원이 없어지자마자, 가름은 굉장히 불안함을 느끼고 말았다. 항상 있던 지원이 없어져 마치 혼자가 되어 버린 것만 같아, 눈앞의 쉘 크랩이 엄청나게 두렵고 이길 수 없는 것으로 변모해 가는 착각을 느끼고 있었다.

'한심하군…….'

가름은 기사직 중에서는 이질적으로 유명인 취급을 받아 왔고, 실제로도 홀로 길을 열어 갔다. 그리고 앞으로도 그러리라고 생각했었다. 하지만 쉘 크랩을 앞에 두자, 그는 자연스럽게 츠토무에게 의지하게 되고 말았다. 츠토무의 내면에서 스며 나오는 듯한 자신감에 가름은 격려받아 온 것이었다.

'나는…… 약해지고 만 것일까.'

부정적인 생각에 빠지기 시작한 가름. 그리고 옆구리의 무거운 타박상도 무리한 움직임으로 악화되기 시작해, 가름의 움직임이 조금 둔해지기 시작한 순간을 쉘 크랩은 놓치지 않았다.

움직임이 둔해진 가름에게 왼쪽 집게발로 재빠른 견제의 일격을 먹인다. 가름은 아슬아슬하게 피했지만 자세가 무너지고 말았다.

그리고 진짜 공격인 오른쪽 집게발이 날아들고, 가름은 그것을 무방비 상태로 맞아서 왼쪽으로 크게 날아갔다. 가름은 모래사장에 몇 번이나 튕기며 날아가, 마지막에는 바닷물에 빠져 멈췄다.

"뭘 하고 있는 거야."

에이미는 녹색 포션을 마시지 않고 무리해서 움직임이 둔해지고, 그 결과 피격당한 가름을 차가운 시선으로 바라봤다. 그리고 가름을 마무리 짓기 위해 다가가려는 쉘 크랩의 등껍질에 쌍파참을 날려, 쉘 크랩의 신경을 돌리면서 가름의 곁으로 달려간다.

"가름! 지금 빨리 포션을 마셔! 이대로라면 츠토무가 오기 전에 전멸할 거야!"

에이미가 만든 상처에 쌍파참을 맞은 쉘 크랩은 물폭탄을 날리며 그녀를 견제한다. 에이미는 경이적인 반사신경으로 그 물폭탄의 틈을 빠져나가면서도 가름에게 지시를 날렸다.

바다 웅덩이에서 다량으로 검붉은 토혈을 한 가름은 그 붉게 물든 바다 웅덩이에서 간신히 기어 나왔다. 그리고 허리의 가는 병으로 손을 뻗어 뚜껑을 열었지만, 손이 떨려 그 가는 병을 옅은 붉은색으로 물든 바다 웅덩이에 떨어트리고 말았다.

녹색 포션이 바다 웅덩이에 서서히 녹아들어 간다.

가름은 그 떨어트리고 만 가는 병을 주우려다 자세를 무너트리고, 다시 바닷물에 낙하하고 말았다. 그리고 물속으로 사라지고만 녹색 포션을 보고는 이를 악물고 잠수해 가는 병을 회수한 후 다시 지상으로 올라왔다.

가름은 이번에야말로 정상적인 손놀림으로 허리춤에서 병을 꺼내 녹색 포션을 마셨다. 서서히 몸에 퍼지는 감각과 함께 통증이 점점 희미해져 간다. 가름은 아쉬운 듯이 바다 웅덩이를 본 뒤 쉘 크랩의 곁으로 달려갔다.

"컴뱃 크라이!"

가름에게서 직선으로 투기가 뻗어 쉘 크랩에게 꽂힌다. 쉘 크랩은 피가 스며 나오는 배를 누르고 있던 에이미에게서 촉각을 돌려, 붉은 물방울을 떨어트리고 있는 가름에게 향했다.

물폭탄에 배를 꿰뚫렸던 에이미는 녹색 포션을 절반 정도 마시고 안심한 듯이 숨을 내쉰 뒤, 달려온 가름을 찌릿 노려봤다.

"너무 늦어~! 이쪽은 너처럼 무식하게 튼튼하지 않다고! 자, 빨리 앞으로 나가! 나는 휴식할 테니까!"

"미안했다."

"뭐? ……징그러워~!"

"……시끄럽다."

가름은 젖은 남색 머리카락을 좌우로 가르고는, 가는 병의 뚜껑을 닫고 있는 에이미의 말을 되받아쳤다. 그리고 양쪽 집게발을 치켜든 쉘 크랩을 응시한다.

'빨리 돌아와 다오, 츠토무.'

가름은 쉘 크랩의 변함없는 맹공을 받으면서, 진심으로 그렇게 염원했다.

보이기 시작한 광명

츠토무가 돌아왔을 때, 쉘 크랩은 여전히 활발하게 집게발을 휘둘러대고 있었다. 가름이 가로로 휘두른 공격을 방패로 받아 흘리고 에이미가 가는 다리를 쌍검으로 벤다.

단 둘이서 지원도 없이 쉘 크랩과 싸우는 것은, 적정 레벨로도 자살 행위에 가까운 짓이다. 하지만 가름과 에이미는 해변까지 올릴 수 있는 레벨을 상한까지 올리고, 나아가 쉘 크랩과 몇 번이나 싸워 왔기 때문에 행동의 대처에도 익숙했다. 그런 두 사람이기에 30분 이상에 이르는 쉘 크랩의 맹공을 견뎌낼 수가 있었다.

쉘 크랩의 가는 다리 세 개 정도에서 조개와 광석 갑옷이 벗겨지고, 집게의 조개도 줄어들어 있다. 에이미가 찔렀던 등껍질 이외에 외상은 보이지 않지만, 두 사람은 철저하게 쉘 크랩의 갑옷을 벗기고 있었던 모양이었다.

그리고 츠토무의 눈에는 멀리서 배경이 비쳐 보이는 하얀 구체 같은 물건도 보이고 있었다. 마치 안구 같은 형태의 구체 뒤에는, 9라는 번호가 찍혀 있다.

가름에게 전달받은 특징에 일치하는 것을 봐서, 저것이 신대에 영상을 내보내는 카메라—— 신의 눈일 것이라고 츠토무는 생각했다.

'방해돼.'

나무를 통과하는 것을 보고 실체가 없다는 것을 알아챘지만, 하늘을 돌아다니는 그것은 츠토무에게는 방해꾼으로밖에 보이지 않았다.

그러자 그 신의 눈은 츠토무의 말을 들은 것처럼 그쪽을 봤다. 그리고 총총히 츠토무의 시야 밖으로 이동했다. 상당히 눈치가 빠른 신의 눈에 츠토무는 저도 모르게 인상을 찌푸렸다.

그러는 모습을 두 사람이 확인했다. 공격을 멈춘 상태의 에이미가 재빨리 쉘 크랩에게서 거리를 벌리고 츠토무의 곁으로 다가왔다.

"힐, 프로텍트."

"미안. 포션 세 개 써 버렸어."

츠토무가 두 사람에게 스킬을 날리자 에이미는 그렇게 말하고 꾸뻑 머리를 숙였다. 츠토무는 난처한 듯이 웃음을 지으며 그녀를 내려다본 뒤에 머리를 들게 했다.

"전혀 상관없어요. 정말 둘이서 잘 버텨 주셨어요."

"……대부분은 가름이 버틴 거지만 말이야."

가름은 츠토무에게 배운 탱커라는 역할을 제대로 소화할 수 있도록 노력하고 있다. 실제로 에이미가 쉘 크랩과 일대일로 싸운 시간은 가름과 비교하면 길지 않았다.

"하지만 갑옷을 벗긴 것은 에이미 씨잖아요? 게다가 저 등껍질의 상처를 입힌 것도 에이미 씨죠?"

"……뭐, 그렇지."

미안함을 느끼고 있던 표정에서 반전해 의기양양한 표정을 짓는 에이미를 본 츠토무는 웃음을 견디지 못하고 쿡쿡 웃으며 헤이스트를 걸었다. 그리고 츠토무는 에이미가 "뭐야~"라며 어깨를 툭툭 치는 것을 말리고 보고했다.

"함정은 다 설치했어요. 만약 걸리지 않았을 경우에는 또 다른 둥지로 가겠어요."

"알겠어~."

"그럼 이 이야기를 가름 씨에게도 전할 테니까, 잠시만 가름 씨와 스위치……가 아니라, 쉘 크랩을 상대해 주실 수 있을까요."

"좋아~."

그렇게 말하고 달려간 에이미의 뒤를 뒤따라, 츠토무는 쉘 크랩에게 다가갔다.

"가름 씨! 헤이스트를 걸게요! 그사이에 에이미 씨와 교대해 주세요!"

방어력을 높이는 프로텍트와 달리 헤이스트는 민첩성을 높이는 스킬이다. 헤이스트가 있고 없고에 따라 몸을 움직이는 감각이 달라진다.

따라서 츠토무는 전투 중에 헤이스트를 걸거나 끊길 경우에는 경고해 주는 편이 좋다고 판단해, 철저하게 미리 알렸다.

츠토무의 목소리에 반응한 가름은 쉘 크랩의 집게발에 강하게 숏소드를 때려 넣었다. 그리고 푸른색 구슬을 몸에 받으면서도 쉘 크랩에서 시선을 떼지 않은 채로 뒤로 몇 번인가 뛰어 츠토무 쪽으로 다가왔다.

에이미는 가름과 교대하듯이 쉘 크랩 쪽으로 향해, 옆으로 휘둘러진 집게발을 슬라이딩으로 피하며 가는 다리를 베었다. 그런 에이미를 짓밟으려고 가볍게 점프한 쉘 크랩을 고양이처럼 유연한 몸놀림으로 피한다.

그것을 지켜본 가름은 츠토무 쪽으로 몸을 돌려 깊숙이 머리를 숙였다. 츠토무가 무슨 일인가 싶어 한 것도 잠시, 가름은 갑옷 아래에서 빈 용기를 두 개 꺼냈다.

"소비 포션은 두 개다. 미안하다."

에이미의 다음은 당신이냐고, 츠토무는 질린 표정을 지었다. 그 표정에 가름은 커다란 남색 꼬리를 쭈글쭈글하게 움츠리며 눈썹을 모으고, 다시금 깊숙이 머리를 숙였다. 그 모습에 츠토무는 오해를 풀기 위해 황급히 입을 열었다.

"괜찮아요. 에이미 씨에게 이야기는 들었어요. 혼자서 정말 잘 버텨 주셨어요."

"정말로 미안하다. 이 금액은 개인 보수에서 빼더라도 상관없다. 한 개를 쓸모없이 허비하고 말았다. 미안하다."

가름은 탱커라는 역할에 기사의 희망을 발견하고, 그것을 완벽하게 소화하는 것에 필사적으로 매달렸다. 그리고 츠토무가 실망하는 것을 무엇보다도 두려워하고 있었다. 지원이 없으면 탱커를 맡을 수 없다. 그 사실을 조금 전 쉘 크랩과의 싸움에서 지긋지긋할 정도로 깨달았기 때문이다.

쉘 크랩이 노리는 도중에 녹색 포션을 마시는 것은, 대처에 익숙한 가름이라도 불가능한 일이었다. 그것과 동시에 지원이 없다는 것의 두려움도 알게 되었다.

"아니, 괜찮아요."

"아니다, 내 마음이 풀리지 않는다."

"……지금은 포션의 손익을 따지고 있을 틈이 없으니까 나중에 듣겠어요. 아시겠죠?"

무턱대고 사과하자 츠토무는 일단 억지로 결론을 냈다. 가름은 그 말에 안심한 것인지 숙이고 있던 머리를 올렸다. 츠토무는 너무 성실한 것도 생각해 볼 문제라고 생각하면서 말을 이었다.

"함정은 설치하고 왔어요. 하지만 이번에는 걸리면 운이 좋았다고 생각하죠. 만약에 걸리지 않을 경우에는 다른 두 곳의 둥지를 찾겠어요."

"알겠다."

"그럼 갑옷도 벗겨지기 시작했으니까, 본격적으로 체력을 깎도록 할까요. 아, 슬슬 헤이스트가 끊길 테니까 걸어서 가요. 끊기고 나면 컴크 부탁드려요."

"……컴뱃 크라이 말인가?"

"아, 죄송해요. 예. 맞아요."

가름과 얼굴을 마주한 츠토무는 황급히 수긍하며 셸 크랩 쪽으로 걸음을 옮겼다. 그리고 가름의 몸에서 푸른 기가 사라지자, 그는 츠토무에게서 떨어져 컴뱃 크라이를 발동했다. 에이미 쪽을 돌아보고 있던 셸 크랩이 재빨리 가는 다리를 움직여 게걸음으로 가름을 향해 왔다.

조금 떨어져 있는 츠토무의 앞머리가 날아오를 정도의 기세로 휘둘리는 집게발. 가름은 집게발을 방패로 받으며 몸을 뒤로 빼 옆으로 흘린다. 왼쪽의 작은 집게는 가름을 잡기 위해 크게 벌려져 있었지만, 그는 바로 그것을 알아채고 뒤로 물러났다. 돌이 맞부딪치는 듯한 소리를 내며 집게는 허공을 붙잡았다.

에이미는 그 틈에 등껍질에 올라타려고 기회를 살폈지만, 상처를 입은 탓인지 배후 경계가 심하다. 에이미가 다가가려 하면 쉘 크랩은 바로 몸을 회전하거나, 움직임을 멈추고 등껍질에서 물폭탄을 발사한다.

어떻게든 저 상처를 후빌 수는 없을까. 에이미는 탐색자 시절의 기억을 떠올리다 한 가지 수단을 생각해 냈다. 가름 쪽으로 쉘 크랩이 정신을 돌린 순간에 쌍검을 집어넣고, 옆에 있는 나무의 줄기에 발을 걸쳤다.

"가름~!!"

가름이 큰 목소리가 들린 쪽으로 곁눈질을 하자, 에이미가 나무를 기어오르며 손을 흔들고 있었다. 가름은 에이미가 하고 싶은 걸 알아챘다. 그곳으로 쉘 크랩을 유도하기 위해, 따가닥거리며 움직이는 입을 향해 모래를 차올렸다.

그러자 쉘 크랩은 갑자기 가름에게서 등을 돌리기 시작했다. 순간 어그로가 츠토무에게 향했나 싶어 가름이 당황한 것도 잠깐, 쉘 크랩은 주저앉듯이 자세를 낮추고 등껍질에서 날카로운 바늘처럼 물을 봤다.

탐색자 시절의 가름이라면 그 동자을 본 순간 공격을 알아채고 피할 수 있었으리라. 하지만 지금의 가름에게는 적을 끌어들이는 역할을 맡고 있다는 생각이 싹터 있다. 그 생각이 가름의 사고를 둔하게 하고, 판단을 느리게 만들었다.

가름이 회피 자세를 취하지만 기세 좋게 발사된 예리한 물은 철 갑옷을 간단히 꿰뚫고, 가름의 배와 넓적다리를 관통했다.

"큭."

가름에게 생긴 구멍에서 흘러나온 피가 모래를 검붉게 물들인다. 하지만 가름은 고통스러운 목소리를 내면서도 움직임을 멈추지 않았다. 탐색자 시절에는 이것보다도 심한 상황이라도 움직여야만 할 때가 몇 번이나 있었다.

가름은 약해진 사냥감에 마무리를 짓기 위해 대각선으로 날아드는 집게발을 피해 에이미가 있는 장소로 향했다. 그 도중에 녹색 구슬이 가름의 다리를 감싼다. 그 후, 츠토무의 하이 힐은 배에도 날아와 흐르던 피를 멈추고 내장을 수복하기 시작한다.

흩어지는 통증에 감사함을 느끼면서, 가름은 그대로 에이미가 있는 나무 아래로 달린다. 그러나 도중에 쉘 크랩이 자신을 쫓지 않고 정지해 있는 것을 깨달았다.

천천히, 쉘 크랩의 더듬이가 움직인다. 지팡이를 든 츠토무를 향해서.

쉘 크랩은 마치 탱크처럼 모래를 퍼 올리며 가는 다리를 움직여, 금방 츠토무에게 육박했다. 츠토무가 헤이스트를 자신에게 걸었을 무렵에는 이미 집게발이 치켜 올라가, 츠토무의 머리 위로 그늘이 드리웠다.

츠토무는 그것을 순간적으로 올려다본 뒤에 바로 전력을 다해 옆으로 점프했다. 제대로 낙법도 취하지 못하고 구른 츠토무의 뺨을 바람을 타고 온 모래알갱이가 때린다. 집게발이 떨어진 모래밭은 깊이 파여 있었다.

맞으면 틀림없이 죽는다. 츠토무는 움츠러든 다리를 억지로 움직여 엉금엉금 이동해, 그다음에 바닥을 휩쓸듯이 날아드는 집게발도 간신히 피했다. 죽음을 예감하게 하는 풍압이 츠토무의 등을 삭 스쳤다.

"컴뱃 크라이!"

풍압에 밀려 모래밭을 구른 츠토무의 귀에 회복한 가름의 목소리가 들려온다. 바로 돌아보고 쉘 크랩의 타겟에서 벗어난 것에 츠토무는 안심하면서, 덜덜 떨리는 턱을 멈추기 위해 지팡이를 들고 외쳤다.

"프로텍트!"

가름과 에이미의 몸에 황토색 오라가 깃든다. 하이 힐을 두 번 사용해 권태감을 느끼고 있던 츠토무는 조금 비틀거리면서도 머리를 흔들어 붙어 있던 모래알을 털었다.

허리에서 파란 포션이 들어 있는 가는 병을 뽑아 그 내용물을 마셨다. 상큼한 민트 같은 맛이 입에서 퍼진다.

빈 용기를 허리에 꽂고, 맑아진 머리로 쉘 크랩을 바라보며 현재 상황을 파악했다.

쉘 크랩의 표적이 된 가름은 나무에 올라가 나뭇잎 사이에 숨은 에이미의 밑으로 향하고 있었다. 능숙하게 백스텝으로 이동하며 쉘 크랩의 공격을 피하고 있다.

에이미의 밑에 도착한 가름은 나무를 등지고 쉘 크랩의 공격을 유발하고자 했다. 그러자 노린 대로 쉘 크랩이 왼쪽 집게발로 잡아 죽이려고 했다.

가름은 나무의 뒤로 돌아가 나무줄기를 발판 삼아 뒤로 뛰었다. 가름 대신에 집게발에 잡힌 나무는 간단히 부서져 부러진다. 그대로 옆으로 쓰러지는 나무. 에이미는 그 나무에서 뛰어 등껍질에 올라탔다.

"바위 가르기 칼날!"

에이미가 스킬명을 외치며 양손에 든 쌍검을 두 개의 상처 자국에 때려 넣었다. 갑각이 파괴되어 흰 살이 보이는 장소에 날린 참격은 쉘 크랩에 막대한 피해를 입혔다.

"삐끼이이이이이이이이익!!"

떨어져 있던 츠토무에게도 들릴 정도로 커다란 비명을 터트린 쉘 크랩은 발광하듯이 몸을 펄떡펄떡 움직였다. 에이미는 열쇠를 돌리듯이 쌍검을 비틀어 뽑고는 바로 이탈했다.

상당히 좋은 것이 들어갔다고 중얼거린 에이미의 목소리를 들으며, 가름은 추가타를 먹이기 위해 가는 다리의 관절에 숏소드를 박아넣는다. 거무스름하게 금이 생긴 갑각이 뜯어져 하얀 속살이 드러났다. 이어지는 쉘 크랩의 분노가 섞인 맹공에 가름은 일단 물러났다.

쉘 크랩은 가름이 이탈한 뒤에도 한동안 그 자리에서 계속 날뛰었다. 입에서는 투명한 거품을 토하고, 집게발을 아무렇게나 휘두르며 등껍질에서 물폭탄을 무수히 날리고 있다. 두 사람은 그 상태를 확인하고 물폭탄을 피하며 신속하게 물러났다.

"저건 다가갈 수가 없겠네요. 잠시 회피에만 전념하도록 해요. 저게 잦아들 때까지는 헤이스트를 가름 씨에게도 걸게요."

물폭탄 공격이 많았기 때문에 츠토무는 가름에게도 헤이스트를 상시 부여하기로 했다. 한동안 세 사람은 서로가 부딪히지 않도록 거리를 벌리며 물폭탄을 피했다.

가름이 컴뱃 크라이를 발동하지만 어그로는 그에게만 향하지 않았다. 쉘 크랩은 일종의 발광 상태에 빠졌기 때문에 공격도 무차별이라 츠토무도 확실히 피할 필요가 있다.

헤이스트를 걸어 민첩성을 높이고 조금 멀찌감치 떨어져 있으면 물폭탄은 눈으로 볼 수 있다. 물폭탄은 발사 속도가 빨라 인체를 간단히 꿰뚫는 위력을 지니고 있지만, 대신에 거리에 따른 위력 감쇠가 심해 멀리서라면 맞고 날아가는 정도로 끝난다.

츠토무는 네 번 정도 물폭탄을 맞고 날아가 웅덩이에 얼굴이 처박히거나, 모래밭을 데굴데굴 구르거나 해서 온몸이 모래투성이가 되었다. 에이미가 덜렁대는 어린아이를 보는 듯한 눈으로 바라봐, 츠토무는 얼버무리듯이 하얀 로브에서 모래를 털었다.

그리고 쉘 크랩의 거동이 조금 둔해지기 시작했을 때, 츠토무는 가름에게 헤이스트를 거는 것을 멈췄다. 평소대로 프로텍트를 걸고 파란 포션을 마시게 한 다음에 컴뱃 크라이를 쏘게 한다.

그리고는 에이미가 상처 자국이 남은 등껍질을 노리고, 가름이 쉘 크랩의 공격을 받아내며 노출된 살을 찌른다. 츠토무는 지원 스킬의 유지와 회복을 담당하며, 어그로가 튀지 않을 것 같으면 에어 블레이드를 쏜다.

조금 전 대량으로 쏜 탓인지, 쉘 크랩이 등껍질에서 물폭탄을 날리는 빈도가 줄었다. 그 뒤로는 에이미가 신바람이 나서 등껍질을 깨부수기 시작했다. 조금 과하게 공격해 가름이 어그로를 끌지 못했기 때문에, 그녀에게 공격 빈도를 줄이도록 츠토무가 지시를 내렸다.

"엥~ 괜찮다니까."

"마법 직종이 있다면 단숨에 깎아 내도 괜찮을 타이밍이지만 말이죠. 만에 하나 여기서 에이미 씨가 죽으면 파티가 무너지니까 참아 주세요."

"……알았어요~."

쉘 크랩의 움직임은 약해지고 이쪽의 공격도 통하게는 되었지만, 그래도 집게발이 직격하면 에이미나 츠토무는 즉사한다. 가름도 원래는 딜러인지라 파티가 전부 무너지지는 않겠지만, 위험을 무릅쓸 필요는 없다.

지원 스킬 두 가지를 부여받고 쉘 크랩을 상대하며 돌아다니는 가름을 보고 에이미는 수훈을 빼앗기고 있는 것처럼 느껴지는지, 시시하다는 듯 입술을 삐죽였다.

가름은 집게 공격을 피하면서도 견실하게 가는 다리를 찌르고 있다. 그 덕분에 가는 다리도 세 개 정도 갑각이 파괴되어 살이 드러나고, 그중 하나는 집중적으로 공격받아 근섬유가 너덜너덜하게 찢겨 있다.

츠토무가 에어 블레이드를 가는 다리에 쏘자 재미있을 정도로 시원하게 흰 살을 갈랐다. 자세를 조금 무너트린 쉘 크랩의 가는 다리를 가름은 더욱 찔러 무너트렸다.

"미스틱 블레이드!"

가름의 말과 함께 신비한 푸른색으로 숏소드가 뒤덮인다. 그것을 대각선으로 휘두르자 공기가 찢어지는 듯한 소리가 난 뒤에 네 개째 갑각이 파괴되어, 쉘 크랩은 작은 비명을 지르며 바스락바스락 뒤로 물러났다.

주로 어그로를 끄는 스킬에 정신력을 분배하기 때문에, 컴뱃 크라이와 인챈트 이외는 그다지 사용하지 않도록 가름에게 지시해 두었다. 미스틱 블레이드는 기사가 사용하는 스킬 중에서 가장 위력이 센 스킬이지만, 츠토무가 보기에 이 타이밍에 사용하는 건 그다지 좋지 않다. 사용한다 치더라도 둥지로 쉘 크랩이 이동한 뒤, 마무리를 지을 때 사용하는 것이 최선이다.

츠토무는 가름도 에이미와 마찬가지로 조금 기분이 고양되어 있다는 정보를 머리 한구석에 입력했다. 그것을 알고만 있다면 커버가 가능하다.

그리고 네 개째의 갑각이 부서져 후퇴한 쉘 크랩은 입을 우물거린 뒤, 가름을 향해 하얗고 끈적한 액체를 토해냈다. 자신의 몸에 조개나 광석을 부착시킬 때 사용하는 그 액체는, 맞으면 틀림없이 움직임이 봉쇄되고 만다.

헤이스트가 부여된 가름은 여유롭게 그것을 피했다. 그리고 그 공격은 남은 체력이 50% 아래로 떨어졌다는 징후이기도 하다. 쌍검을 들고 좀이 쑤셔 하는 에이미.

"그러엄, 슬슬 가 볼까요."

"기다렸습니다아!"

츠토무의 GO 사인을 받은 에이미는 쥐를 쫓는 고양이처럼 뛰쳐나갔다. 금방 등껍질에 올라타 두 개의 상처 자국을 넓히듯이 쌍검을 휘둘렀다. 쉘 크랩은 움직임을 딱 멈추고 등껍질에서 물폭탄을 쏘려고 하지만, 장전이 되지 않은 총에서는 총알이 나가지 않는 법이다.

쉘 크랩은 몇 번인가 웅덩이로 가서 물을 보충하려고는 했지만, 츠토무가 흰 살이 훤히 드러난 가는 다리에 에어 블레이드를 쏘아 움츠러들게 하는 것으로 그걸 막았다. 물폭탄이 나가지 않는 것을 기회 삼아 에이미는 등껍질 위에서 신나게 쌍검을 찔러대고 있다.

쌍검에 의해 등에 벌집이 생길 것 같자 쉘 크랩은 비명을 터트리며 몸을 흔들었다. 쌍검을 흰 살에 꽂아 얼굴에 파란 피를 묻히면서도, 마치 놀이기구를 타고 있는 것처럼 웃으며 쌍검에 매달려 있는 에이미. 츠토무는 그녀가 조금 과하게 흥분했다고 판단하고 신경을 쓰기로 했다.

"가름 씨! 컴뱃 크라이를 강하게 부탁드려요!"

"알겠다."

제멋대로 공격하고 있기 때문에 쉘 크랩의 어그로가 에이미에게 끌릴 것 같아서, 츠토무는 가름에게 그렇게 지시했다. 츠토무의 지시를 수락한 가름에게서 찌르는 듯한 컴뱃 크라이가 쉘 크랩에게 쏘아진다.

그리고 우세한 상태로 전투가 이어지자 쉘 크랩은 양쪽의 집게발을 있는 힘껏 땅에 꽂았다. 지면을 갈 듯이 몇 번이나 바닥을 찌른다. 입에서는 하얀 거품이 뿜어나오고 있다.

"츠토무! 이동의 징후다!"

"예. 거품은 흰색. 조개도 벗겨졌으니까 이동할 거예요."

가름은 날아오는 모래알갱이를 방패로 막으며 외쳤다. 츠토무는 가름의 목소리를 듣고 쉘 크랩의 모습을 확인하며 에어 블레이드를 쐈다. 에이미는 등껍질에서 뛰어내려 츠토무 곁으로 달려와 있다.

그리고 쉘 크랩은 한동안 날뛴 뒤에 기세 좋게 위로 뛰어올랐다. 드릴처럼 몸을 회전시키며 양쪽의 집게발을 지면에 박고 파 나가, 모래를 한쪽으로 뿜어 올린 뒤 떨어지는 것처럼 모습을 감췄다. 땅울림 같은 소리는 금방 멀어졌다.

후우, 츠토무가 숨을 내쉬고 하얀 지팡이를 모래밭에 꽂았다. 가름도 조용히 피를 턴 숏소드를 칼집에 집어넣고, 에이미는 흥분을 억누르듯이 쌍검을 난폭하게 집어넣었다.

"……소리만 들으면, 함정과 반대쪽으로 간 모양이네요."

"내가 쫓아갈까? 손맛이 잘 느껴졌으니까, 발견하면 금방 해치울 수 있을지도 몰라!"

예상 이상의 손맛을 느꼈는지, 파란 피가 묻은 고양이 귀를 움찔거리며 흥분하는 에이미. 하얀 거품을 뿜어냈을 때의 잔존 체력은 30%. 보라색 거품이 20%. 파란 거품이 10%. 그 사실을 알고 있는 츠토무는 에이미의 제안에 천천히 고개를 저었다.

"아니요, 이번에는 함정을 확인하러 가도록 해요. 두 개의 둥지를 멀리서 바라보고 존재를 확인할 수 없다면 세 번째 둥지를 찾겠어요."

"……하지만! 확연하게 저쪽으로 갔잖아?! 반대쪽이잖아? 그럼 쫓아가는 게 좋아! 이번에야말로 내가 반드시 발견해서——."

"에이미."

계속해서 매달리는 에이미의 목덜미를 가름이 붙잡자 그녀는 공중에서 다리를 버둥거렸다. 에이미는 원망스러운 듯이 가름을 바라보지만, 그는 전혀 개의치 않는 기색으로 허공에 떠 있는 그녀를 내려 주었다.

"지금의 파티 리더는 츠토무다. 지시에 따라라."

"……리더가 올바른 지시를 내리고 있는지는 모르는 거야. 잘못된 지시를 내리는 일은 대형 클랜에서도 흔히 있어. 게다가 츠토무는 해변에는 처음 왔어. 아무리 신대에서 영상을 봤다고 해도, 나는 이곳에 몇 번이나 실제로 오고, 봐 왔어."

에이미는 나직이 말을 쥐어짰다. 가름은 그런 에이미의 말을 듣고 고민하듯이 팔짱을 꼈다.

"그것은 나도 마찬가지다. ……하지만 너의 마음도 뭐, 이해가 안 되는 건 아니다. 확실히 느낌은 있었다."

"그렇지?! 저거 틀림없이 이미 빈사 상태야! 금방 해치울 수 있어! 그러자?! 내가 반드시 찾아올게!"

츠토무를 돌아본 에이미의 눈에서는 확연하게 냉정함이 사라져 있다. 가름도 그것에 이끌린 것인지 드물게 차분하지 못하다. 아마도 두 사람은 처음으로 해변의 계층주를 해치울 수 있을지도 모른다는 사실에 냉정함을 잃은 것이라고 츠토무는 생각했다.

"뭐, 소비한 녹색 포션은 다섯 개니까, 최악의 경우 놓치더라도 다시 금방 도전할 수 있어요. 황야에서 드롭한 저주의 마석이랑 다른 마석으로 채산은 맞으니까요."

"뭐어?! 너무 소극적인 거 아니야?!"

좋게도 나쁘게도 욕심에 솔직한 에이미는 바로 츠토무에게 반론했다. 가름은 츠토무의 말을 듣고 팔짱을 끼고 있던 팔을 풀었다.

"……흠. 확실히 츠토무가 말한 대로다. 숲속 약국의 포션이라고 해도 다섯 개라면 나라도 감당할 수 있다. 이번에는 츠토무가 입안한 함정을 시험하자. 포션 대금은 내가 내겠다."

"가름까지……. 기회를 눈앞에서 날리다니! 함정 같은 건 대형 클랜이 실패했으니까 걸리지 않을 거야!"

"흥. 그럼 신에게 기도하고 찍기라도 할 텐가? 그 결과가 너희 클랜이 거친 길일 텐데."

"……그건! 그 녀석이 잘못한 거야!!"

황금색 눈동자를 부릅뜨고 당장에라도 달려들 것처럼 격앙한 에이미. 흰 머리카락이 희미하게 일렁이는 것처럼 보여, 츠토무는 몬스터가 눈앞에 있는 것 같은 착각을 느꼈다. 에이미에게 스며나오는 증오 같은 무언가에 츠토무는 쩔쩔매며 저도 모르게 뒷걸음질 쳤다.

가름도 그런 에이미에게 조금 놀랐는지 얼굴을 뒤로 뺐지만, 금방 망설이는 기색도 없이 입을 열었다.

"네가 있던 클랜의 내부 사정 따위는 자세히는 모르지만, 나나 너나 결과는 비슷하다. 강력한 일격을 단번에 날리는 딜러의 부재. 그것 때문에 이 층을 돌파할 수 없었다."

"……너 따위랑은, 너 따위랑은 달라! 아양 떨지 마, 자식아. 역겨워!"

에이미는 당장에라도 덤벼들 것 같은 모습이었다. 츠토무는 무표정을 유지하면서도 내심 안 좋은 흐름이라고 생각하기 시작했는데, 가름은 신경 쓰는 기색도 없이 말을 이어갔다.

"함정을 친다는 작전은 확실히 몇 번인가 대형 클랜이 시행하고 실패했다. 하지만 적어도 우리 클랜은 그것을 시도해 본 적이 없었다. 운 좋게 금방 쉘 크랩을 발견한 클랜을 보고 헛된 희망을 품고, 도망친 쉘 크랩을 요행에 맡기고 찾는 것밖에 하지 않았다. 지금 생각하면 멍청한 이야기지만, 그때는 그랬다."

"…………"

그 당시는 신에게 선택받은 클랜만이 쉘 크랩을 발견할 수 있다는 식의 소문이 길드 안에 퍼져 있었다. 자력으로 발견할 수 있어야만 신에게 인정받아 그 뒤의 탐색도 잘 풀린다는, 전설이라는 이름의 사고 정지.

거기에 모든 걸 맡기는 바람에 두 사람의 클랜은 붕괴했다. 그것 이외의 방법을 시도하지 않고.

"우리는 신에게 의지할 수 있을 정도로 신의 총애를 받지 못했다. 그렇다면 나는 츠토무의 작전에 따르는 쪽을——."

"……후후, 그럴지도 모르겠네. 우리는 무리였어. 하지만 지금은 럭키 보이가 있는걸."

에이미는 힘없는 웃음을 짓고, 자포자기한 느낌으로 그렇게 말했다.

꼬옥. 츠토무의 하얀 지팡이를 든 손에 힘이 들어가고, 실처럼 희미하게 뜨여 있던 눈을 봉합하듯이 감았다.

가름이 눈을 까뒤집고 에이미의 가슴팍을 잡으려고 한 손을, 눈을 뜬 츠토무가 옆에서 지팡이로 제지했다.

"후후후, 알아채고 마셨나요, 에이미 씨. 이번 작전에는 그것도 포함되어 있어요. 제 LUK는 얼마 전에 D+로 올랐으니까요. 에이미 씨나 가름 씨보다 높아요."

에헴, 츠토무는 기분 좋은 것처럼 입을 열고 에이미의 어깨에 손을 올렸다. 불시에 어깨를 내 준 그녀가 눈을 동그랗게 뜨며 츠토무를 돌아보고, 그 눈을 보고는 섬찟해 했다.

츠토무는 변함없이 웃는 얼굴이다. 평소와 다름없는 웃는 얼굴. 하지만 에이미에게 보내고 있는 시선은, 마치 새끼 고양이라도 보고 있는 듯했다. 그것은 길드에서 츠토무를 럭키 보이라고 부르는 탐색자——벌레를 보는 눈과 비슷했다.

그렇게까지 차가운 눈동자는 아니다. 하지만 마치 인간이 아니라 동물이라도 보고 있는 듯한 시선에, 에이미는 식은땀이 흐르는 것을 똑똑히 느꼈다.

남의 집에 온 고양이처럼 몸을 굳힌 에이미의 어깨에서 손을 뗀 츠토무는, 모래를 밟고 앞장서 걷기 시작한다.

"뭐, 지금은 럭키 보이에게 맡겨 주세요. 서두르지 않으면 쉘 크

랩이 점점 회복해 버리니까, 일단은 행동하죠! 도표의 유지 시간
도 슬슬 끝날 때가 됐으니까요."

평소와 변함없는 모습을 연기하는 츠토무는 가름의 어깨도 툭
두드리고 종종걸음으로 걷기 시작했다. 가름은 한순간 무표정하
게 에이미에게 눈길을 준 뒤 츠토무를 따라갔다. 에이미는 무언가
를 포기한 듯한 표정을 지으면서 그의 뒤를 따랐다.

그리고 멀리서 영상을 찍고 있던 신의 눈도 약삭빠르게 따라갔
다.

너무 빠른 성장

에이미가 탐색자가 된 나이는 5년 전——그녀가 13세 때였다. 수인은 성장이 빨라 그 당시부터 에이미는 보기 드문 신체 능력을 갖고 있었다. 그녀는 스테이터스 카드를 처음 작성했을 때부터 감정 스킬을 보유하고, 나아가 딜러 직종 중에서도 뛰어나다고 평가받는 쌍검사 JOB을 보유하고 있었다. 전투 센스도 있어 금방 초심자 중에서 두각을 보인 그녀는, 어떤 중견 클랜의 권유를 받아 바로 입단했다.

5년 전까지는 아직 힐러 직종이나 탱커 직종 등의 격차도 없어, 에이미는 그 상황과 중견 클랜의 양호한 인간관계 속에서 쑥쑥 성장. 1년 정도 지나 깨닫고 보니 난무의 에이미라는 별명이 붙을 정도로, 신대를 보는 관중 사이에서는 유명인이 되어 있었다.

그 중견 클랜도 에이미에게 이끌리듯이 성장해, 마침내 당시 중견의 벽이라고 이야기되었던 40층을 돌파. 셀 크랩에서 막혀 있던 대형 클랜을 따라잡아 대형 클랜으로 오를 수 있었다.

"좋았어~! 이런 느낌으로 쭉쭉 해 나가자~!"

"그래!"

"그러자~."

"우리도 드디어 대형 클랜으로 평가받는 건가아……."

"헤. 의외로 대형 클랜도 별거 아니네."

에이미는 이제는 그 클랜의 중심이 되었고, 주변의 사람들도 에이미의 인품이나 강함을 인정해 주고 있었다. 에이미가 있는 것만으로 파티의 분위기가 밝아지고, 나아가 그 쌍검술로 몬스터를 계속해서 쓰러트려 파티를 이끌어 준다. 대형 클랜으로 올라선 그 클랜은 점점 더 기세가 붙었다.

하지만 그 클랜의 사람들은 몰랐다. 최고 계층의 최전선에 선다는 것이 어떤 의미를 지니는지. 그곳에 설 각오라는 것을 그 클랜의 사람들은 아직 몰랐다.

최전선에서는 지금까지와는 달리 신대를 봐도 그다지 정보를 얻을 수 없고, 누군가가 지나온 길을 따라가는 것도 할 수 없다. 항상 스스로 길을 헤쳐 나가야만 하는 것이다.

그리고 그 새로운 길을 개척하기 위해서는, 윤택한 자재와 탐색자의 죽음이 반드시 필요해진다. 시행과 실패를 거듭하며, 자금도 준비해야만 한다.

아니나 다를까 에이미의 클랜은 49층까지는 순조롭게 나아갔지만, 50층 계층주 앞에서 다른 대형 클랜과 마찬가지로 완전히 공략이 멈췄다. 그곳은 쉘 크랩에게 몇 번이나 도전하고, 몇 번이나 전멸하면서 정보를 얻는 것이 당연한 장소였다.

더욱이 레벨은 해변에서 올릴 수 있는 최고인 60까지 올리는 것이 필수인데, 레벨 올리기에 상당한 시간을 빼앗긴다. 50레벨부터는 점점 레벨업에 필요한 경험치도 증가하기 때문에, 에이미 일행은 1군 다섯 명으로 범위를 좁히고 끝없이 해변의 몬스터를 사냥해 레벨을 올렸다.

　게다가 장비나 포션을 갖추기 위해 자금도 대량으로 필요해진다. 그래도 자금 쪽의 문제는 완전히 아이돌처럼 인기를 떨치고 있던 에이미 덕분에 클랜에서는 그렇게까지 곤란해 하지 않았다. 에이미는 자신의 취재료나 후원금 등을 전액 쏟아부어 클랜 멤버의 장비를 갖추게 했다.

　그렇게까지 해서 간신히 출발선에 설 자격을 얻을 수가 있었다. 그리고 그 뒤로는 시행착오를 하며 셀 크랩에 도전하게 되었다.

　몇 번이나 죽고, 드디어 셀 크랩을 몰아넣었는가 싶으면 땅속으로 들어가 모습을 감춘다. 그리고 한 시간도 되지 않아 완전히 회복한 셀 크랩과 다시 싸우게 된다. 그것은 온 힘을 다해 판 구멍이 금방 메워지는 것이나 마찬가지라, 그것을 반복하면 할수록 파티 멤버의 정신은 점점 마모되어 갔다.

　게다가 계층주가 있는 층은 다른 층과 달리 귀환하는 검은 문이 존재하지 않기 때문에, 계층주나 탐색자가 전멸할 때까지 싸움은 강제적으로 이어진다. 그곳에서 에이미와 그 클랜 멤버는 셀 수 없을 정도의 죽음을 맞이했다.

　중견 클랜이라는 미지근한 물에 몸을 담그고 있던 이는 대형 클랜의 살을 깎아내는 듯한 괴로움을 견디지 못하고, 클랜을 탈퇴하는 사람도 몇 명인가 나왔다. 그리고 레벨을 60까지 다 올린 1군 멤버 중에서도 빠지고 싶다고 말을 꺼내는 사람이 나타나기 시작했다.

"나한테는, 무리일지도 몰라…….'

"음~ 하지만 아직 아무도 돌파하지 못했잖아? 두근거리지 않아? 나는 굉장히 즐거운데 말이야~. 게다가 기껏 레벨을 함께 올렸는데 말이야, 아깝지 않아?"

"……확실히 그럴지도."

"그렇지! 함께 힘내자!"

"……그래. 약한 소리를 해서 미안했어."

"괜찮아 괜찮아! 마음은 나도 이해가 되니까!"

에이미는 천부적인 명랑함으로 클랜 멤버를 격려했고, 나아가 줄어 가는 자금도 홀로 조달할 수 있을 정도로 인기가 있었다. 클랜 멤버는 그녀에게 이끌리면서 자신을 채찍질해 쉘 크랩에게 도전했다.

그런 중에 알도렛 크로우라는 대형 클랜이 운 좋게 쉘 크랩을 금방 발견해 토벌에 성공했다. 그 사실이 화가 되어 쉘 크랩을 공략하기 위해서는 시행 횟수를 늘리는 수밖에 없다고 대부분의 대형 클랜이 판단하면서 더욱 도전하는 횟수가 늘어나 죽는 횟수는 격화되어 갔다. 죽는 것이 점차 당연하게 되기 시작해, 죽음이라는 개념 자체가 망가지는 탐색자마저도 나오기 시작했다.

그 이상한 현상에 대형 클랜의 리더들은 위기감을 느끼기 시작했다. 그리고 대형 클랜들은 마침내 결탁해, 쉘 크랩에 대해 총출동해서 조사하게 되었다. 우선 조사 대상은 쉘 크랩의 회복 요인이었다.

깎아 냈을 터인 쉘 크랩의 갑옷이 고쳐져 있는 것은, 자기가 토해내는 하얀 액체로 조개와 광물 등을 붙이고 있다는 추측이 간단히 나왔다. 하지만 한 시간 만에 깊은 상처도 깔끔하게 사라지는 원인은 수수께끼로 뒤덮여 있기 때문에, 대형 클랜은 총출동해서 이 원인을 조사했다.

그리고 어떤 물건을 해변에서 발견했다. 초원이나 숲 등에서 채취할 수 있는 약초보다도 효과가 좋고, 상처를 치유할 수 있는 회복 물고기의 발견이었다.

쉘 크랩이 회복하는 수단인 회복 물고기. 이것을 원료로 삼는 녹색 포션은 눈부신 발전을 이뤄내, 백마도사의 하이 힐보다도 강력한 회복력을 지니게 되었다. 그것에 의해 백마도사의 가치는 떨어졌지만, 아직 당시는 그 새로운 녹색 포션이 굉장히 비쌌고 공급도 압도적으로 부족했다.

하지만 연구가 진행되어 가면서 녹색 포션의 공급은 수요를 따라잡기 시작해, 비교적 감당할 수 있는 가격에 팔리기 시작했다. 그리고 쉘 크랩의 조사가 진행되는 중에, 현재의 길드장이 이끄는 대형 클랜이 그 녹색 포션을 대량으로 소지하고 딜러 다섯 명의 파티 구성으로 쉘 크랩에게 도전했다.

그리고 그 대형 클랜은 쉘 크랩이 땅속으로 숨어들어 모습을 감추기 전에 해치운다는 전법을 확립시키고, 50층을 돌파했다. 그 뒤로 그 전법은 각 대형 클랜에서 채용되어 50층 돌파 클랜이 차례로 나타났다.

"좋아~ 우리도 저 전법을 흉내 내자! 그럼 우리도 돌파할 수 있어!"

그리고 당시의 에이미도 그 전법을 모방해 50층을 돌파하자고
클랜 멤버에게 제안했다.

하지만 그 전법의 확립은, 그들에게는 한발 늦었다.

"아니…… 이제, 됐어."

"못 이겨. 저런 괴물."

"우리처럼 평범한 사람에겐 무리였던 거야……. 하하."

중견 클랜에서 다른 사람의 길을 따라 걸어왔던 그들에게 그 길
은 너무나도 가혹했다. 지금까지 에이미에게 격려받아 어찌어찌
최전선에 남아 있었지만, 그들은 이미 한계에 도달해 있었다.

그 사람들의 마음은, 이미 꺾여 있었다.

"히, 힘내자! 여기까지 왔으니까 말이야! 이럴 때를 위해 골드도
잔뜩 모아 뒀으니까, 녹색 포션도 살 수 있어! 이제 딜러 다섯 명이
서 가면 반드시 해치울 수 있어!"

"…………."

"…………."

에이미는 필사적으로 클랜 멤버를 설득했지만, 전부 무시당했
다. 약간의 눈물을 머금고 호소하는 에이미에게 한 명의 남자는
대답했다.

"그래서?"

"어?"

어떻게든 모두가 힘을 낼 수 있도록 격려하는 에이미를, 클랜 리
더는 탁한 눈으로 바라보고 있었다.

"그래서, 다시 그걸 되풀이하는 거냐. 나한테는, 우리한테는 이

제 무리야.”

“그, 그래도 말이야! 여기까지 모두가 힘내 왔잖아! 함께 노력해 보자!”

“……아니, 이제 클랜은 해산할 거야. 자금도 바닥났어.”

“아니, 자금은 아직 있는데? 내가 벌면…….”

“됐어, 이제 해산이야. 클랜 리더인 내가 결정한 일이야.”

클랜 리더는 쌓인 것이 터진 것처럼 쏟아내고는, 지친 듯이 작은 숨을 내쉬었다. 그리고 에이미의 클랜은 길드에 해산 신청이 받아들여진 뒤에 해산되었다.

에이미는 반쯤 강제적인 클랜 해산을 납득할 수 없었지만, 이미 해산해 버린 것은 어쩔 수 없다. 이틀 정도 방에 틀어박혀 우울해하긴 했지만, 그녀는 다시 탐색자로 살아가고자 마음먹고 길드를 찾았다.

그리고 에이미가 길드를 찾았던 그날, 그 시간. 다행인지 불행인지, 에이미는 길드의 카운터에서 이전의 동료들이 모여 클랜을 결성하는 서류를 제출하려는 모습을 마주하고 말았다.

“뭐야! 모두 돌아와 준 거야?!”

에이미는 기쁜 듯이 소리치고 클랜 멤버에게 다가갔다. 하지만 클랜 멤버들은 거북한 기색으로 그녀에게서 시선을 돌렸다. 그 모습에 에이미가 정말 이상하다는 듯이 고개를 갸웃거리고 있자, 클랜 리더가 결심을 한 표정으로 앞으로 나섰다.

“에이미. 미안하지만, 너를 클랜에 넣어 줄 생각은 없어.”

“어? ……무슨 소리야?”

에이미는 어딘가 감정을 억누르고 있는 듯한 눈을 한 클랜 리더에게서 시선을 돌려 다른 클랜 멤버들을 둘러봤다. 과거 던전을 함께 탐색하고 맛없는 보존식을 함께 먹었던 이들은, 모두 에이미의 시선에서 도망치듯이 고개를 숙였다.

"어? 뭐야? 어째서? 왜 모두 눈을 돌리는 거야?"

클랜 리더는 에이미의 당황한 모습을 보고 지긋지긋하다는 듯이 고개를 저었다.

"너를 클랜에 넣은 건 실수였어."

"……어?"

"실수라고 했어. 나는 어째서 너를 클랜에 넣고 말았던 걸까."

고개를 떨구는 클랜 리더. 아무 말도 하지 않는 동료들. 실수였다는 말.

"너에게는 훨씬——."

그렇게 말을 이어 가려던 클랜 리더의 뺨을, 에이미는 있는 힘껏 손바닥으로 때렸다. 클랜 리더는 그 따귀를 맞고 바닥에 쓰러졌다.

그 뒤의 일을 에이미는 그다지 기억하지 못하고 있다. 길드에서 있는 대로 날뛰고, 제압당해, 정신 차리고 보니 경비단의 유치장에 처박혀 있었다.

에이미는 멍하니 주변을 둘러본 뒤, 지친 것처럼 유치장의 바닥에 뺨을 댔다. 그때 자신의 뺨이 눈물로 젖어 있다는 사실을 깨달았다.

클랜 가입 권유를 받고, 성장을 칭찬받아 기뻤다. 40층을 돌파했을 때의 환희는 인생에서 가장 기뻤다고 에이미는 진심으로 생각한다. 이 클랜을 위해서라면 무슨 일을 해도 좋다고 생각해, 관중에게 많은 팬서비스를 해 마음에 들 수 있도록 노력했다. 어떻게 하면 후원을 받을 수 있을지, 이렇게 나오면 평판이 올라가려나 싶어 카메라에 찍히는 법을 연구하고, 그 덕분에 다수의 스폰서를 얻을 수 있었다. 유명한 솔리트 신문사(社)라는 신문사에도 인터뷰를 받고 많은 액수의 취재료를 받아, 그렇게 얻은 돈은 전부 클랜에 바쳐 왔다.

하지만 그것은 전부 환상이었다. 실수였다는 클랜 리더의 말이 에이미의 마음을 너덜너덜하게 헤집는다. 그녀는 한동안 눈물이 멈추지 않았다.

그리고 에이미는 두 번 다시 파티를 짜지 않겠다고 맹세하고 삐뚤어졌다. 그리고 원만한 파티를 보면 짜증이 격화되어, 친구 놀이라고 비하하다 다툼을 일으킨 적도 있었다. 그것을 보다 못한 길드장이 에이미를 타이르고 데려와, 지금의 길드 직원이라는 위치에 이르게 되었다.

함정 사냥

'확실히, 전에도 이런 느낌이었을지 모르겠네.'

2, 3년 전에 쉘 크랩을 찾고 있을 때도 이런 분위기였다며, 에이미는 자학적으로 입가를 일그러트렸다.

한마디 말도 없이 묵묵히 전진하는 츠토무. 이미 걷기 시작하고 15분 정도가 경과했다. 츠토무에게는 딱히 서두르는 기색이 보이지 않지만, 그 등 뒤를 걷고 있는 가름은 불안한 표정을 감추지 못하고 있었다. 그 분위기는 굉장히 무겁고 답답했다.

조금은 편안함을 느끼고 말았던 이 파티. 하지만 결과는 이렇다. 이전과 아무것도 변함이 없다. 자기 때문에 파티가 망가졌다. 에이미는 순간적으로 나와 버린 말 때문에 분위기가 나빠졌다는 걸 느끼고 있으면서도, 사죄의 말을 입에 담을 수가 없었다.

츠토무의 그 눈은 이전 클랜 리더의 눈과 닮아서, 에이미는 그 눈이 무서워 말이 나오질 않았다. 그의 얼굴을 다시 보는 것이 두려웠다.

게다가 에이미의 마음속에는 어차피 함정 역시 제대로 되지 않으리라는 포기도 있었다. 쉘 크랩이 그렇게 알기 쉽게 둥지라는 곳에 가리라고 단정할 수 없다. 대형 클랜도 모조리 실패했었다.

바뀌지 않는다. 쉘 크랩을 돌파하지 못하고, 츠토무와 어색한 관계인 채로 계약을 종료한다. 에이미는 그런 미래를 예상할 수 있었다.

'뭐, 처음부터 기대하지 않았으니까. 딱히 기대했던 건 아니야. 슬프거나 하지, 않아.'

에이미가 그런 과거를 떠올리고 감상에 빠져 있는 사이에, 츠토무는 도표를 의지해 묵묵히 걸음을 옮기고 있었다. 그는 내심 일말의 불안을 느끼며, 함정을 설치했을 때를 떠올렸다.

▷▷

두 사람에게 쉘 크랩을 맡기고 함정을 설치하러 간 츠토무는, 때때로 매직백에서 도표를 꺼내 사막에 표시를 남기며 쉘 크랩의 둥지를 찾고 있었다.

'야자나무 한 쌍이랑 암석 3형제. 그리고 지면이 솟아오른 바닷가 근처인가. 신대에서 확인했으니까, 빨리 발견하면 좋겠는데.'

해변을 달려 도표를 꽂으며 츠토무는 「라이브 던전!」의 지식을 끌어내며 돌아다녔다. 그리고 15분 정도 달려 높이가 낮은 야자나무와 높은 야자나무를 발견했다. 둥지의 표식인 야자나무 한 쌍이다.

그것을 발견한 츠토무는 매직백에서 삽을 꺼내 부지런히 모래밭을 파기 시작한다. 상당한 깊이까지 판 다음 야자나무 아래에 조개와 광석이 묻혀 있는 것을 확인한 츠토무는, 그것들을 모조리 매직백에 쑤셔 넣었다. 그리고 대신에 모양이 비슷한 부드러운 광석과 조개를 묻었다.

그다음에 츠토무는 모래밭에 묻혀 있는 쉘 크랩의 식량을 한 번 밖으로 꺼내, 에이미가 바다에서 자맥질해 잡아 온 얼룩무늬 물고기를 바닥에 뿌렸다. 냄새를 퍼트리기 위해 물고기 몇 마리의 배를 갈라, 비린내를 주변에 잔뜩 뿌렸다.

쉘 크랩의 식료품 대부분을 차지하는 얼룩무늬 물고기는 포션의 재료가 되며, 쉘 크랩이 회복하는 원인이기도 하다.

츠토무는 그 물고기 전부에 늪에서 채취한 강력한 독이 들어 있는 주사기를 찌르고, 낚여 달라고 기도하며 그것을 묻었다. 그리고 함정 설치를 끝내고 왔던 길을 돌아간다.

던전 밖에서 가져온 것은 기본적으로 사람이 가까이에서 떨어지면 30분 정도 만에 입자가 되어 사라지고 만다. 따라서 꽂아놓은 도표는 30분 정도가 지나면 없어져 기능을 하지 못하게 된다.

돌아오는 도중에 츠토무는 도표를 건드리면서 그 주변을 조금 탐색했다. 그리고 둥지의 표식인 암석 3형제를 멀리서 발견하고, 그곳에는 도표만을 심어 두었다.

나머지는 바닷가 근처에 솟아올라 있는 장소를 발견하고 싶었지만, 도표의 시간도 있고 두 사람의 부담도 생각해 돌아가기로 했다. 최악의 경우 두 개의 둥지에 없다고 해도 하나로 좁힐 수 있다고 생각한 것이다. 츠토무는 쉘 크랩이 낚이기를 기원하며 두 사람에게 돌아갔다.

▷ ▷

그리고 도표를 따라 20분 정도 걸어, 츠토무는 봉긋한 모래언덕에서 발을 멈췄다. 이 모래언덕 너머에 츠토무가 함정을 설치한 장소가 있다.

"아, 여기 있네요."

언덕진 모래밭에 몸을 숨기고 쌍안경을 손에 든 츠토무는 바닥에서 사라진 물고기, 그리고 검고 가느다란 쉘 크랩의 촉각을 발견하고 안심한 것처럼 그렇게 말했다.

야자나무를 따라 몸을 감추듯이 모래사장에서 나온 촉각은 빙글 돌아 360도를 둘러봤다. 그리고 촉각 중 하나가 땅속으로 들어간 뒤에 쉘 크랩이 모래 속에서도 꼼지락거리기 시작했다. 그 땅의 흔들림도 아주 미약해 멀리서는 절대로 발견할 수 없을 변화다.

그런 츠토무의 느닷없는 쉘 크랩 발견 보고에 가름은 눈을 부릅떴다.

"……정말인가?"

"예. 여기요."

츠토무에게 쌍안경을 넘겨받은 가름은 재빨리 그것을 손에 들고 야자나무를 봤다. 확실히 검은 촉각 같은 것을 확인한 가름은, 기쁜 듯이 츠토무의 어깨를 두드리고 흥분했다.

츠토무는 가름의 흥분한 모습에 놀라면서도 달라붙는 개를 달래듯이 진정시키고, 조용히 하게 했다.

"……환각 아닐까?"

"그럼 자기 눈으로 확인해 봐라."

어딘가 포기한 듯한 표정의 에이미는 가름에게 쌍안경을 넘겨받고는, 느린 동작으로 퉁명하게 야자나무를 확인했다.

"……저 검은 거?"

"예, 맞아요. 저건 분명 쉘 크랩이 밖으로 내놓고 있는 눈이에요."

"말도 안 돼……."

에이미는 충격을 감추지 못하고 눈을 크게 뜨고는, 바로 무기를 손에 들고 그것이 진짜 쉘 크랩인지를 확인하기 위해 뛰어갔다. 이어서 가름도 참지 못하고 무기를 들고 달려 나갔다.

츠토무는 그런 두 사람을 보고 저도 모르게 쓴웃음을 지으면서도, 참지 못하고 달려 나간 에이미와 뒤따라간 가름에게 지원 스킬을 걸었다.

쉘 크랩은 두 사람의 달리는 모습을 알아채고 순순히 모래사장에서 나왔다. 모래 안에서 나온 쉘 크랩의 노출된 흰 살은 시커멓게 물들어 있고, 입에서는 파란색 거품을 토하고 있다. 츠토무가 회복 물고기에 장치한 독을 대량으로 섭취한 쉘 크랩은 중독 상태가 되어, 이미 약해져 있었다.

그 쉘 크랩의 걸음은 어딘가 이상해서 마치 취한 것 같았다. 가름은 의아한 표정을 지으면서도 쉘 크랩의 가는 다리를 공격했다.

노출된 가는 다리를 숏소드로 내려치자 검게 변색한 흰 살에서 파란 피가 뿜어 나왔다. 조금 전과 비교하면 약해 빠진 집게 공격이 날아와서, 가름은 옆으로 피했다.

에이미는 그사이에 등껍질에 올라타 드러난 살을 난도질했다. 조금 칙칙한 파란색 피가 쏟아지듯이 흘러나와 쌍검을 적셨다.

쉘 크랩은 무너지듯이 바닥에 엎어졌다. 집게발을 지팡이 삼아 일어나려 해 보지만, 에이미가 가차 없이 쌍검으로 찌른다. 도려낸다. 쑤신다. 가름은 가는 다리를 몇 번이고 두들겨 마침내 가는 다리 하나를 끊어 냈다.

쉘 크랩은 단말마의 비명을 터트린 뒤에 완전히 땅에 엎어졌다. 경련하는 것처럼 떨리는 촉각.

그리고 쉘 크랩은 반짝반짝 빛을 반사하는 보석처럼 빛나고, 몸에서 빛의 입자가 흐르기 시작했다.

"어."

맥없이 입자로 변하기 시작한 쉘 크랩을 보고 에이미는 저도 모르게 목소리를 흘렸다. 가름도 숏소드를 쥐고 멍하니 멈춰 있었다. 츠토무는 '늪의 독 굉장하네~'라며 실실 웃고 있었다.

에이미는 쉘 크랩에게서 떨어져 바다로 돌아가려는 듯이 흐르는 입자를 그저 바라만 봤다. 가름은 방심하지 않고 숏소드를 들고 있었다.

아직 빛의 입자를 내뿜고 있는 쉘 크랩의 몸에서 푸른색 마석이 털썩 지면에 떨어졌다. 양손으로 간신히 안을 수 있을 정도로 커다란 대마석. 색이 들어간 마석에 츠토무는 승리 포즈를 취했다.

"에이미 씨! 이거 좋은 마석이죠?!"

"……어? 아, 응. 물의, 대마석이려나?"

쉘 크랩이 입자화하는 모습을 멍한 기색으로 보고 있던 에이미는, 츠토무의 목소리를 듣고 튕기듯이 돌아봤다. 그리고 머뭇거리는 느낌으로 마석의 정보를 전하고 츠토무의 얼굴을 올려다보자, 그는 낙천적인 웃음을 짓고 있었다. 그런 츠토무를 본 에이미는 허탈한 기색으로 넋이 나갔다.

그리고 무언가가 깨지는 소리가 난 뒤에, 검은 문이 아무것도 없었던 공간에서 모습을 보였다. 51층으로 나가는 문과 길드로 돌아가는 문이 두 개. 츠토무는 오른쪽 검은 문으로 눈길을 돌리며 가볍게 기지개를 켰다.

"어찌어찌 잘돼서 다행이에요."

"……츠토무의 작전 덕분이다. 고맙다."

"무슨 소릴 하시는 거예요. 확실히 제 작전도 승리 요인이기는 하지만, 쉘 크랩의 공격을 버텨 준 가름 씨와 쉘 크랩을 공격해 준 에이미 씨가 없었으면 이길 수 없었어요. 모두의 덕분이에요."

"…………."

츠토무가 그렇게 말하며 수고를 치하하듯이 어깨를 두드리자, 가름은 자신 없이 움츠리고 있던 몸을 살짝 들어 올렸다. 에이미도 그런 츠토무의 말에 저도 모르게 웃음이 흘러나왔다.

"자, 이제 51층을 사전 답사한 뒤에 돌아가 볼까요!"

그리고 푸른색 대마석을 매직백에 집어넣은 츠토무는 두 사람에게 밝은 목소리로 말했다. 두 사람은 머뭇거리며 츠토무를 따라 검은 문으로 함께 들어갔다. 세 사람은 입자로 변해 51층에 전송되고, 뒤에는 신의 눈이라고 불리는 카메라만이 남았다.

강을 사이에 두는 듯한 V자 형태의 녹색 산이 인상적인 협곡을 견학하고, 만약 떨어졌을 때는 즉사할 높이인 것을 확인한 츠토무는 바로 길드로 돌아왔다. 용인 문지기에게 인사를 했다.

그리고 언제나처럼 날아오는 럭키 보이라는 야유를 무시하며 카운터에 줄을 섰다. 벌레 탐색자의 시선은 평소와 똑같았지만, 이번에는 중견 클랜 소속의 탐색자가 몇 명인가 츠토무 일행을 보고 있었다. 방송 효과려나 하고 츠토무가 어렴풋이 생각하고 있을 때 차례가 돌아와 스테이터스 카드 갱신을 위해 종이에 침을 묻혔다.

대머리 아저씨에게 그것을 넘겨주고 한동안 기다리고 있자, 금방 스테이터스 카드를 갖고 왔다.

"……쉘 크랩을 돌파한 거냐. 셋이서?"

엄청나게 진지한 표정의 아저씨가 그렇게 물어와 츠토무는 고개를 끄덕였다. 그는 축하한다고 나직이 입을 연 뒤에 옅은 갈색으로 변색한 스테이터스 카드를 세 사람에게 넘겨 주었다.

"가름, 에이미도 잘했다."

"예. 감사합니다."

"응…….."

가름은 드물게 싱글싱글 기분 좋은 표정으로 대머리 아저씨에게 스테이터스 카드를 받았다. 에이미는 색이 변한 스테이터스 카드를 보고 그제야 쉘 크랩을 쓰러트렸다는 실감이 든 것인지, 눈물을 머금으며 그것을 받았다. 츠토무도 가름과 마찬가지로 웃는 얼굴로 스테이터스 카드를 받고 확인했다.

쿄타니 츠토무

LV　　23

STR　　D

DEX　　D+

VIT　　D

AGI　　D

MND　　C−

LUK　　D+

JOB　　백마도사

스킬:　힐, 오라 힐, 플래시, 에어 블레이드, 프로텍트, 메딕,
　　　헤이스트, 레이즈, 하이 힐, 에어리어 힐, 홀리 윙

'협곡 공략은 일단 플라이를 배우는 28까지 레벨을 올리고 나서 가야겠네~. 틀림없이 처음에는 제대로 쓰지 못할 테니까 연습도 해야지.'

협곡의 56층부터는 자연이 풍부한 협곡이 사라지고 메마른 사막 같은 협곡으로 변한다. 거기서부터는 나무나 자연의 쿠션 등으로 즉사를 피할 수 없게 되므로 지형 대책이 필수다.

그것을 위해 플라이라는 마법이 있고, 그것을 걸어 두면 게임에서는 즉사를 피할 수가 있었다. 하지만 현실이 된 여기서는 연습이 필요하다고 생각한 츠토무는 조금 씁쓸한 표정을 지었다.

'대형 클랜이 쉬고 있는 사이에 돌파 기록을 경신하고 싶은데 말이지~. 아무리 그래도 어려우려나.'

한 달이나 계속해서 럭키 보이라는 소리를 듣고 있는 츠토무. 여관에서도, 밖에서도, 길드에서도 끝없이. 츠토무의 이름을 알고 있는 사람은 거의 없지만, 신문사가 사진과 함께 다뤘던 탓인지 럭키 보이라는 별명만은 알고 있는 사람이 많다.

여관의 카운터에서도 가끔 럭키 보이라고 불리고, 거리를 걷고 있어도 어린아이에게 럭키 보이라며 손가락질당한다. 탐색자와 달리, 그들에게는 악의가 없을 것이다. 유명인의 이름을 부르듯이 그것을 입에 담는다. 럭키 보이 럭키 보이 럭키 보이.

츠토무는 내심 그렇게 불릴 때마다 지긋지긋했다. 여관 점원의 어깨를 붙잡고 내 이름은 쿄타니 츠토무라고 외치고 싶어질 때도 있었다.

하지만 그것으로 다툼을 일으키는 것도 바보 같다 싶어, 츠토무도 겉으로는 드러내지 않도록 하고 있다. 그래도 주변의 자신에 대한 평가에는 상당히 화가 나 있었다. 이대로 이 이름을 짊어지고 조용히 살아가기는 싫었다.

따라서 그것을 불식할 실적이 조속히 필요했다. 그런 실적이 몇 가지 있었는데, 츠토무는 단순명쾌한 길을 선택했다.

이 도시와 길드에 있는 거대 신대, 1번대에 자신을 내보내는 것. 츠토무는 그 길을 선택했다.

그저 1번대에 나오는 것만이라면 신기록 경신을 하지 않아도 가능하다. 대형 클랜이 들어가 있는 시간 이외에 59층까지 갈 수 있으면 때때로 방송되기는 한다. 하지만 그것으로는 아직 이 이름을 불식할 수 없다고 츠토무는 느끼고 있었다.

실제로 그렇게 하고 있는 대형 클랜의 평가는 그다지 높지 않다. 화룡 토벌에서 도망치고 있는 클랜이다, 역시 화룡을 토벌한 클랜은 굉장하다고 관중들이 입을 모아 말하는 것을 츠토무는 1번대 앞에서 들었다.

따라서 츠토무는 현재 대형 클랜이 도달한 최고 계층인 61층 경신을 목표로 삼고 있었다. 그걸 달성한 츠토무를 럭키 보이라고 부르는 자는, 적어도 질투심이 강한 벌레 탐색자 말고는 없을 것이다.

에이미의 말을 듣고, 아마 이번 50층 돌파도 어쩌다 쉘 크랩을 발견했을 뿐이라는 식의 소리를 들으리라는 걸 예상하고 있었다. 그렇다면 바로 51층 협곡을 공략하고 화룡을 해치울 계획을 궁리해 내야만 한다.

쉬고 있을 틈 따위는 없다고 의욕을 되새긴 츠토무는 스테이터스 카드를 돌려받은 후, 카운터에서 벗어나 가름과 에이미를 돌아봤다.

"그럼 오늘은 이걸로 해산할게요. 내일은 해변에서 제 레벨을 올릴 예정인데요. 함께 가 주시길 부탁드릴게요."

"그래. 알았다."

가름은 기분 좋은 듯이 남색 꼬리를 붕붕 흔들며 답했다. 평소의 무뚝뚝한 표정은 어디로 갔는지 싱글거리는 얼굴이 굉장히 기뻐 보였다.

그리고 그 옆에서 의기소침한 에이미를 슬쩍 본 뒤, 그 등을 손바닥으로 조금 세게 때렸다. 어어어 하고 앞으로 고꾸라진 에이미는 가름을 한 번 노려본 뒤, 츠토무와 눈을 마주치려 했다.

다시 그 눈으로 바라볼까 싶었던 에이미는 머뭇머뭇 츠토무의 얼굴을 봤다. 하지만 츠토무는 이전의 클랜 리더처럼 완전히 거절하는 듯한 눈을 하고 있지는 않았다. 이전에 비교하면 어딘가 서먹서먹함 같은 것이 느껴지는 눈을 하고 있는 것은 사실이지만, 아직 관계 수복은 가능하리라는 희망은 보였다.

하지만 이전과 마찬가지로, 실패였다는 말을 들을 것만 같았다. 에이미는 저도 모르게 목소리를 떨며 입을 열었다.

"……응. 저기, 츠토무, 아까는 미안해. 럭키 보이라고 말해서. 정말로 미안해."

그렇게 말하고 머리를 숙인 에이미에게 츠토무는 의외인 것처럼 얼굴을 살짝 들었다. 결국 에이미도 다른 자들과 마찬가지로 자신을 럭키 보이라고 부른다. 그 장면에서 본심이 나왔을 것이라고 츠토무는 생각해, 그녀와는 이제 업무적인 관계로 가자고 생각하고 있었다.

게다가 조금 전에 함정을 확인하러 갈 때, 에이미는 상당히 풀이 죽어 있었기에, 사과할 것이라고는 츠토무는 생각하지 않았다. 그는 바로 에이미에게 머리를 들게 했다.

"아니, 아니에요. 신경 안 쓰고 있어요."

"……그, 그래? 정말? 하지만 분명히 화났지? 그렇지?"

츠토무의 고정한 듯한 웃는 얼굴이 어딘가 어둡게 보여서, 에이미는 기분을 살피듯이 움찔거리고 있었다. 그런 에이미를 보고 츠토무는 살짝 정색한 뒤, 기억을 떠올리듯이 위를 쳐다보며 손가락으로 머리를 긁적였다.

"아~. 그렇죠. 에이미 씨는 분명히 벌레랑 같은 취급을 받는 게 싫다고 말하셨죠? 그래서 스테이터스 카드 갱신도 저랑 같은 방법으로 맞춰 주셨던 거였죠."

"어? 아, 응."

"하지만 저를 럭키 보이라고 부르시네요."

"…………."

마치 마음을 꿰뚫어 보는 듯한 츠토무의 눈에서 에이미는 저도 모르게 시선을 피했다. 가름이 쿡쿡 재미있다는 듯이 웃음을 참고 있다.

"제가 말하고 싶은 건 그것뿐이에요."

"……어, 엄청 화내고 있잖아! 미안해, 츠토무! 부탁이니까 용서해 줘! 파티에서 제명하지 마! 쉘 크랩을 돌파했는데 그런 일을 당하면 길드장에게도 혼나고 말 거라고오!"

"아니, 이미 이쪽도 하고 싶은 말은 했으니까 됐어요. 오히려 이쪽에서 파티 유지를 부탁드려요. 에이미 씨가 없으면 딜러가 없어져서 상당히 힘들어지니까요."

"거짓말! 절대로 아직 용서 안 했어! 얼굴이 무서운걸! 츠토무 얼굴, 아직 무서운걸!"

에이미는 츠토무에게 매달리듯이 그의 소맷자락을 잡아당기며 놔주지 않았다.

에이미의 큰 목소리에 뭔가 싶어 모여드는 탐색자들을 보고, 츠토무는 얼굴을 움찔거리며 그녀에게 제안했다.

"그럼 이번에는 에이미 씨의 보수는 없는 걸로 해요. 그걸로 됐나요?"

"기다려라, 츠토무. 우선은 길드에서 퇴직하게 하자. 그리고 외상을 대신 내주고 있던 직원들에게 엎드려 빌게 한 뒤에 이 녀석의 저금을 모두 함께 나눠 갖도록 하지. 그리고는 장비 없이 협곡에 밀어 넣는 거다."

지금이 기회라고 본 것인지 가름이 옆에서 끼어들었다. 그 입은 크게 일그러져 있어 마치 악덕 경관 같았다.

"가름 씨. 에이미 씨에게 얼마나 원한이 있는 건가요……."

"이 녀석에 대한 불만은 헤아릴 수가 없다. 직원 사이에서도 불만이 쌓여 있으니까 청산할 좋은 기회다."

"용서해 줘, 츠토무우우우우우!! 길거리에 나앉고 싶지 않아아아아!!"

"잠깐! 잡아당기지 마세요. 에이미 씨! 늘어나니까 놔 주세요!"

"놔주면 바로 도망칠 거잖아아아!! 버리지 말아 줘, 츠토무우우우!! 나를 내치지 말아 줘어어어!!"

"잠깐, 아하하! 이거 뭔가 드라마 같네! 에이미 씨, 이제 됐으니까 일단은 밖으로 가죠, 밖으로! 모두한테 피해를 주니까요!"

에이미는 마치 이별 이야기를 들은 걸프렌드처럼, 끝내 바닥에 주저앉으며 츠토무의 손과 소매를 잡고 매달렸다. 저도 모르게 웃음을 터트린 츠토무가 에이미를 밖으로 데리고 나왔다.

그 뒤 츠토무의 부탁을 되도록 뭐든지 한 가지 들어준다는 것으로 정리하고, 부탁이 딱히 떠오르지 않았기에 보류하기로 하고 얼버무렸다.

럭키 보이의 야망

그 다음 날. 츠토무는 하품을 억누르며 기상했다. 이제 막 일어났어도 평소와 차이가 없는 가는 눈을 비비며, 아직 각성하지 않은 의식으로 몸이 가라앉을 것 같은 침대의 유혹을 떨쳐 냈다.

잠에 취한 얼굴로 세면대로 향한다. 투명한 용기 안에 물의 마석이 끼워져 있는 수도꼭지. 츠토무는 그 용기 안에 비치된 무색의 부스러기 마석을 투입했다. 그러자 물색 마석이 옅게 빛나고, 수도꼭지를 돌리자 차가운 물이 나왔다.

손으로 물을 받아 얼굴을 닦은 뒤에 주문 제작으로 만든 나무 칫솔로 이를 닦고, 조금 흐려져 있는 거울로 머리가 흐트러지지 않았는지 확인했다.

조금 자라난 검은 머리를 집어 올리고 슬슬 이발소에라도 가 볼까 혼잣말을 한 츠토무는, 책상에 아무렇게나 놓여 있는 서류를 매직백에 담았다. 그 서류에는 신대에서 봤던 협곡의 지형과 몬스터의 특징 등이 상세하게 기재되어 있다.

그 서류를 만드느라 늦게 잠들었던 츠토무는 살짝 피곤함을 느끼며 실내복에서 황토색이 기조인 무난한 평상복으로 갈아입었다.

매직백을 등에 메고 방을 나와, 문을 걸어 잠근 뒤에 여관의 식당으로 향했다. 이미 주변의 사람들도 일어나기 시작했는지 생활 소음이 들려온다. 밖에서는 우물을 긷는 소리가 들리고, 츠토무가 지나친 방에서는 타다닥 서두르는 듯한 발소리가 들리고 있다.

여관 식당에 도착한 츠토무는 의자에 앉아 주변을 둘러봤다. 주변의 손님은 비교적 엘프나 수인이 많고, 인간은 그다지 보이지 않는다. 아침부터 바쁘게 주문을 받고 있는 소녀에게 매번 감탄하면서, 츠토무는 주문을 다 받은 소녀를 향해 손을 들었다.

"여기요. 이쪽에도 아침 식사 주세요."

"예~! 추가 주문은 있으신가요?"

"아, 추가로 콘 수프 하나, 달걀프라이를 바싹 익혀 주세요~."

"예~! 늘 드시는 대로네요!"

숙박객의 아침 식사는, 당일 정식에 한해서 무료다. 츠토무는 이 여관의 콘 수프가 마음에 들어 이 한 달 동안 계속 그것만 주문했기 때문에 점원 아가씨에게 콘 수프=츠토무라는 식으로 기억되고 있었다.

츠토무는 웃는 얼굴로 주문을 받고 펜을 놀리는 소녀에게 인사를 하고 배웅했다. 이 여관의 얼굴마담인 그녀는 처음부터 츠토무를 럭키 보이가 아니라 제대로 된 이름으로 불러 주었고, 던전에서 먹을 도시락 제작을 의뢰하는 주방의 점주도 그랬다. 그래서 츠토무는 이 여관에 호감이 있었다.

그리고 츠토무는 아침 식사가 올 때까지 턱을 괴고 주위 사람을 관찰했다.

이 여관은 탐색자와 평범하게 일을 하는 노동자가 반반의 비율로 이용하고 있다. 숙박 요금은 일박에 1만G로 그럭저럭 비싼 여관이라 돈을 잘 버는 사람들이 많다. 탐색자라면 중견. 일반적인 일을 하는 노동자도 지식이나 경험을 살린 일을 하는 사람이 많다.

탐색자도 인간이 적고 엘프와 드워프, 수인과 용인 등이 많다. 아침부터 작전 회의를 하는 것인지 가까이 붙어서 식사를 하는 파티나, 씹지 않고 삼키듯이 고기를 우걱우걱 먹고 있는 수인을 볼 수 있다.

노동자들은 각자 신문을 읽거나 우아하게 홍차를 마시며 담소를 나누거나 하는 등 다양하다. 그들이 읽고 있는 신문은 물론 일반적인 정세나 정보 등이 실려 있는 것도 있지만, 대부분은 던전에 관한 정보가 쓰여 있는 신문이다.

신이 관리하는 던전에 들어가는 탐색자. 그리고 탐색자가 몬스터와 싸우거나, 던전을 탐색하는 모습은 누구라도 부담없이 광장의 신대에서 볼 수가 있다. 츠토무가 원래 있던 세계로 말하자면 신이 영상을 내보내는 신대는 TV. 그리고 신대에 나오는 탐색자는 TV에 출연하는 연예인이나 스포츠 선수, 아이돌 등으로 바꿔 생각하면 이해하기 쉽다.

그런 탐색자들의 정보를 정리해 신문으로 발행하는 것이 던전 신문이다. 신문사는 몇 곳인가 있지만, 월등한 판매량을 자랑하는 곳이 솔리트 신문사다. 가장 처음에 던전 신문을 발행했던 회사인지라 구매자가 많고 영향력도 크다.

그리고 츠토무의 럭키 보이 소동을 가십거리로 다룬 것도 솔리
트 신문사다. 그 영향으로 옥션이 흥행해 가격도 치솟았으니까 츠
토무에게도 메리트는 있었지만, 무단으로 얼굴 사진까지 게재했
던 것은 불쾌하게 느끼고 있었다.

여관의 점원 아가씨가 조식을 갖고 왔다. 베이컨 에그와 샐러드,
격자무늬로 그을린 자국 위에 버터와 잼이 올라간 사각 식빵, 콘
수프에 얼음이 들어간 보리차. 그것들을 받은 츠토무는 안쪽까지
제대로 익은 달걀프라이를 나이프로 잘라 입에 넣으면서, 얼굴 사
진과 함께 다뤄지고 있는 대형 클랜이 실린 신문을 곁눈질했다.

'아직 활동은 하지 않는 모양이네.'

계층 공략 신기록을 경신했던 클랜은 신문 인터뷰나 장비를 보
수하느라 아직 던전에는 들어가지 않았다. 반년 동안 경신되지 않
았던 최고 계층을 경신했기에 2주 정도가 지난 지금까지도 그 열
기는 계속되고 있다.

아르마 씨는 굉장하다느니 붉은 마검사는 멋있다느니 하는 목소
리는 아직도 츠토무의 귀에 들어온다. 그 두 사람이 소속된 흑마
단이라는 곳이 화룡을 쓰러트리고 최고 계층을 경신한 클랜이다.

'지금은 실컷 기뻐하도록 해. 금방 돌파해 줄 테니까.'

아르마라는 여성이 자신에게 럭키 보이라는 별명을 처음으로 붙
였던 사람이라고 정확히 기억하고 있던 츠토무는, 녹기 시작한 버
터가 스며든 바삭한 식빵을 깨물었다.

게다가 아르마는 츠토무가 파티를 짜지 못했던 3주 동안에 한 번
길드에서 눈이 마주쳤지만, 서둘러 도망치듯이 사라져 갔다.

나는 이제 상관없다고 말하는 듯한 태도에 내심 평온할 수가 없었다.

두고 봐라. 그렇게 생각한 츠토무는 뜨거운 콘 수프를 홀짝홀짝 마시면서, 신문 1면을 장식한 흑마단에서 시선을 돌렸다.

그리고 아침 식사를 마친 츠토무는 식기를 식당 카운터에 반납하고 카운터에 열쇠를 맡긴 뒤에 여관을 나왔다. 돌로 포장된 길을 걸어, 장비 세척을 생업으로 삼고 있는 클리닝 가게로 향했다. 하얀 로브와 바지가 더러워졌을 때는 매번 이곳에 맡겨 클리닝을 받고 있다.

던전에 들어가면 장비는 더러워진다. 몬스터의 피 등은 입자가 되어 사라지니까 상관없지만, 몬스터의 토사물 따위는 보물 상자에서 꺼낸 것과 마찬가지로 인식되는지 사라지지 않는 경우가 많다.

그 외에도, 던전에 있는 흙이나 진흙, 냄새 등도 몬스터와 달리 사라지지 않는다. 탐색자들 중에는 더러움을 그다지 신경 쓰지 않는 사람도 많지만, 츠토무는 결벽까지는 아니더라도 상당히 신경 쓰는 편이었다. 참고로 가름과 에이미는 나은 편이다. 특히 에이미는 아이돌 같은 측면이 있기 때문인지 그런 부분에는 츠토무보다도 신경을 쓰고 있어, 은은하게 좋은 냄새가 날 정도다.

아침 일찍부터 여는 클리닝 가게는 다른 건물과 비교하면 규모가 크다. 좌우로 나뉘어 있는 하얀 돌 건물. 오른쪽 건물에서는 옷을 세탁, 건조하고 있는 것인지 환풍기에서 증기가 모락모락 나오고 있다. 왼쪽 건물은 손님의 접수장으로 되어 있어 그곳에서 장비 보관과 수취가 이루어진다.

츠토무는 이른 아침부터 영업을 시작하는 클리닝 가게의 문을 옆으로 열었다. 아무도 찾아오지 않은 카운터에서, 사람 좋아 보이는 얼굴을 한 까까머리 아저씨가 츠토무를 맞이했다.

"안녕하세요. 장비를 찾으러 왔습니다."

"예. 츠토무 님이시죠. 이쪽에 있습니다."

완전히 단골이 된 츠토무가 석판을 넘기자 아저씨는 싱긋 웃으며 그것을 받은 뒤에 안쪽으로 들어가, 몇 초 만에 돌아왔다. 정성스럽게 갠 장비 한 벌과 지팡이를 넘겨받는다. 그것들에는 먼지가 앉는 것을 방지하기 위해서인지 투명한 막 같은 물건이 덮여 있다.

이 투명한 막은 숲의 호수 부근에 나타나는 투명한 슬라임의 시체를 얇게 편 것이다. 물건을 포장하거나 식품의 건조를 막기 위해 사용되고 있다.

하지만 신의 던전에서 몬스터는 죽으면 빛의 입자가 되어 사라져, 마석으로 모습이 변하고 만다. 그렇다면 어떻게 슬라임의 시체를 입수하는 것일까. 그 방법은 두 가지가 있다.

한 가지는 신의 던전 안에서 불규칙하게 발견되는 보물 상자에서 손에 넣는 방법이다. 보물 상자의 출현 조건은 주로 두 가지. 몬스터를 해치울 때 마석과 함께 출현하거나, 던전 안에서 무차별로 출현하거나.

보물 상자에는 다양한 물건이 들어 있다. 몬스터의 소재, 탐색자의 장비, 던전 안에서만 손에 넣을 수 있는 명품. 보물 상자의 등급에 따라 나오는 물건에 좋고 나쁨은 있지만, 발견만 해도 러키라고 말할 정도로 보물 상자의 출현율은 낮다.

가장 등급이 낮은 나무 보물 상자라도 다섯 개의 층을 공략해서 한 개 나오면 운이 좋다는 소리를 들을 정도다. 윗층일수록 출현율은 높지만, 보물 상자를 발견하면 한 달은 놀고먹을 수 있을 정도의 G가 손에 들어오는 경우가 많다.

참고로 츠토무가 뽑았다고 알려진 금 보물 상자는 과거에 딱 한 번 발견되었는데, 그것을 꿈꾸며 등록 카운터에 사람이 쇄도했다는 사건이 있었다. 그 결과 제대로 정보를 구하지도 않고 벌레 탐색자에게 착취당하는 신입 탐색자가 늘었다고 가름은 개탄했었다.

또 다른 방법은 이 미궁도시에 있는 신의 던전이 아니라, 바깥에 있는 던전에서 몬스터를 토벌해 소재를 털어오는 방법이다.

신이 관리하지 않는 던전이라면 몬스터는 입자가 되지 않고, 다른 생물처럼 시체가 되어 남는다. 몬스터를 해체하는 방법 등은 배워야 하지만, 보물 상자라는 불확정 요소보다도 안정적으로 소재를 입수할 수 있다.

하지만 신이 관리하지 않는 던전에서는 당연히, 신의 은사(恩賜)나 규칙도 없다. 검은 문도 신대도 없다. 즉, 던전 안에서 죽으면 그대로 살아 돌아오지 못하고 죽는다. 따라서 당연히 백마도사나 포션이 필수이고, 신중한 행동을 염두에 두지 않으면 안 된다.

그 대신 몬스터의 소재를 통째로 가져올 수 있어 수요는 크고 이익도 기대할 수 있다. 강력한 몬스터의 소재를 갖고 돌아오면 일확천금도 꿈이 아니다. 하지만 목숨의 위험이 있기 때문에 하는 사람은 소수다.

바깥 던전에 가는 사람 대부분은 압도적으로 레벨이 낮은 몬스터의 소재를 노리거나, 길드에서 고액의 보수를 보장한 원정 토벌 의뢰를 받는 사람이다.

바깥 던전은 일정 기간 방치되면 몬스터가 넘쳐서 가까운 마을과 미궁도시로 쳐들어오는 경우가 있다. 그것을 막기 위해, 길드는 그렇게 방치되어 있는 바깥 던전으로 원정 토벌 의뢰를 내고 있다.

토벌 의뢰가 별로 처리되지 않을 경우, 미궁도시는 반년에 한 번 정도 몬스터에게 습격을 받는다. 지금까지는 레벨이 높은 몬스터가 확인되지 않았지만, 그래도 피해는 발생하기 때문에 길드도 원정 의뢰 처리에는 상당히 골치를 썩고 있다.

하지만 탐색자로서는 원정 토벌을 가는 것보다 방어 설비가 갖추어진 미궁도시에서 몬스터를 맞이해 싸우는 편이 안전하고, 나아가 민중에게도 감사받는다. 그 결과 인기가 올라가거나 귀족에게 사병으로 권유받거나 하기 때문에, 원정 토벌 의뢰를 받는 사람은 많지 않다.

쳐들어오는 몬스터도 그렇게까지 레벨이 높지 않아, 미궁도시는 그다지 피해를 입지 않는다. 하지만 몬스터가 지나는 길에 있는 마을이나 촌락은 비참한 꼴을 당하기 때문에, 그런 마을과 촌락의 사람은 미궁도시의 탐색자를 미워하는 경향이 있다.

그런 마을과 촌락에서 절대적인 인기를 얻고 있는 미궁제패대라는 대형 클랜이 있지만, 그곳은 예외이다. 사망률은 30%로 높고, 신입이 살아남을 가능성은 50%라고 전해진다. 목숨 아까운 줄 모르거나 마을과 촌락에 고마움을 느끼고 있는 사람밖에 들어가지 않는다.

츠토무의 장비를 감싸고 있는 이 투명한 막은, 그런 배경을 거쳐 존재하고 있다. 요금은 선금인지라 츠토무는 물품을 확인한 뒤에 머리 숙여 인사하고, 클리닝 가게 안에 있는 피팅룸에서 하얀 로브로 갈아입고 길드로 향했다.

길드로 들어가자 아침부터 쓸데없이 활기찬 벌레들이 츠토무를 보고 투덜대기 시작했다. 츠토무가 무시하자 그들은 노골적으로 혀를 차면서도 본격적으로 시비를 걸지는 않았다. 탐색자들 사이에서 유명한 가름이 나오면 입장이 위태로워지기 때문이다.

그런 탐색자들에게 츠토무는 무기질적인 시선을 보낸 뒤, 평소의 집합 장소로 향했다. 그곳에는 장비를 갖추고 있는 가름. 그리고 놀랍게도 그 에이미가 약속 시간대로 집합해 벤치에 앉아서 흰 앞머리를 만지작거리고 있었다.

츠토무는 저도 모르게 말하고 말았다.

"……혹시 에이미 씨의 쌍둥이 언니인가요?"

"너무하지 않아?!"

"농담이에요."

에이미가 벤치에서 기세 좋게 일어나 다가오자 츠토무는 날뛰는 말을 진정시키듯이 양손을 앞으로 내밀었다. 가름은 입을 막고 쿡쿡 웃고 있다.

"안녕하세요. 오늘은 해변에서 제 레벨을 올리고, 협곡 공략을 위해 플라이 연습을 할 예정이에요. 괜찮을까요?"

"문제없다."

"오케이~!"

고개를 끄덕인 가름에 엄지를 치켜들고 답하는 에이미. 츠토무는 웃는 얼굴로 고개를 끄덕이고 카운터에 줄을 섰다. 항상 인기가 없는 대머리 남자는 츠토무 일행을 보고 손을 들었다.

"오, 너희들. 취재 의뢰가 들어와 있다."

"취재요?"

"그래. 솔리트 신문사에서 온 의뢰다. 일단 벌써 와 있는 모양이니까, 미안하지만 이쪽으로 와라."

나무 카운터에서 돌아 나와 츠토무 일행 쪽으로 걸어온 접수 담당 남자는, 이쪽이라고 한 마디 말한 뒤 세 사람을 안내하듯이 걷기 시작했다.

츠토무가 가름에게 시선을 돌리자, 그는 무언가 생각에 잠긴 얼굴을 한 뒤에 접수 담당 남자를 따라갔다. 츠토무도 가름의 뒤를 따랐다.

솔리트 신문사

길드 카운터의 옆에 있는 감정실을 지난 곳. 츠토무는 처음 발을 들이는 장소에 조금 두근거리면서 접수 담당 남자를 따라갔다.

"여기다. 이야기는 안에서 해라."

"예."

접수 담당 남자는 그렇게 말하고 노크를 한 뒤에 문을 열고 일행을 안으로 들였다. 츠토무는 머뭇거리는 기색으로 방으로 들어갔다.

응접실 같은 방의 내장은 고급스러운 소파 사이에 테이블이 있고, 불가사의하게 빛나는 관엽식물이 좌우에 놓여 있다. 그 소파에 바른 자세로 앉아 있던 여성은, 세 사람이 들어오자 동그란 너구리 귀를 쫑긋 세웠다.

하얀 셔츠에 정장 같은 검은 옷을 걸치고 있는 그녀는 어딘가 차분한 분위기를 띠고 있었다. 소파의 옆에 놓여 있는 커다란 꼬리는 손질이 되어 있는지 윤기가 나, 츠토무는 만지면 엄청 푹신푹신하겠구나 하는 감상을 품었다.

"세 사람을 데리고 왔습니다. 그럼 저는 이만."

"수고하셨어요~."

퇴실하는 접수 담당 남자를 그녀는 늘어지는 목소리로 배웅했다. 츠토무가 앉아도 될지를 고민하는 중에 에이미가 먼저 소파에 앉아, 테이블에 놓인 차가운 차를 벌컥벌컥 마시기 시작했다. 이인(狸人. 너구리 인간) 여성은 그런 에이미에게 어딘가 동경하는 듯한 시선을 보내고 있었다.

가름에게 눈으로 소파 가운데에 앉도록 유도받은 츠토무는 에이미의 옆에 앉고, 가름은 그의 오른쪽에 앉았다.

"그래서 넌 누구야? 솔리트 신문사 사람이라고 들었는데."

"아, 예~! 처음 뵙겠어요~! 저는 이런 사람이에요~!"

이인 여성은 소파의 옆에 놓여 있는 큰 갈색 꼬리를 흔들흔들 움직이면서, 명함을 꺼내 세 장을 테이블에 놓았다. 츠토무는 하얗고 깔끔한 종이에 수려한 글자로 쓰인 명함을 봤다.

"솔리트 신문사의 미루루라고 해요~. 잘 부탁해요~. 우선은 두 분 모두 50층 돌파 축하드려요~. 두 분의 복귀는 모두가 기대하고 있었어요~."

싱글거리며 머리 숙여 인사를 한 미루루. 츠토무는 셔츠 사이로 들여다보이는 커다란 가슴골을 어떻게든 보지 않도록 하면서 마주 고개를 숙여 인사했다.

그런 미루루의 말에 에이미는 토라진 것처럼 고양이 눈을 가늘게 뜨고 차와 함께 있는 과자를 입에 넣었다.

"그런 것치고는 취재를 나오는 게 늦었네."

"그건 길드에서 취재를 거부하고 있었기 때문이에요~. 솔리트 신문사로서도 두 분이 던전에 들어가셨다는 정보는 파악하고 있었지만, 길드장의 권한으로 출입이 금지되어 있었어요~."

"헤~. 그런데 어째서 오늘은 올 수 있었던 거야?"

"두 분이 쉘 크랩과 벌였던 싸움이 9번대에서 방송되었기 때문이에요~. 그래서 사람들에게 서명 운동을 해서, 간신히 취재 허가를 따낼 수가 있었어요~."

"헤에! 우리 아슬아슬하게 한 자리 대에 나왔던 거네! 몰랐어!"

9번대. 신대를 말하는 것이라고 생각하면서, 츠토무는 차가 담긴 컵을 손에 들고 마셨다. 깊이가 느껴지는 진한 차에 츠토무는 이거 비싸겠다 생각하면서, 눈을 반짝이는 미루루를 봤다.

"예~! 두 분의 활약을 보고 모두 감동했어요~! 게다가 그 광견 가름 님과 난무의 에이미 님이 팀을 짰으니까요~. 최고 계층을 경쟁했던 클랜에 소속되어 있던 에이스 두 사람! 그 두 사람이 이번에는 파티를 짜고 함께 싸우신 거잖아요~! 9번대로는 생각되지 않을 정도로 뜨거운 열기였어요~. 이번에는 정말로 축하드려요~."

"광견……?"

의아해 고개를 갸웃거린 츠토무를 미루루가 눈을 슥 가늘게 뜨고 바라봤다.

"설마 당신, 모르는 건가요~? 2년 전에 악질적이고 어리석은 범죄 클랜을 차례로 반죽음으로 만들어 소탕──."

"내 과거 이야기 따위는 지금 아무래도 좋다. 그것보다도 빨리 이야기를 진행하는 게 어떻겠나."

"아아앗~! 죄송해요~!"

가름이 불쾌한 듯이 팔짱을 끼고 노려보자 미루루는 당황한 것처럼 들고 있던 종이를 와르르 쏟았다. 가름이 콧소리를 내고 시선을 돌리자, 진정한 그녀는 풍만한 가슴에 손을 올리고 심호흡을 했다.

"소, 솔리트 신문사로서도 두 분의 복귀는 대단히 환영하고 있어요~. 사람들도 매우 기뻐하고요~."

"아니, 우리는 복귀한 게 아닌데."

"예에~?! 그러신가요~? 에이미 님과 가름 님의 복귀는 모두 손꼽아 기다리고 있어요~. 솔리트 신문사는 물론이고, 저 개인적으로도 옛날부터 팬이에요!"

"아, 그랬어~? 악수해 줄까?"

"그래도 되나요! 물론이에요!"

몸을 내민 미루루는 에이미가 뻗은 손을 덥석 붙잡았다. 영업용 같은 웃음을 띤 에이미를 제쳐놓고 츠토무는 생각했다.

'솔리트 신문사란 말이지…….'

츠토무가 현재 럭키 보이라고 불리고 있는 원인 중 하나인 신문 기사. 그걸 쓴 곳은 신문사 중 가장 고참이자 영향력이 강한 솔리트 신문사였다.

누가 썼는지까지는 모르지만, 츠토무는 솔리트 신문사를 별로 신용하지 않았다. 하지만 여기서 그것을 드러내는 것도 유치하다 싶어 츠토무는 미소를 고정한 채로 응대했다.

"감사해요~. 이건 가족에게 자랑할 수 있어요~. 저기, 괜찮으시다면 가름 님도……."

"……다음 기회에 하도록."

"그, 그러신가요~. 실례했습니다~. 저기 말이죠. 그럼 이번 해변 공략의 인터뷰와 앞으로 두 분이 탐색자로 복귀할지를 자세하게 듣고 싶은데요~. 그리고 사진도 몇 장인가 찍고 싶어요~."

"……그렇군요. 시간은 어느 정도 걸릴 예정인가요?"

미루루는 어째서 네가 대답하는 거냐는 식의 시선을 츠토무에게 보냈지만, 그래도 곧 응답해 주었다.

"대략 세 시간 정도를 예정하고 있어요~. 촬영 마도구의 반입 작업과 준비에 그 정도 걸릴 거라고 생각하니까요~."

"그런가요."

세 시간. 그 시간이면 경험치와 마석을 얼마나 벌 수 있는가를 생각하고 츠토무는 저도 모르게 마음속에서 한숨을 쉬면서도, 가볍게 거절할 수 있는 이야기도 아니다 싶었다. 솔리트 신문사는 이 미궁도시에서는 커다란 영향력을 지니고 있다. 취재를 거절해서 좋은 점은 츠토무의 기분이 조금 풀리는 정도밖에 없다.

츠토무의 양옆에 있는 두 사람은 취재를 받아도 괜찮다고 이야기했다.

"나는 딱히 괜찮아~. 츠토무가 좋다면!"

"나도 상관없다."

두 사람의 대답을 듣고 츠토무는 부처처럼 웃고 있는 미루루에게 취재를 받겠다는 뜻을 전했다.

"그러신가요~. 감사해요~. 그럼 우선 두 분의 복귀에 대해서인데──."

미루루의 인터뷰는 그 뒤로 두 시간 정도 이어졌다.

▷ ▷

인터뷰와 사진 촬영도 끝나 에이미는 만족스러워 했고, 가름은 조금 지쳐 있었다. 지금은 기사 내용의 최종 조정을 하고 있는지, 미루루는 펜을 들고 에이미와 즐겁게 이야기를 나누고 있었다.

"내 추천은 단연코 물 만난 물고기 식당이야! 여기 소개해 둬!"

"알~겠습니다~!"

아직도 활력이 넘치는 에이미를 보고 쓴웃음을 흘리며, 츠토무는 굳어 버린 몸을 풀 듯이 팔을 앞으로 뻗었다. 우득우득 시원한 소리가 퍼진다.

인터뷰는 가름과 에이미가 주축이고, 츠토무는 한두 마디 이야기한 정도다. 장식물로 전락한 츠토무는 드디어 끝이 보이기 시작한 취재에 안도하고 있었다.

취재가 끝나면 오늘은 츠토무의 레벨링 작업에 들어간다. 하지만 50레벨까지는 상당히 빠르게 레벨이 오르기 때문에, 플라이를 배우는 레벨까지 올리는 데는 시간이 오래 걸리지 않으리라.

'서둘러 해변에서 플라이를 배우는 레벨까지 올려야지.'

츠토무가 그런 생각을 하는 도중에, 에이미가 갑자기 파문을 일으켰다.

"그러고 보니까 츠토무의 인터뷰가 너무 적지 않아? 이 파티의 리더니까 좀 더 있어도 괜찮을 거 같은데 말이야~?"

어째선지 '눈치 빠른 나 대단하지~' 같은 표정을 짓고 있는 에이미를 보고 츠토무는 머리를 부여잡을 뻔했다. 그녀는 츠토무를 힐러로 인정하고 태도가 부드러워졌지만, 그건 그거대로 쓸데없는 트러블을 일으킬 때가 있다. 미루루는 에이미의 말을 듣고 츠토무를 흘끗 봤다.

탐색자만큼 노골적이지는 않지만 미루루의 시선에는 깔보는 듯한 기색이 살짝 엿보인다. 츠토무가 불편함을 느끼고 있자 미루루는 시선을 돌렸다.

"그랬었나요~. 하지만 파티 리더라고는 해도 백마도사니까 말이죠~. 물을 내용은 그다지 없을 것 같아요~."

"쯧쯧쯧. 미루루. 우리 백마도사는 다른 사람과는 조금 다르단 말이지~."

"처음에 그걸 모르고 개망신을 당했던 건 어디의 누구였지."

"시끄러워, 가름!"

덤벼들 듯한 에이미의 말에 가름은 딴청을 피웠다. 미루루는 그런 두 사람을 보고 당혹스러운 표정을 짓고 있었다.

"무슨 말씀이신가요~?"

"츠토무의 힐은 말이지. 날아간다고! 슈웅 하고!"

에이미가 자동차 장난감을 갖고 노는 어린아이 같은 손짓으로 설명하고, 미루루는 조금 그늘진 미소를 지으며 이야기를 들었다.

"몬스터와 싸울 때 상처를 입어도 츠토무는 금방 회복해 준다고! 지원 스킬도 계속 등 뒤로 펑펑 맞춰 줘서 끊어지지 않고!"

"아, 예에."

"게다가 저 쓸데없이 튼튼한 가름을 말이지. 그거, 탱커라는 방어 담당으로 삼는 걸 생각한 것도 츠토무야! 그 덕분에 내가 잔뜩 공격할 수 있어!"

"그, 그러셨나요~. 츠토무 씨도 굉장하네요~."

확연히 국어책 읽기식 칭찬에 츠토무는 왠지 참을 수 없는 기분이 덮쳐 왔다. 그런 미루루의 기색을 알아채지 못하고 에이미는 밝은 목소리로 진언했다.

"그러니까 츠토무를 좀 더 인터뷰해 줘! 알았지!"

"으~응. 하지만 기사에 빈자리가 거의 없어서요~. 다음에 또 찾아봬도 괜찮을까요~?"

"뭐어~! 그럼 가름 부분을 줄여!"

천진하게 인터뷰 내용을 지시하는 에이미에게 가름이 딴죽을 걸려다가 직전에 멈추었다. 미루루는 에이미의 제안이 진심으로 난처했는지 눈을 감았다.

"……솔직히 말씀드리면요. 이 사람의 기사보다 가름 님의 기사 쪽이 틀림없이 많이 팔려요. 가름 님은 여성분들이나 어린아이들에게 인기가 있어서, 평소 신문을 사지 않는 층도 사 줄 거예요. 그러니까 가름 님의 기사를 줄이는 것은 조금……."

"뭐어~? 저딴 녀석의 어디가 좋은 걸까."

"제가 보기에도 인기 있는 이유는 알 수 있어요. 저 늘씬한 장신에 꿰뚫을 듯한 날카로운 눈매! 하지만 그 생김새와는 반대로 신사적! 고아원에도 적극적으로 다니며 기부 활동 등을 하고 계시고, 치안 유지에도 일익을 담당하셔서 경비단에서도 인정하고 있어요!"

"…………."

미루루의 역설을 듣고 츠토무가 가름에게 따뜻한 시선을 보내자, 그는 커다란 꼬리를 들어 자신의 얼굴을 가렸다. 에이미는 미루루의 말을 시시하다는 듯이 흘려듣고 팔짱을 꼈다.

"으~응, ……뭐, 그쪽도 매출을 올려야 하니까 말이지. 어쩔 수 없으려나~. 그럼 내 기사를 줄여도 괜찮은데?"

"뭐라고요?! 에이미 님의 기사를 줄이다니 말도 안 돼요!"

에이미의 제안에 미루루는 양손을 흔들며 소파 옆에 두었던 꼬리를 세웠다. 츠토무는 왠지 더는 보고 있을 수가 없어 옆에서 끼어들었다.

"저기, 기사 내용은 그대로도 상관없어요. 이 뒤에 던전에 들어가야만 하니까, 슬슬 가 주셨으면 하는데요."

"아, 예. 시간도 슬슬 끝났으니까 말이죠~. 감사했습니다~."

츠토무의 제안을 흔쾌히 받아들인 미루루는 서둘러 종이와 펜을 가방에 넣기 시작했다. 에이미는 그런 미루루를 보고 입을 삐죽이며 츠토무 쪽으로 다가왔다.

"응~. 왜 그래, 츠토무?! 솔리트 신문사에 츠토무의 공적이 실리면 말이야…… 그 별명도 사라질지 모르잖아?"

츠토무는 에이미의 솔직한 말을 기쁘다고 생각하면서도, 지금이 별명이 없어지면 던전 공략이 막히니까 어떻게 에이미를 설득할지를 고민했다. 그러자 가름이 멸시하듯 에이미를 봤다.

"흥. 확실히 그 별명이 사라지면 너는 츠토무를 따를 이유가 없어지겠지. 필사적이 될 수밖에 없겠군."

가름의 말에 에이미는 '이 자식이 무슨 소릴 하는 거야?' 하고 수상쩍은 것을 보는 듯한 표정을 지었다. 하지만 시간이 지나고 가름의 말이 이해되기 시작했는지, 에이미는 얼굴이 싸악 파랗게 질리고 츠토무의 어깨를 덥석 붙잡았다.

"……자, 잠깐만! 나 그딴 건 잊고 있었어! 지금 거 취소! 취소야!"

"알고 있어요. 게다가 사라진다고 해도 일전에 한 약속으로 파티에 남게 할 테니까 괜찮아요."

"아, 그렇지! 그랬었지! 다행이야~."

츠토무의 변함없는 웃는 얼굴에 에이미는 안심한 듯이 가슴을 쓸어내렸다. 뒤에서 그 이야기를 듣고 있던 미루루는 순간 수상하게 눈을 반짝이면서 세 사람에게 말을 걸었다.

"그럼 이만 실례하겠어요~. 오늘은 취재에 협력해 주셔서 감사했습니다~. 취재료는 길드로 넣어드릴게요~."

"아, 응! 미루루, 수고했어!"

"예~. 에이미 님을 위해서 저, 열심히 할게요~."

무언가 사명감에라도 눈을 뜬 표정으로 그렇게 말을 남기고 나간 미루루를 배웅한 츠토무는, 푹신한 소파에 풀썩 등을 기댔다. 왠지 오늘은 이대로 쉬어도 괜찮겠다 싶었지만, 레벨링 정도는 해둘까 하고 소파에서 몸을 벌떡 일으켰다.

"그럼 지금부터 해변으로 가 볼까요. 신세를 지겠어요."

"응! 목표는 쉘 크랩 토벌!"

"계층주까지는 안 갈 거예요."

츠토무는 주먹을 치켜드는 에이미를 말린 뒤에 응접실을 나왔
다.

탐색자의 마음

솔리트 신문사의 취재가 있은 뒤, 세 사람은 해변에서 레벨을 올리기 위해 마법진으로 향했다. 그러자 에이미가 마법진 앞에서 갑자기 손을 내밀어 츠토무는 혼란스러웠다.

"저기, 이건 뭔가요?"

"츠토무, 처음에 가름과 손을 잡고 던전으로 들어갔지?"

"……뭐, 그랬었죠. 통과하는 것에 익숙해지고 나서는 안 하지만요."

"왠지 따돌림 받는 거 같으니까, 나랑도 잡아 줘. 앞으로도 한동안 던전에 들어갈 테니까 말이야."

"으~응? 뭐, 상관없어요."

츠토무가 잘 이해하지 못한 채로 에이미가 내민 손을 잡자, 그녀는 왠지 모르게 기쁜 듯이 꼬리를 흔들며 웃는 얼굴을 보였다. 그리고 츠토무는 에이미에게 손을 이끌려 마법진으로 들어갔다.

"음, 또 재발했나?"

먼저 마법진에 들어와 있던 가름은 손을 잡고 있는 두 사람을 보고, 츠토무의 옆으로 와 그의 손을 잡았다. 그것이 에이미는 불만이었는지 따지고 들었다.

"뭐야! 넌 필요 없어! 훠이훠이!"

"뭐지, 이 녀석은."

츠토무를 사이에 두고 불평하는 에이미에게 가름은 차가운 시선을 보냈다. 츠토무는 두 사람의 말싸움이 격해지기 전에 서둘러 49층으로 넘어갔다.

한순간의 부유감과 함께 경치가 변하고, 세 사람은 손을 잡은 채로 하얀 모래사장에 착지했다. 그리고 금방 준비를 마친 뒤에 색적을 하고 온 에이미를 따라, 몬스터가 있는 쪽으로 가 츠토무의 레벨링 작업이 시작되었다.

가름과 에이미는 60레벨이 될 때까지 여기서 레벨링을 한 적도 있어, 몬스터는 순조롭게 처리되어 간다. 몬스터의 경험치는 파티 내에서 분배되는지라 츠토무의 경험치는 순식간에 차, 레벨이 올라간다.

그리고 오늘의 목표 레벨까지 도달해 츠토무는 처음 온 검은 문으로 가 돌아가려 했다. 하지만 에이미가 다시 한번 쉘 크랩을 쓰러트리고 싶다고 떼를 쓰기 시작했다.

"자, 돌아갈 거예요."

"싫어~! 한 번 더 해치울 거야아~!"

"고집 피우지 말고 돌아가요. 가름 씨도 난처해 하시잖아요."

에이미가 장난감 코너 앞에서 떠나지를 않는 어린아이처럼 검은 문에서 떨어지지 않자 츠토무는 허리에 손을 올리고 가름 쪽을 봤다. 하지만 그 장본인인 가름도 츠토무가 바라보자 쑥스러운 듯이 시선을 슬쩍 피했다.

"……설마 가름 씨도 그러고 싶으신가요?"

"아니, 그게, 뭐냐."

"……하아~. 알겠어요. 한 번뿐이에요."

"앗싸아~!"

그리고 결국 흐름대로 50층까지 가고 말아, 츠토무는 다시 쉘 크랩과 싸우게 되었다. 계층주가 있는 층은 계층주를 해치우지 않으면 돌아갈 수 없기 때문에, 만약 파티가 무너질 경우에는 전멸할 가능성이 높다.

죽고 싶지 않은 츠토무에게 계층주가 있는 층은 일정 수준의 리스크가 있다. 하지만 두 사람이 가고 싶어 하는 기색이었기 때문에 츠토무는 어쩔 수 없이 50층으로 이어진 검은 문으로 들어갔다.

하지만 쉘 크랩과 싸우고 있는 사이에 에이미의 움직임을 보고, 츠토무의 그 생각은 어디론가 사라지고 말았다.

에이미는 츠토무가 부여한 헤이스트의 효과 시간이 줄어들면, 마치 그것을 파악하고 있는 것처럼 움직임을 늦추고 츠토무에게 시선을 보내는 것이다. 처음에는 우연인가 싶었지만, 두세 번 반복되는 사이에 그것이 우연이 아니라는 것을 깨달았다.

에이미가 헤이스트를 맞추기 쉬운 위치로 이동해 주기 때문에, 그만큼 여유가 생겨 쉘 크랩을 더 많이 공격할 수 있게 되었다. 처음보다도 여유를 갖고 쉘 크랩을 해치운 뒤에, 츠토무는 에이미에게 다가가 말을 걸었다.

"에, 에이미 씨? 그건 뭐였나요?"

"어?! 아니, 헤이스트가 끝나갈 때 속도를 늦춰 주는 편이, 츠토무가 헤이스트를 맞추기 좋으려나~ 싶어서 해 봤는데…… 안 되는 거였어?"

"아니요, 이쪽으로서도 굉장히 고마워요! 하지만 어떻게 헤이스트의 효과 시간을 파악하신 거죠?"

"어? 왠지 끝날 것 같은데~ 싶으면 움직임을 늦춘 건데……."

"예에?! 즉, 감이었다는 건가요?!"

"으, 응. 맞아."

에이미의 발언에 츠토무는 "갓뎀!"이라며 머리를 부여잡았다. 전투를 하면서도 감으로 헤이스트의 남은 시간을 파악할 수 있다니, 츠토무로서는 생각할 수도 없었다. 츠토무도 처음부터 유지 시간 파악을 할 수 있던 것이 아니다. 4, 5년에 걸쳐 간신히 습득했던 특기다. 그 특기를 이렇게나 단시간에, 그것도 감으로 흉내를 낼 수 있을 줄은 생각도 못 했던 츠토무는 자신감을 잃고 어깨를 떨궜다.

"어, 츠토무? 괜찮아?"

"……아니요, 에이미 씨는 굉장하네요! 어째서 백마도사로 태어나지 않았던 건가요?! 아니 그냥 지금부터 전직하지 않을래요? 비용은 제가 댈 테니까요!"

"아니, 싫어!! 애초에 전직 같은 건 할 수도 없다고."

"아, 그랬었죠."

「라이브 던전!」에서는 전직 시스템이 있어 비교적 간단히 JOB을 바꿀 수가 있었지만, 이 세계에서는 JOB을 전직할 수가 없다.

스테이터스 카드를 작성할 때 표시된 JOB이 평생의 JOB이 된다.

"하지만 굉장해요, 에이미 씨! 지원 스킬의 효과 시간을 파악해 주는 건 엄청나게 도움이 돼요! 정말 감사해요!"

"······응. 고마워."

이전에 소속했던 클랜. 그곳에 들어간 직후 기대되는 신인이라고 클랜 리더에게 칭찬받았었다. 츠토무의 말을 듣고 그때를 떠올린 에이미는 조금 눈물을 글썽이며 대답했다.

자신은 애초에 탐색자라는 일에 적합하지 않을지도 모른다고 에이미는 생각하고 있었다. 하지만 알고 말았다. 던전에서 탐색하는 즐거움을. 동료와 함께 던전을 탐색하고, 다른 클랜과 경쟁하는 것. 그리고 동료에게 칭찬받기 위해 노력하고, 그 노력이 보답받는 것의 기쁨을 에이미는 알고 말았다.

'아아, 좋네~.'

몇 년 만에 느껴 본 이 감각에 에이미는 한 손으로 눈을 가리고 뒤를 돌았다. 그런 에이미를 보고 츠토무는 무슨 일인가 싶어 그녀를 살펴보았다.

"왜 그러시죠?"

"누, 눈에 모래가 들어갔어."

"아, 그랬나요?"

손을 흔들어 츠토무를 떼어내려는 에이미를 보고, 츠토무는 그리 신경 쓰지 않고 쉘 크랩에서 나온 무색의 마석을 회수했다. 그리고 에이미의 눈물을 우연히 보고 만 가름은, 뭐라 말할 수 없는 표정을 짓고 있었다.

그 뒤에도 해변에서 레벨 올리기 작업이 이어지고, 레벨이 28이 되어 플라이를 배운 츠토무는 바로 연습을 시작했다.

이러니저러니 해도 하늘을 나는 걸 동경하고 있었기 때문에, 츠토무는 두근거리며 즉시 바다 위에서 플라이를 사용했다. 둥실 허공에 뜨는 몸. 그리고 츠토무는 훌륭하게 공중에서 자세를 무너트리고 얼굴부터 바다에 처박았다.

츠토무는 흠뻑 젖어 바다에서 얼굴을 내밀고, 들러붙은 검은 머리카락을 좌우로 갈랐다. 배를 부여안고 폭소하는 에이미에게 화가 난 츠토무는 그녀를 바다에 서게 한 뒤에 플라이를 걸었다.

"이얏호~!"

에이미는 즐거운 듯이 소리치며, 새라도 된 것처럼 공중을 날아다닌다. 첨벙첨벙 바다에서 젖은 로브를 끌며 나온 츠토무는, 다음에 가름에게 플라이를 부여했다.

"흠, 조금 어렵군."

처음에는 밸런스를 유지하는 것에 의식을 분배해 공중에서 정지해 있던 가름도, 점차 익숙해졌는지 하늘을 달리듯이 해서 날기 시작한다. 츠토무는 자신에게 플라이를 걸었다. 허공에 뜨는 몸. 시야가 뒤집힌다. 곧바로 바다에 머리를 처박는다.

그리고 한동안 바다 위에서 연습을 계속했지만, 아직도 츠토무는 플라이의 요령을 파악하지 못하고 있었다. 그냥 두 사람에게만 걸어 주면 되지 않을까 생각한 츠토무는 아련한 눈빛으로 흠뻑 젖은 하얀 로브를 짰다.

"이렇게, 싹하고 팍하면 할 수 있어!! 그리고 슈~웅 하면 앞으로 날 수 있어!"

"할 수 없어요! 그게 뭐예요? 싹, 팍, 슈~웅이라니!"

"싹, 팍, 슈~웅이라니깐~!"

에이미의 감각적인 어드바이스에 그렇게 답하면서도, 츠토무는 양손을 옆으로 펼치고 줄타기를 하는 것처럼 밸런스를 잡았다. 가름에게 몇 가지인가 어드바이스를 받아, 움직이지 않으면 그럭저럭 그 자리에 머무를 수 있게 되었다. 그리고 그 자세 그대로 천천히 파란 포션을 꺼내려다, 발이 미끄러진 것처럼 바다에 빠졌다. 공중에 뜬 채로 손가락질하며 웃는 에이미와 난처한 표정을 짓는 가름.

츠토무는 똑바로 드러누워 자세로 둥실둥실 바닷물에 떠서 떠 하늘을 올려다봤다.

"하늘은 어쩜 저렇게나 푸를까."

"츠토무가 망가졌어!"

에이미가 소란을 피우며 츠토무를 바다에서 끌어올렸다. 츠토무는 침울한 표정으로 고개를 들었다.

"어째서 두 분은 금방 할 수 있고 저는 안 되는 걸까요……. 아니, 두 분이 굉장한 것뿐이라고 생각하지만요."

"아마도 DEX에서 차이가 있으니까 그런 게 아닐까. 에이미는 B이고 나는 C+. 츠토무는 D+이니까 할 수 없는 것도 필연이겠지. 아쉬워할 필요 없다."

"아아. 그렇구나……. 뭐, 저는 두 분처럼 날면서 싸우는 게 아니라, 떨어져서 죽는 것만 막으면 되니까요. 게다가 떨어졌을 때 사용하는 긴급용 마도구도 있으니까, 일단은 협곡 공략으로 옮겨 갈 수 있을 거 같아요. 슬슬 죽어 보는 것도 나쁘지 않을지도 몰라 요."

"음, 그렇군. 확실히 츠토무는 첫 죽음밖에 경험이 없었군. 슬슬 죽음에 익숙해져야 할 시기가 다가오겠지."

"아니, 뭐, 아픈 건 사양하고 싶지만 말이죠……."

탐색자는 고통과 죽음을 두려워해서는 안 된다. 바깥의 던전이라면 지나치게 신중한 정도가 최선이지만, 이곳 신이 관리하는 던전에서는 최선이 아니다. 때로는 자신의 목숨을 소비해서라도 해내야만 하는 역할이 존재한다.

시험 삼아 절벽에서 뛰어내려 보는 것도 나쁘지 않다고 제안하는 가름의 말에 츠토무는 얼굴이 파랗게 질렸다. 가름과 에이미는 그럴 마음만 먹으면 목숨을 간단히 버릴 수가 있고, 아픔도 어느 정도 참을 수가 있다. 츠토무가 쇼크사라도 하지 않을까 걱정이 될 정도의 큰 상처도 두 사람은 끄떡없다.

츠토무는 뭔가 그런 종류의 공포나 고통을 얼버무려 줄 만한 약이 존재하지 않나 모색해 보자고 생각하며, 슬슬 시간이 되었으니 플라이 연습을 마치고 검은 문으로 이동했다.

그리고 길드로 돌아온 세 사람은 카운터에서 스테이터스 카드의 갱신을 마쳤다. 그때 카운터에서 솔리트 신문사에서 입금한 금액을 확인해 보니, 츠토무의 계좌에는 30만G가 들어와 있었다.

세 시간 가만히 있는 것만으로 30만G는 솔직히 많은 편이라고 츠토무는 생각했다. 저번에 쉘 크랩에서 드롭한 물의 대마석이

70만G. 그저 이야기를 듣고 대답하는 것만으로 쉘 크랩 토벌의 절반 가까이를 받을 수 있다.

확실히 이것이라면 인터뷰료 목적으로 기록을 경신하는 클랜의 마음도 츠토무는 이해가 되었다. 한두 마디밖에 말하지 않은 츠토무마저도 이만큼을 받을 수 있으니까. 인터뷰에 답하는 것만으로 이것보다 많은 금액을 몇 번이나 받을 수 있다면 확실히 짭짤한 이야기다.

'돈은 별로 부족하지 않지만, 죽으면 장비를 잃을 가능성이 있으니까. 있어서 나쁠 건 없지.'

전멸하지 않는 이상 전부 잃을 일은 없지만, 그래도 저금은 있는 편이 좋다. 1번대에 나와 후원이나 취재를 받으면 단숨에 자금 조달이 편해진다. 그렇게 하면 클랜 하우스도 설립할 수 있을 것이다.

'뭐, 느긋하게 해 나가도록 하자.'

익숙해지지 않는 플라이에 휘둘려 지친 몸을 이끌고, 츠토무는 가름과 에이미를 돌아봤다. 두 사람은 뭔가 길드 직원에게 호출된 모양이었다.

"미안해, 츠토무! 잠깐 길드장이 찾나 봐! 금방 돌아올 테니까 기다려 줘!"

"아, 그런가요. 그럼 오늘은 여기에서 해산할까요."

"어. 으~응. 하지만 미팅? 할 거잖아?"

"아아, 확실히 그렇기는 한데……. 뭐 좋아요. 그럼 여기서 기다리고 있을게요."

에이미는 미팅을 싫어한다고 생각해 오늘은 그만두려고 생각하고 있었지만, 의외로 적극적이었다. 그래서 츠토무는 조금 놀라면서 그렇게 말했다.

"응! 부탁할게!"

"미안하지만, 다녀오겠다."

길드장에게 불려간 두 사람을 배웅한 츠토무가 길드의 비어 있는 신대 영상이라도 보자고 걷기 시작했을 때, 삼인조 남자들이 그의 앞을 가로막았다.

"여어~ 럭키 보이."

벌레 탐색자가 대놓고 시비를 걸어오는 것은 상당히 오랜만이었다. 츠토무는 그 사실에 놀라면서도 길을 비켜 줄 마음이 없는 세 사람에게 응수했다.

"뭔가요. 길드 안에서 시비를 걸면 직원에게 잡혀갈 텐데요?"

"허, 여전히 고상한 척 떠들어대기는. 고아 주제에 건방져."

"가름만 없으면 너 따위는 무섭지 않다고. 멍청아."

"무섭지 않다면 내버려 두면 된다고 생각하는데요."

"아앙?!"

츠토무는 양아치 같은 탐색자에게 멱살을 붙잡혀 발끝으로 섰다. 그런 츠토무의 표정은 여전히 태연했다. 이런 종류의 일은 럭키 보이 소동이 일어난 3주 동안에 상당히 익숙해져 있었다. 게다가 길드 안에서 폭력 사태라도 일으키면 엄중하게 처벌받는다. 따라서 여기서 일을 크게 벌일 리는 없다고 감안한 여유였다.

그런 츠토무의 심정과 길드 직원의 시선을 파악한 것인지, 벌레 탐색자는 혀를 차고 손을 놓았다. 츠토무는 주름이 잡힌 하얀 로브를 말없이 고쳤다.

"쳇. 그딴 식으로 여유 부릴 수 있는 것도 지금뿐이야."

"하아. 그만 가도 될까요. 피곤한데요."

"내일이 기대되는구만! 진짜로!"

"멍청이!"

평소보다도 소란스럽게 시비를 걸어왔던 벌레 탐색자들은 엇갈려 지나가면서 어깨를 부딪치려 했다. 츠토무가 피하니 혀를 차고 길드를 나갔다. 츠토무는 그자들이 보이지 않게 되자 안심하고 숨을 내쉬었다.

하지만 그들이 갑자기 시비를 걸어왔다는 사실은 수상했다. 가름이 츠토무의 호위를 맡고 나서는 벌레 탐색자도 불평에만 머물렀다. 가름이라는 광견을 기르고 있는 럭키 보이에게 손을 대면, 벌레 탐색자로는 전혀 상대가 되지 않고 반죽음을 당할 것이 뻔히 보이기 때문이다.

하지만 지금은 가름이 없다고는 해도, 알려지면 안 좋아질 것이 명백하다. 그럼 어째서 벌레 탐색자들은 가름이라는 억지력이 있음에도 시비를 걸어온 것인가.

'……아무 일도 아니면 좋겠지만.'

츠토무는 벌레 탐색자의 변덕이기를 기원하고, 던전 탐색을 하는 탐색자가 방영되는 신대를 바라보며 두 사람이 돌아오기를 기다렸다.

▷▷

두 사람이 돌아온 후, 츠토무는 미팅을 하기 좋은 대중 주점으로
향했다. 자리에 앉아 적당히 주문을 하고서는 진정하듯이 숨을 내
쉬었다. 어느 정도 요리가 나오자, 츠토무는 냉수를 마신 뒤에 말
했다.

"일단 다음 목표는 60층 화룡 토벌이네요."

"푸웁!!"

"우왁! 뭐 하시는 거예요!"

에이미는 저도 모르게 마시고 있던 냉수를 뿜고, 그게 츠토무에
게 쏟아졌다. 츠토무는 바로 매직백에서 수건을 꺼내 자신의 얼굴
과 젖은 테이블을 닦았다. 그리고 당사자인 에이미는 기침을 하고
있었다.

"……츠토무. 진심인가?"

"아니, 그 정도라도 하지 않으면 럭키 보이라는 별명은 사라지
지 않잖아요? 아마 그것이 가장 빠른 길일 거예요."

"그건 그럴지도 모르지만……."

가름은 진의를 탐색하듯이 츠토무의 얼굴을 들여다보았지만,
츠토무는 진심으로 아무렇지도 않다는 표정을 짓고 있었다. 츠토
무에게 화룡은 통과점에 지나지 않기 때문에, 딱히 부담도 없이
화룡 토벌이라는 말을 입에 담았다. 하지만 가름과 에이미의 상식
으로는, 츠토무의 발언이 도저히 제정신으로는 생각되지 않았다.

화룡은 대형 클랜이 반 년 가까이 도전하면서 패배를 거듭한, 과

거 최강이라고 평가되는 계층주다. 계층주 돌파의 기간만을 보면 쉘 크랩과 그다지 차이가 없지만, 화룡은 쉘 크랩과는 전혀 다른 난이도였다.

어떤 클랜이 도전해도 첫 일격에 전멸하고, 그것을 극복해도 다음에 전멸. 그런 상황이 한 달간 이어졌다. 그리고 2개월 정도 만에 화룡의 모든 것을 불태우는 화염 브레스에 대한 대책 장비가 완성되고, 그 한 달 반 뒤에는 화룡의 비행 능력을 빼앗을 수단도 확립했다. 하지만 그 뒤로 2개월 정도 경과해도 화룡을 해치울 가망이 보이질 않아, 모든 대형 클랜이 정체되어 있었다.

화룡의 너무나도 강한 힘에 대형 클랜의 클랜 리더가 모여, 각 클랜의 정예를 모아 공동 파티를 만드는 등의 공동 작전이 수립된 직후, 광명이 나타났다.

금 상자에서 나타났다고 하는, 츠토무가 가져온 치트 같은 성능을 지닌 검은 지팡이. 흑마단이라는 대형 클랜이 대형 클랜의 존속마저 위태로워질 금액을 내고, 옥션에서 그 검은 지팡이를 손에 넣었다. 그리고 그 검은 지팡이의 성능에 의지해 마침내 흑마단이 화룡을 해치울 수가 있었다. 만약 그 검은 지팡이가 없었으면 화룡 토벌에 반년은 더 소비해야 했을 것이다.

따라서 화룡을 토벌한 흑마단은 절대적인 인기를 얻었고, 다른 클랜은 뒤떨어진다고 관중들이 인식하게 되었다. 가름과 에이미도 1번대에서 화룡의 모습을 몇 번이나 본 적이 있지만, 확실히 이길 수 있다는 미래 예상도가 전혀 떠오르지 않았다. 그리고 그 화룡을 쓰러트리겠다는 츠토무의 목표는 허황된 이야기로 들렸다.

"아무리 그래도 무리지 그건! 쉘 크랩이랑은 상황이 다르다고! ……게다가 나와 가름은 쉘 크랩마저도 돌파하지 못했었고."

"레벨은 두 분 다 60이셨죠? 그거라면 가능성은 있어요."

"아니, 무슨 소리를 하는 거야! 레벨 70이 아니면 무리지!"

"가름 씨가 탱커를 하고, 에이미 씨가 딜러, 제가 힐러를 하면 해치울 수 있을 거예요. 시간은 오래 걸릴 것 같지만요."

적어도 「라이브 던전!」에서라면 해치울 수 있다는 계산이 나온다. 화룡은 60레벨이 적정 레벨이고, 탱커인 가름은 상당히 안정감이 잡히기 시작했다. 거기에 츠토무 자신의 지원이 더해지면 일찌감치 무너트릴 수 있다는 자신이 있었고, 에이미의 딜러 화력도 충분했다.

게다가 츠토무는 1번대에서 화룡의 모습을 봤지만, 특이한 행동은 확인하지 못했다. 대형 클랜이 상당한 빈도로 화룡에 도전해서는 전투를 보여 주기 때문에, 정보는 충분히 갖추어졌다. 걱정스러웠던 화룡의 비행 능력에 대해서는 「라이브 던전!」보다도 대책이 쉬웠기 때문에, 츠토무에게는 화룡을 이길 승산이 서 있었다.

"뭐, 그렇다고 해도 지금은 제가 플라이를 제대로 습득하지 못했으니까, 나중 이야기예요. 그렇게까지 심각하게 생각하지 않으셔도 괜찮아요."

"아, 그런가…… 가 아니잖아?! 터무니없는 소리를 하고 있다는 자각이 있는 거야?!"

"어디까지나 목표예요, 목표. 목표는 높이 잡는 편이 좋잖아요?"

"……그렇기는 하지."

가름은 츠토무의 말을 딱히 심각하게 받아들이지 않는 것인지 조용히 동의했다. 에이미는 두 사람의 얼굴을 보고는 무겁게 한숨을 쉬었다.

"……셋이서는 절대로 쉽지 않을 거야. 화룡에게 도전한다 치더라도, 적어도 다섯 명은 필요해."

"그렇다고 해도 인재가 없으니까요. 길드에서 추가로 빌리거나 할 수 있나요?"

"절대로 무리일 거야."

"그렇겠죠."

럭키 보이라는 별명으로 불리는 동안에는 클랜을 설립해도 그다지 좋은 인재는 오지 않으리라. 가름과 에이미가 파티를 해 주고 있으니까 지금 사이에 이름을 떨쳐 두는 것이 가장 좋다고 츠토무는 생각하고 있다. 믿고 의지하는 길드에서도 이 이상 사람을 빌릴 수 있을 것 같지 않아 츠토무는 한숨을 쉬었다.

"뭐, 최우선 목표는 제가 플라이를 제어할 수 있게 되는 것. 그 뒤에 협곡을 셋이서 공략해 가도록 해요. 분명 56층을 넘으면 중견은 넘어서는 거였죠?"

"정확히는 56층을 한 명도 빠짐없이 돌파할 수 있는가야. 듣기로는 56층부터는 몬스터와의 연전이 많아져서 굉장히 힘들다나 봐. 친구가 투덜거렸어. 땡땡이 칠 수 없다고."

"그렇군요. 그럼 우선은 중견의 벽을 넘어 보도록 할까요."

아무렇지도 않게 자신만만하게 말하는 츠토무를 보고 에이미는 과거의 자신을 떠올렸다. 그러고 보니까 자신도 츠토무처럼 클랜에서 터무니없는 목표를 내걸어서 길드의 모두에게 한소리 들었던가. 그리움을 느꼈던 에이미는, 그 마음을 떨쳐내듯이 양손을 들었다.

"……뭐, 우리라면 어떻게든 되겠지! 쉘 크랩도 해치웠으니까 화룡이라도 이길 수 있을지도!"

"왜 그래요, 에이미 씨. 갑자기 활기가 생기셨네요."

"왠지 더 이상 진지해지는 것도 바보 같아졌어. 애초에 어째서 내가, 뭔가 진지한 느낌이 돼 버린 걸까! 아, 나답지 않아. 츠토무 탓이라고!"

"흥. 이제야 츠토무의 대단함을 알아챘나."

"……너, 뭐랄까 츠토무에게 아주 홀딱 넘어갔네. 솔직히 징그러워."

"뭣이."

"넌 광견이라기보다 츠토무의 파수견이네. 뭐, 그게 어울리지만 말이야."

흐흥~. 코를 높이 치켜들고 말하는 에이미를 보고 가름은 머리 위의 개 귀를 분한 듯이 움찔움찔 움직이고, 코웃음을 친 뒤에 에이미에게서 시선을 돌렸다.

"……조금 전에 울었던 건 어디의 누구였지."

"뭐어?! 안 울었거든!"

"아양 떠는 자식이라고 떠들지만 너야말로——."

"아~~~~!! 시끄러 시끄러! 날려 버린다!"

"허, 할 수 있으면 해 봐라."

"잠깐 두 분 다, 일어나지 마세요! 진정해요!"

츠토무는 기세 좋게 자리에서 일어나 노려보는 두 사람 사이에 들어가 필사적으로 말렸다. 그렇게 해서 진정한 두 사람을 화해시키며 미팅을 진행해, 오후 9시 정도까지 이야기를 나눴다.

"그럼, 내일도 다시 늘 보던 장소에서 부탁드려요. 시간도 같아요."

"음, 알았다."

"알았어~! 그럼 내일 봐!"

그리고 츠토무는 두 사람과 헤어져 여관으로 돌아와, 자기가 만든 자료 등을 정리하고 목욕을 한 뒤에 잠옷으로 갈아입고는 잠자리에 들었다.

날조 기사

여관의 슬라임 침대에서 츠토무가 기분 좋게 자고 있는 중에, 누군가 방문을 난폭하게 두드렸다. 무슨 일인가 싶어 벌떡 일어난 츠토무는 신중한 발걸음으로 문으로 다가갔다.

"츠토무! 일어났나!"

"……가름 씨셨나요."

가름의 목소리를 듣고, 호신용 경봉을 쥐고 있던 츠토무의 손에서 힘이 빠졌다. 문을 열고 가름을 안으로 들이자, 그는 바로 문을 닫고 손을 뒤로 돌려 문을 잠갔다.

"무슨 일이신가요, 이렇게 아침 일찍. 협곡 공략에 의욕이 있는 건 기쁘지만요."

"……이 기사를 봐라."

가름은 위험한 기색으로 구깃구깃해진 신문을 츠토무에게 보여 줬다. 그 일면에는 츠토무의 파티 세 사람이 찍힌 사진이 크게 실려 있었다. 눈곱이 낀 눈을 비비고 츠토무는 기사의 내용을 읽었다.

「난무의 에이미. 럭키 보이에게 약점을 잡혀 강제로 파티 가입?!

럭키 보이는 길드와의 밀약으로 파티에 광견 가름과 난무의 에이미를 가입시켰다. 그것은 길드장이 발행한 계약서를 봐도 사실이었다.

하지만 나는 세 사람의 취재를 나갔을 때, 에이미가 럭키 보이의 비위를 맞추는 듯한 모습을 볼 수 있었다. 그것을 보고 수상쩍게 생각한 나는 독자적으로 탐색자들에게 취재를 시작했다. 그러자 경악스러운 사실이 드러났다.

복수의 탐색자에게 얻은 정보에 의하면, 에이미는 길드 안에서 럭키 보이에게 매달려 용서를 구하고, 럭키 보이는 그것을 무시했다고 한다. 길드장의 계약서상으로 파티 내의 멤버는 대등해야만 한다고 분명히 기재되어 있다.

더욱이 솔리트 신문사에서 복수의 중견 클랜에도 문의해 보았더니, 에이미가 럭키 보이에게 버리지 말아 달라고 외쳤고, 럭키 보이는 그것을 내려다보며 천박한 웃음을 짓고 있었다는 이야기를 들을 수가 있었다. 그 뒤에도 백 명 정도의 탐색자에게 취재를 의뢰하고, 길드 직원에게도 취재를 했다. 그리고 그 사건이 사실이라는 내용을 확인할 수 있었다. 럭키 보이로 알려진 쿄타니츠토무는 에이미의 어떤 약점을 쥐고 있어, 그것을 방패 삼아 그녀에게 강제적으로 명령을 내리고 있는 것이다.

아직 조사가 부족해 그 난무의 에이미가 눈물을 삼키고 따를 수밖에 없는 약점까지는 확인할 수 없었지만, 이것은 중대한 사태다. 솔리트 신문사는 앞으로도 조사를 계속해, 럭키 보이가 어떤 약점으로 에이미를 협박하고 있는가를 밝혀낼 것이다. 그러기 위해서 어떤 사소한 정보라도 솔리트 신문사에 제공하여 주기를 희망한다.」

어제 탐색자들의 유쾌한 표정은 이것이 원인인가. 츠토무는 어제의 일을 떠올리고 메마른 웃음이 나올 것 같았다. 그 뒤로도 끝없이 이어지는 기사를 보고, 정보 제공자는 대부분 시비를 걸어오는 탐색자들일 것이라고 추측했다.

"실수했네~. 그걸 이렇게 받아들일 줄은 생각 못 했어. 화를 내더라도 던전 안에서 해 두면 좋을 뻔했네요."

"츠토무!"

실실거리며 신문 기사를 보는 츠토무에게 가름이 소리쳤다. 물을 끼얹은 것처럼 어깨를 움찔 떤 츠토무는 머뭇거리며 가름을 봤다.

"뭐가 웃기다는 거냐. 이렇게까지 굴욕을 당하고, 어째서 그렇게 웃고 있어!"

"으~음. 뭐, 이건 웃을 수밖에 없는 부분이 있긴 해서요."

"…………."

"적어도 이 소동이 잦아들기 전에 에이미 씨를 파티에 참가시키면 쓸데없는 오해를 불러올 것 같고, 이런 악평이 퍼지면 파티 멤버도 보충할 수 없어요. 아, 이 기사는 이미 돌아다니고 있는 거죠?"

"……그렇다."

"그럼 이미 어찌할 수가 없네요. 기사를 회수하는 건 어려울 테니, 솔리트 신문사에 다음 호에 정정 기사를 싣도록 교섭하는 수밖에 없겠어요."

대강 읽은 신문을 깔끔하게 접은 츠토무는 담담하게 평상복으로 갈아입었다. 지금 생각해 보면 미루루라는 자도 취재가 끝난 뒤에 뭔가 태도가 이상했었다. 귀찮아하지 않고 못을 박아 둘 걸 그랬다고 츠토무는 내심 혼잣말을 했다.

"그래서, 가름 씨는 제 호위를 하려고 와 주신 건가요?"

"물론 그것도 있지만 길드장에게 츠토무를 데리고 오도록 명령받았다. ……그리고 아마 경비단의 사람도 오겠지."

"알겠어요. 세수를 하고 올 테니까 잠시 기다려 주세요."

"……너는 어째서 태연한 거지."

세면장으로 가 이를 닦기 시작한 츠토무의 등에 대고 가름이 나직이 물었다. 물로 입을 헹궈낸 츠토무는 그렇지 않다고 손을 흔들었다.

"태연하다기보다는…… 뭐라고 할까요. 머리가 따라가지를 못한다고 해야 하려나요."

"나는 지금 당장에라도 솔리트 신문사에 쳐들어가서 신문 회수와 정정을 교섭하겠다."

"예에?! 아무리 그래도 그건 좀 안 좋지 않을까요."

"……흥. 너라면 그렇게 말할 줄 알았다. 자신을 럭키 보이라고 부르는 벌레 탐색자에게마저 배려를 하는 남자니. 만약 네가 거친 일에 혐오감을 보이지 않는 사람이었다면 나는 진작에 쳐들어갔을 것이다."

가름은 츠토무가 접은 신문을 잡고 구깃구깃 양손으로 둥글게 말아 쓰레기통에 집어 던졌다. 츠토무는 얼굴을 수건으로 닦으며 조금 어색한 웃음을 지었다.

"아니, 아니에요. 그렇게까지 일을 크게 벌이지 않아도 괜찮아요."

"……츠토무. 들어 다오. 확실히 나는 처음에 길드장에게 의뢰받아 너의 파티에 들어갔다. 그때는 너를 키워 주겠다고 어리석은 생각을 했다. 하지만 늪을 넘은 시점부터 나는 너를…… 대등한 동료라고 생각하고 있다."

"……그건 저도 그렇게 생각하고 있어요."

츠토무는 가름의 진지한 분위기와 목소리에 웃는 얼굴을 거두어들이고, 그에게 몸을 돌리며 그렇게 대답했다.

"그럼 비하하지 마라. 너는 훨씬 더 높게 평가받아야만 한다. 50층을 넘은 것은 틀림없이 네 덕분이다. 기사로는 큰돈을 지불해 대형 클랜이라도 고용하지 않으면 절대로 넘을 수 없다고들 말하던 50층. 너는 나에게 그 너머를 보여 주었다. 그것도 셋이서. 나도 활약할 수가 있었다. 탱커 역할은, 기사인 나의 희망이다."

JOB 격차가 보이기 시작했을 무렵, 가름은 어딘가 열등감을 느끼고 있었다. 기사직인데 딜러 대신을 맡았던 것. 하지만 보통보다 조금 나은 정도의 딜러 수준의 공격력밖에 낼 수 없었다.

기사인데 용케 애썼다는 식의 내려다보는 듯한 찬사를 주변에서 몇 번이나 받았다. 가름은 진심으로 그 찬사를 기뻐할 수 없었다. 자신이 던전 탐색을 계속할 의미는 과연 있을 것인가 하는 자문을 떨쳐내고, 던전을 탐색해 왔다.

하지만 츠토무가 제안했던 탱커라는 역할을 소화해 보니, 가름이 품고 있던 열등감은 완전히 사라졌다. 어그로를 끄는 스킬을 사용해 몬스터의 공격을 유도하고, 높은 VIT로 파티 전체의 피해를 줄이는 것. 그것은 VIT가 높은 기사밖에 할 수 없는 것으로, 자신밖에 할 수 없는 일을 하고 있다는 만족감이 있었다.

자신이 몬스터를 붙잡아 둠으로써 에이미가 몬스터의 체력을 깎고, 츠토무는 자신에게 최고의 지원을 해 준다. 그리고 츠토무에게 감사받고, 에이미는 얕잡아 보는 듯한 시선이 아니라 짜증스러운 시선을 보내 온다. 그 쌍검사 에이미가 자신의 활약을 질투하는 것이다. 그것은 가름에게 오랜 세월 맛보지 못했던 충족감을 안겨 주었다.

──이것이다. 내가 던전 탐색을 계속하고, 추구해 왔던 것은 바로 이것이었다. 가름은 환희했다. 그리고 그런 역할을 알려 준 츠토무에게 절대적인 감사를 보내고 있었다.

그런데 이런 일이 생기다니. 가름은 양 주먹을 쥐고 떨었다.

"……그런 츠토무를 주변이 조롱거리로 삼는다. 나는 네가 바보 취급받는 것이 분하다. 분하고 분해 참을 수가 없다. 그러니까 츠토무, 이 기사에게 화를 내라. 나에게 도움을 요청해라. 그리고 뒤는 나에게 맡겨 주면 된다."

가름은 마치 참회라도 하는 것처럼 얼굴을 일그러트리고, 츠토무에게 애원하듯이 한쪽 무릎을 꿇었다.

'말하면서 부끄럽지는…… 않은 거겠지. 가름 씨는.'

원래 세계의 친구는 대부분 이해관계로 맺어진 사람이었다. 주변의 시선을 신경 쓴 표면적인 교제. 대학의 강의 중에만 말을 걸고, 수업을 빠졌을 때는 출석과 노트를 빌려 볼 뿐인 관계.

어느샌가 그런 친구 관계밖에 쌓지 못하게 된 츠토무에게 지금의 가름은 눈부시게 보여 왠지 부끄러웠다.

머리를 들지 않고 츠토무의 말을 기다리고 있는 가름. 그런 그에게 다가간 츠토무는, 그 어깨를 옆에서 가볍게 두드려 고개를 들게 했다.

"가름 씨의 마음은 알겠어요. 저도 이번 일에는 생각하는 바가 있어요."

"그렇군! 그럼 당장——."

"쳐들어가지는 않을 거예요."

츠토무의 말을 듣고 시들어 있던 개 귀를 쫑긋 세우고 일어난 가름은, 그 뒤에 이어진 대답을 듣고 힘없이 꼬리를 늘어트렸다. 그런 가름을 보고 츠토무는 쓴웃음을 터트렸다.

"쳐들어가지는 않겠지만, 이 불상사는 솔리트 신문사가 제대로 책임지도록 하겠어요. 하지만 만약 제 힘으로 안 될 때는, 가름 씨의 힘을 빌리도록 하겠어요. ……그래도 될까요?"

"……그래! 맡겨 줘라. 동료가 이렇게까지 무시를 당했다. 그에 상응하는 책임을 지게 하겠다."

"아하하. 부탁드릴게요. 그럼, 길드로 가 볼까요."

서로에게 심술궂은 웃음을 지어 보인 두 사람은 얼굴을 마주하고 웃은 뒤에, 굳센 발걸음으로 길드로 향했다.

가름과 함께 여관의 방을 나와 카운터로 향하자, 츠토무는 주변의 숙박객들에게 범죄자를 보는 듯한 시선을 받았다. 열쇠를 맡기는 사이에 가름이 그 시선을 차단하도록 서 날카로운 눈빛으로 바라보자, 그 시선은 금방 멈췄다.

"츠토무 씨……."

그때 카운터를 보고 있던, 여관에서 가장 인기 있는 점원 아가씨도 츠토무에게 수상한 사람을 보는 듯한 눈빛을 보내왔다. 조금 친분이 있는 사람이 보내는 시선에는 츠토무도 괴로움을 느꼈지만, 얼굴에는 내비치지 않고 용무를 마치고 밖으로 나왔다.

밖으로 나오자 숙박객보다도 사나운 시선이 츠토무에게 꽂혔다. 만약 지금도 츠토무를 경호하듯이 옆을 걷는 가름이 없었다면, 당장에라도 덮쳤을 것 같은 기세다.

에이미는 발이 넓고 모두의 아이돌적인 존재로 유명하다. 따라서 솔리트 신문사의 기사를 본 사람들로부터 정보가 퍼져, 럭키 보이로 얼굴이 알려져 있는 츠토무에게 그런 시선이 날아드는 것은 당연하다고 할 수 있었다.

'가름 씨가 있어 줘서 정말 다행이네…….'

특히 에이미의 팬클럽 사람들은 한 번 츠토무에게 덤벼들려 하다가, 주변의 동료들이 필사적으로 말렸다. 그 외에도 몇 번인가 음식물 쓰레기나 돌이 날아들어 츠토무가 맞을 뻔했지만, 가름이 그것들을 쳐 날리고 던진 자들에게 외쳤다.

"츠토무에게 돌을 던진다는 건 나에게 돌을 던진다는 것과 같은 의미라고 생각해라!"

가름의 살의마저 엿보이는 일갈에 주변의 민중은 뿔뿔이 도망쳤다. 만약 가름이 여관에 오지 않았다면, 츠토무는 방에서 나오지 못했을 것이다. 가름에게 마음속으로 감사하며 츠토무는 계속해서 그의 옆을 걸어갔다.

그렇게 주위의 몸에 박히는 듯한 날카로운 시선을 견디고, 간신히 길드에 도착할 수가 있었다. 안심한 것처럼 숨을 내쉰 츠토무는 가름과 함께 길드에 들어갔다. 길드 안에서도 그 시선은 많았고, 그중에는 천박한 시선도 느껴졌다. 벌레 탐색자들. 솔리트 신문사에 정보 제공을 한 자들이다. 그들은 츠토무가 범죄자 같은 취급을 받고 있는 것을 보고 속이 시원한 모양인지, 일부러 큰 목소리로 축배를 들었다.

"럭키 보이의 불행에 건배!"

"꼴 조~~~오타. 기생충 자식."

가름이 있어서인지 조금 작은 목소리로 그들은 불평을 하고 있었다. 츠토무는 그런 그들에게 다가가려는 가름의 등을 억지로 밀며 카운터로 향했다. 카운터를 보고 있던 대머리 아저씨는 딱하다는 듯이 츠토무를 바라보며 응대했다.

"뭔가, 일이 지독하게 되었구나."

"정말이다. 솔리트 신문사 놈들, 헛짓거리를 하다니."

"진정해라, 가름. 너마저 잡혀가면 답이 없으니까."

"……응? 잡혀가다니, 그게 무슨 소리지?"

"아아, 그러고 보니까 가름은 바로 츠토무의 숙소로 가서 묵었던가."

접수 보는 남자는 이해가 됐다는 표정을 짓고는, 매끈한 머리를 긁적이며 말했다.

"에이미가 솔리트 신문사로 쳐들어갔다가 경비단에 붙잡혔다는 모양이다. 조금 전에 그 연락이 길드에도 왔어."

그 말에 츠토무는 숨을 삼키고, 가름은 "그 바보 멍청이가."라며 에이미에게 험한 말을 했다.

〈2권에서 계속〉

후기

처음 뵙겠습니다. dy레이토입니다. 오타가 아닙니다. 저도 펜
네임 변경을 고려하고 있었지만, 여기까지 온 이상 오기로라도 바
꾸지 않을 생각입니다.

「라이브 던전! 지원회복의 정석」, 어떠셨습니까. 온라인 게임,
MMORPG 경험자분은 물론, 전혀 모르는 사람이라도 즐길 수 있
도록 썼다고 생각합니다. 어그로가 튀다, 어그로를 끈다, DPS 등
등, 전문적인 단어를 되도록 줄이고 써 봤습니다. 조금이라도 즐
겨 주셨다면 기쁘겠습니다.

이 작품을 떠올린 계기는 온라인 게임 경험도 있습니다만, 힐러
가 주인공인 작품이 주변에 없었기 때문입니다. 지원회복이란 건
참 좋아요. 사령탑 같아서 멋있습니다. 하지만 온라인 게임에서
는 한결같이 딜러였습니다. 힐러는 스트레스가 말이죠…….

게임을 할 때 의문이었던, 회복 마법은 적을 회복하거나 하지 않
을까, 지원 마법도 적에게는 효과가 없을까 등을 생각하고 있었던
지라 도입시켜 봤습니다. 만약 게임이었다면 어마어마한 쓰레기
게임이었겠죠. 아무도 하지 않을 겁니다.

2권에서도 계속 힐러는 물론이고, 다른 역할에 대해서도 여러모

로 써 나갈 수 있다면 좋겠다 싶습니다. 앞으로 어떻게 상황이 변해 갈지, 그녀가 대체 어떻게 되었는가도 기대해 주세요.

개고에 함께해 주신 담당 편집자님, 원하는 대로 쓰게 해 주셔서 감사합니다. 카도카와BOOKS의 서적화 입후보가 없었다면 만날 수 없었을 테니 이 작품을 보내길 잘했습니다. 덕분에 굉장히 만족스러운 완성도의 내용이 되었습니다.

멋진 일러스트를 그려 주신 Mika Pikazo님, 잘못된 표현이 가득한 원고를 수정해 주신 교정자님. 덕분에 좋은 책이 만들어졌습니다. 감사합니다.

마지막으로 이 책을 구매해 주신 독자 여러분. 오랫동안 함께 어울려 주셔서 감사합니다. 소설가가 되자를 보고 구매해 주신 분도 계시리라고 생각합니다만, 어떠셨습니까. 개인적으로는 쓰고 싶었던 것을 쓸 수 있어서 만족했습니다.

MMORPG의 재미가 여러분에게 전해지기를 기원하며, 오늘은 이쯤에서 펜을 놓도록 하겠습니다.

dy레이토

라이브 던전! 1 지원회복의 정석

2023년 07월 20일 제1판 인쇄
2023년 07월 25일 제1판 발행

지음 dy레이토
일러스트 Mika Pikazo

발행 영상출판미디어(주)
등록번호 제 2002-000003호
주소 07551 서울특별시 강서구 양천로 570 NH서울타워 19층
대표전화 02-2013-5665

ISBN 979-11-380-3050-2
ISBN 979-11-380-3049-6 (세트)

LIVE DUNGEON! Vol.1 SHIEN KAIFUKU NO SUSUME
ⓒdyreitou, Mika Pikazo 2016
First published in Japan in 2016 by KADOKAWA CORPORATION, Tokyo.
Korean translation rights arranged with KADOKAWA CORPORATION, Tokyo.

아픈 건 싫으니까
방어력에 올인하려고 합니다
1~11

게임 지식이 부족해서 스테이터스 포인트를 모조리 VIT(방어력)에 투자한 메이플.
움직임도 굼뜨고, 마법도 못 쓰고, 급기야 토끼한테도 희롱당하는 지경.
어라? 근데 하나도 안 아프네……. 그 이전에, 대미지 제로?
스테이터스를 방어력에 올인한 탓에 입수한 스킬 【절대방어】.
추가로 일격필살의 카운터 스킬까지 터득하는데——?!
온갖 공격을 무효화하고, 치사급 맹독 스킬로 적을 유린해 나가는 『이동형 요새』 뉴비가
자신이 얼마나 이상한지도 모르고 나갑니다!

유우미칸 지음 / 코인 일러스트

**영상출판
미디어(주)**

슬라임을 잡으면서 300년, 모르는 사이에 레벨MAX가 되었습니다 1~17

회사의 노예처럼 일하다가 죽고, 여신의 은총으로 불로불사의 마녀가 되었습니다.
이전 생을 반성하고, 새로운 생에서는 슬로 라이프를 결심해
돈에도 집착하지 않고 하루하루 슬라임만 잡으면서 느긋하게 300년을 살았더니——
레벨99 = 세계 최강이 되어 있었습니다?!
그 소문이 퍼지고, 호기심에 몰려드는 모험가, 결투하자고 덤비는 드래곤,
급기야 나를 엄마라고 부르는 딸까지 찾아오는데 말이죠——.

모리타 키세츠 지음 / 베니오 일러스트

영상출판
미디어(주)

애니메이션 시즌 2 2023년 4월 스타트!
인기 이세계 판타지, 제26탄!

이세계는 스마트폰과 함께.

26

아이들도 여덟 명이 합류해 더욱 소란스러워진 토야와 그 주변.
익숙해지면 질수록 교류도 늘어,
토야는 아이들의 여러 취미와 요구에 시달리게 되는데?!
그 규모는 작은 것에서부터 전 세계를 내달리는 것까지 다양하고……

아이들을 위해서라면 어디든지 가겠어!
즐겁고 느긋한 이세계 판타지, 드라마 CD 특별한정판과 함께 등장!

Patora Fuyuhara / HOBBY JAPAN

후유하라 파토라 지음 / 우사츠카 에이지 일러스트

영상출판
미디어㈜